AF161860

www.hildesheimliche-autoren.de

BOD – Books On Demand, Norderstedt

Für die Texte sind die Autoren verantwortlich. Nachdruck oder Vervielfältigung, auch auszugsweise, ist ausdrücklich untersagt. Die Textrechte verbleiben bei den Autoren.

Hildesheimer Geschichte(n)
Das dritte Buch der Hildesheimlichen Autoren

© Hildesheimliche Autoren e.V.
Peter Hereld
An der Renne 58
D – 31139 Hildesheim
E-Mail: peter.hereld@web.de
www.hildesheimliche-autoren.de

1.Vorsitzender: Peter Hereld
2. Vorsitzender: Altje Hornburg
Schriftführer: Sabine Kosubek
Kassenwart: Eckehard Haase

Registergericht: Amtsgericht Hildesheim
Registernummer: 200575

Alle Rechte vorbehalten
2. Auflage 2015

Autoren:
Peter Hereld, Petra Hartmann, Karla Baier, Uta Jakobi, Eckehard Haase, Henning Reichrath, Diana Krewald, Anke Wogersien, Michael Hannack, Marlene Wieland, Bernward Schneider, Renata Maßberg, Altje Hornburg Maria Marhauer, Hans-Jürgen Fischer, Egbert Brandt, Sonja Klima, Jonas-Philipp Dallmann, Jens Volling, Elviera Kensche

Layout und Satz: Jens Volling, Bernward Schneider, Peter Hereld
Umschlaggestaltung: Peter Hereld, Jens Volling
Foto: Peter Hereld
Fotomotiv: Bernwardstür im Hildesheimer Dom
Lektorat: Jonas-Philipp Dallmann

Herstellung und Verlag:
BOD – Books On Demand, Norderstedt

ISBN 978-3734752698

PETER HERELD
Es war einmal vor 1200 Jahren . . . 7

PETRA HARTMANN
Mit Hödeken auf dem Rennsteig. . . . 16

KARLA BAIER
Der Ehrlicher-Park 23

UTA JAKOBI
Die Dominikaner in Hildesheim . . . 25

ECKEHARD HAASE
Ein Mönch namens Albert 36

HENNING REICHRATH
Ein Interview mit Pining – Nachrichten aus dem Jenseits? 50

DIANA KREWALD
Auf dem Rabenstein 56

ANKE WOGERSIEN
Catharina 65

MICHAEL HANNACK
Das Gedicht 74

MARLENE WIELAND
honorem ei qui meritur *oder* Sei gegrüßt, Magdalena 78

BERNWARD SCHNEIDER
Im Dunkeln – Eine Hildesheimliche Kriminalgeschichte 85

RENATA MAßBERG
Wie das Huckup-Denkmal entstand . . . 106

ALTJE HORNBURG
Ein Gespräch in Hildesheim . . . 117

MARIA MARHAUER
Ein Hildesheimer in Stalingrad . . . 142

HANS-JÜRGEN FISCHER
Verwirrendes, hilfreiches Hildesheim . . 153

EGBERT BRANDT
Die Arnekenstraße – Erinnerungen an eine Straße . 160

SONJA KLIMA
Die Mehrerin 164

JONAS-PHILIPP DALLMANN
Letzte Stadt 172

JENS VOLLING
2051 – Odyssee in Hildesheim . . . 178

ELVIERA KENSCHE
Das schönste Fachwerkhaus der Welt feiert Geburtstag 186

DIE AUTOREN 192

Peter Hereld
ES WAR EINMAL VOR 1200 JAHREN …
(815)

Frühling im Jahre des Herrn 815. Dunkel und schwer hingen die Wolken über dem Innersteberglend. Noch hielt der Himmel seine Schleusen geschlossen, grade so, als wage Petrus es nicht, Ludwig dem Frommen, der mit seinem Gefolge gen Westen reiste, das hochwohlgeborene kaiserliche Haupt zu nässen.

»Mich fröstelt's, wenn ich nur nach oben schaue! Sagt, Marschall, erreichen wir Elze noch vor Anbruch der Nacht?«

»Vermutlich nicht, Euer Majestät. Es ist noch ein gutes Stück bis dorthin, und wenn der Regen uns erst ins Gesicht schlägt, wird die Zeit bis zur Dämmerung kaum noch langen.«

Ludwig zog sich das Tuch enger um den Hals. So, in graues Leinen gewickelt, gekrümmt auf dem Ross sitzend, blieb nicht viel übrig von seiner kaiserlichen Würde. Ihm war's gleich, solange er es einigermaßen warm hatte. Die Kinder im Wagen waren da schon bedeutend besser gegen den Wind geschützt. Dennoch, was das Reisen anbelangte, hielt er es mit seinem kürzlich verstorbenen Vater, Karl dem Großen: Der Wagen ist gerade gut genug für Weib und Kind – ein Kaiser jedoch, der gehört aufs Pferd.

»Und? Kommen wir noch durch eine Stadt, wo wir einkehren können?«

»Ich fürchte nein, Majestät. Nur eine schlichte Siedlung an der nächsten Furt. Die armen Leute dort werden Euch wohl kein angemessenes Obdach bieten können. Es sollte aber genug Platz vorhanden sein, um unsere Zelte aufzuschlagen.«

»Ich meine, ich kann sie schon sehen!« Ludwig kniff die Augen zusammen und blickte angestrengt den Weg voraus. »Keine Kirche, scheint's!«

Der Marschall schüttelte unmerklich den Kopf. Es waren gerade einmal eine Handvoll Hütten, wie sollte es da zu einer Kirche langen? Zuweilen fehlte ihm Verständnis für des Kaisers Eigensinn, sein gewaltiges Reich einzig durch das Banner des Kreuzes beisammen halten zu wollen.

»Herr, schaut Euch die windschiefen Hütten an! Die Leute dort haben gewiss ihre liebe Not, die eigenen Mäuler satt zu kriegen. Da bleibt nichts über für den Unterhalt eines Predigers.«

Der Kaiser nickte. Sein Verstand gab dem Marschall Recht, sein Herz jedoch widersprach. Gottes Wort sollte überall verkündet werden, wo der Mensch sich niederließ, und mochte die Siedlung auch noch so klein sein.

Kaum stoppte der Zug, da flogen auch schon die Wagentüren auf und drei Kinder sprangen heraus: Rotrud, Hildegard und der kleine Ludwig, die jüngsten Sprösslinge des Kaisers. Lehrer und Zofe blieben derweil gemütlich im Warmen sitzen.

Ludwig betrachtete die Kinder beim Toben. Ein Jammer, dass zwei Mädchen darunter waren! Schließlich wollte das weitläufige Reich verwaltet werden. Lothar, der Älteste, tat dies bereits bei den Bajuwaren, und Pippin, der Zweitälteste, begann damit gerade in Aquitanien. Nun war nur noch ein Prinz übrig, Ludwig, gerade einmal neun Lenze alt. Gern hätte er auch Rotrud mit Verantwortung versehen, zumal sie nicht nur die Älteste war, sondern auch die Klügste. Doch ein Weib als Regentin? Das war undenkbar.

»Jeder Stein schlägt einem beim Fahren in der Kutsche ins Kreuz«, klagte Rotrud, »was ist das nur für ein scheußlicher Weg!« Die anderen beiden Kinder wagten aus Respekt vor dem Vater kaum den Mund zu öffnen.

Ludwig schaute fragend zu seinem Begleiter.

»Das ist der Hellweg, Euer Majestät«, beantwortete der Marschall Rotruds Frage, »eine der bedeutendsten Handelsstraßen des Reiches. Er führt vom Balkan quer durch das Reich Eures Vaters bis ins Rheinland und darüber …«

»Hellweg?«, platzte es aus ihr heraus. »Ich sah selten ein dunkleres Pflaster! Wie kann man diese Straße da Hellweg schimpfen?«

Der Marschall verkniff sich ein Lächeln. »Der Name rührt daher, Euer Majestät, dass links und rechts weiträumig die Bäume abgeholzt wurden, damit man schon von weither sieht, wenn Räuberbanden kommen. Im Grunde könnte er auch Lichter-Weg heißen.«

»Aber müssen die Steine denn so unegal ausgelegt sein? Ich bin schon ganz wund!« Mit schmerzverzerrtem Gesicht rieb sich Rotrud ihre lädierte Kehrseite, während sie den Marschall herausfordernd ansah.

Statt ihren Blick zu erwidern, starrte dieser angestrengt zu Boden. »Ohne Pflaster versänken wir alle Nase lang im Schlamm, vor allem mit den Kutschrädern, Euer Majestät.«

Rotrud war auf dem besten Wege, eine Frau zu werden, und eine hübsche obendrein, das war dem Marschall nicht entgangen. Ein Grund mehr, sie nicht auch noch zu ermutigen, denn er gab gewiss keine standesgemäße Partie ab. Und auch dem Kaiser wollte ihr Gerede nicht gefallen: Ein zorniger Blick von ihm ließ sie schlagartig verstummen.

Neugierig geworden, hatten sich ihnen derweil die Bewohner der armseligen Hütten dies- und jenseits der Furt genähert. Ihre Kleider waren in einem ebenso jämmerlichen Zustand wie ihre Behausungen. Bei diesem Anblick musste sich selbst Ludwig, der unbestritten und wahrhaftig Fromme eingestehen, dass eine Kirche hier fehl am Platz gewesen wäre.

»Wer bist du?«

Hatte da etwa jemand an seinem Wams gezupft? Ludwig schaute an sich herab. Ein Knabe starrte zu ihm hinauf, vielleicht gerade einmal fünf Jahre alt, schmutzig und zerzaust. Trotz der Kälte stand er mit nackten Füßen auf dem dunklen Pflaster und schaute neugierig zu ihm empor. Ludwig fröstelte es bei dem Anblick; der Junge jedoch sah aus wie das blühende Leben. Obwohl seine Wangen vor Dreck starrten, blitzte es hier und da rosa durch. Der Marschall wollte den unverschämten Bengel beiseite schieben, doch Ludwig hielt ihn zurück mit einer Geste.

»Ich bin dein Kaiser, mein Sohn.«

Inzwischen wurden die beiden vom halben Hofstaat umringt.

»Und wie heißt du?«

Einige waren entsetzt über die Respektlosigkeit des Knaben, andere konnten sich ein Grinsen nicht verkneifen. Am meisten Spaß hatten die Kinder Ludwigs – so despektierlich hatten sie noch nie jemanden mit dem Vater sprechen hören! Eine abgemagerte Frau im speckigen Rock trat dazwischen und zog den Jungen fort, nachdem sie sich zuvor tief verbeugt und dabei unentwegt unverständliche Worte gemurmelt hatte.

Ludwig war verwirrt. Obwohl ständig mit seinem Hofstaat von Pfalz zu Pfalz reisend, wie es sich für einen Regenten schickte, kam er nie mit den Einfachsten der Einfachen zusammen. Ein so frischer, unbekümmerter Junge wie dieser war ihm bislang nicht untergekommen.

Die Siedler hielten noch immer gehörigen Abstand zu den Neuankömmlingen. Dem hochherrschaftlichen Volk und zuvörderst den Rittern sollte man immer mit größter Vorsicht begegnen, so viel hatte das Leben sie gelehrt.

»Euer Majestät, wir sollten die Zelte aufschlagen. Bis nach Elze ist's noch ein gutes Stück, und wenn wir erst in Unwetter geraten…« Der Marschall deutete zum Himmel. Man konnte meinen, dass die Wolken bereits die Wipfel streiften, so tief standen sie schon.

»Hat der Küchenmeister noch genügend Vorrat, um uns zu versorgen für die Nacht?«

Ludwigs Frage war nicht unberechtigt; immerhin musste für die Verpflegung sonst die Stadt aufkommen, welche die Ehre hatte, den König samt Hofstaat aufnehmen zu dürfen. Waren die Lager erschöpft, machte man sich auf den Weg zur nächsten Siedlung. Oder zu einer der über das ganze Reich verstreuten Pfalzen, den Königssitzen des Regenten.

»Für die Nacht wird's schon reichen, wenn wir auch knapp sind an Fleisch.«

»Gut, Marschall, dann sagt dem Küchenmeister, er möge die Siedler nicht vergessen. Die meisten sehen aus, als hätten sie's nötig. Wollen zur Abwechslung einmal wir die Gastgeber sein!«

Während der Tag zur Neige ging, saßen alle beisammen, Siedler und Hofstaat. Man wärmte sich an einem großen Feuer. Die Vorräte waren fast aufgebraucht, so hatte der Küchenmeister nur noch Grieß mit Sirup bereiten können. Während die Siedler, ausgehungert nach dem harten Winter, den Brei gierig in sich hineinschlangen, fanden die Begleiter des Kaisers an dieser Tafel keinen Gefallen. Einige murrten schon, man hätte heute ohne Rast nach Elze weiterreisen sollen, dann wäre ihnen dieses Elend erspart geblieben – und sie meinten damit nicht nur das karge Mahl. Hier, an der Kreuzung der Innerstefurt mit dem Hellweg, prallten zwei Welten aufeinander, wie sie unterschiedlicher kaum sein konnten. Entsprechend zögerlich begegnete man einander.

»Wohin seid Ihr des Wegs, Herr?«, wagte schließlich ein älterer Siedler den Kaiser anzusprechen.

»Eure kaiserliche Hoheit redet man mit Euer Majestät an!«, wurde er sogleich vom Marschall gemaßregelt. Ludwig indes winkte nachsichtig ab. Woher sollte dieser abgezehrte Mann das wissen? Offensichtlich kannte man hier ja noch nicht einmal seinen Namen.

»Nach Elze geht die Reise, um, wie es der Vater wünschte, ein Bistum zu gründen.«

Der Kaiser schaute zu einer abseits liegenden Hütte. Einige dralle Frauen standen davor, und ab und an verschwand ein Soldat im Inneren. Ludwig sah es mit Unbehagen. Die Vielweiberei, die der Vater offen mit seinen Konkubinen am Hofe praktiziert hatte, war ihm seit jeher ein Graus gewesen. Zudem hatte er es sich zur Aufgabe gemacht, das gesamte Reich zu christianisieren. Dazu gehörte freilich auch ein Wandel, wenn es um die Moral im Lande ging.

»Eine Kirche habt ihr nicht in eurer Siedlung, dafür aber ein Dirnenhaus! Ich kann nicht sagen, dass ich das gutheiße, alter Mann!«, ärgerte sich Ludwig.

»Euer Majestät«, antwortete der Greis und warf einen langen Blick zum Marschall, »wir leben hier an dieser Furt und müssen mit dem zurechtkommen, was der karge Boden und die Umstände uns geben. Ich verdiene mir den einen oder anderen Groschen als Fährmann, und andere bearbeiten ihr Fleckchen Land. Wir haben unter uns noch einen Schmied, der die Pferde der Durchreisenden beschlägt und das Kutschengeschirr richtet, und dann gibt es eben auch …« Der Alte stockte, er wusste nicht recht, wie er es dem feinen Herrn sagen sollte. »Ihr müsst wissen, Euer Majestät, viele Männer passieren diese Furt, und häufig sind sie bereits seit Wochen unterwegs. Da verlangt es halt den einen oder anderen nach der Gesellschaft eines Weibes. Und schaut sie euch doch an: Ihre Geschäfte laufen bestens. Von allen im Dorfe haben sie noch am meisten Fleisch auf den Rippen.«

Ludwig erwiderte nichts. So war nun einmal der Stand in seinem Reich. Selbst er, mit seiner Macht und seinen segensreichen Absichten, konnte so schnell nichts daran ändern.

»Hinrich«, wandte er sich an seinen wohlbeleibten Küchenmeister, »hast du wirklich nur noch diesen Brei? Ich vermisse Fleisch auf der Tafel!«

Der Küchenmeister zuckte mit den Schultern. »Die Jäger schafften schon lange nichts mehr herbei!« Man sah deutlich, dass er am meisten darunter litt.

Genau in diesem Moment brach, als habe die Vorsehung ihn bestellt, ein weißer Hirschbock durch die Bäume auf sie zu. Einige Ellen hastete er direkt an ihnen vorbei, um dann mit weiten Sprüngen wieder im Wald zu verschwinden.

Ohne zu zögern fuhr Ludwig hoch, schnappte sich Pfeil und Bogen und stürmte zu seinem Gaul. Einige Soldaten versuchten ihm zu folgen, doch nur wenige konnten mit dem Kaiser Schritt halten, hatten sich die meisten von ihnen doch mit reichlich Wein und Met über das karge Mahl hinweggetröstet.

»Euer Majestät, ich bitte Euch, haltet ein, es ist zu dunkel für die Jagd!«, hörte Ludwig den Marschall noch hinter sich herrufen. Er dachte jedoch nicht im Traum daran, auf diesen edlen Fang zu verzichten. Ein weißer Hirsch! Das Jagdfieber hatte ihn gepackt, und er war auch beseelt von dem Gedanken, den armen Leuten zu einer anständigen Mahlzeit zu verhelfen … und seiner Irmingard zu einem neuen Mantel, geschneidert aus dem weißen Fell.

Kaum im Sattel, trieb Ludwig seine Fersen in die Flanken des Pferdes. Mit empörtem Wiehern stellte die Stute sich auf die Hinterbeine; dann preschte sie in den Wald, dem Hirsch hinterher. Die wenigen Soldaten, die es auf ihre Gäule geschafft hatten, folgten, so gut sie konnten.

Ludwig spürte kalten Wind im Gesicht und war glücklich wie schon lange nicht. Wenn es eine Leidenschaft gab in seinem Leben, war es die Jagd. Sie ließ ihn immer für einen Moment die Bürde der Verantwortung vergessen, die auf seinen Schultern lastete. Jetzt war er wieder der junge Prinz, der unbekümmert dem Wild hinterherjagte – doch wo war es geblieben? Ludwig kniff die Augen zusammen. Trotz der Dunkelheit hatte er dem schneeweißen Hirsch bis eben noch folgen können, und nun war er spurlos verschwunden. Hätte er doch nur seine Hunde mitgenommen!

»Wo steckst du, Rabenaas? Zeige dich deinem Kaiser!«

Links von ihm raschelte es im Gebüsch. Es war der Hirsch, keine dreißig Schritte entfernt, stolz das mächtige Geweih erhebend. So wie der Bock dort stand, konnte man fast meinen, er finde Gefallen an der Jagd.

»Willst mich wohl verspotten, was? Na warte, dich werd' ich Mores lehren!«

Langsam und vom mächtigen Hals des Gaules verdeckt, legte Ludwig einen Pfeil auf die Sehne; dann spannte er den Bogen. Gerade als er die Waffe auf den Hirsch richten wollte, tat das Tier einen Satz und verschwand im Gestrüpp. Ludwig verkniff sich einen Fluch – das gehörte sich nicht für einen Kaiser, auch wenn er mutterseelenallein war.

Mutterseelenallein?
Ludwig schaute sich um. Tatsächlich: Weit und breit kein Begleiter! Vom Jagdfieber gepackt, hatte er alles um sich herum vergessen. Nun allerdings spürte er umso deutlicher die Kälte, die ihm durch Mark und Bein kroch. Kurz darauf fielen auch schon die ersten schweren Tropfen durchs Nadelgehölz, Donner grollte und Blitze zuckten durch die Nacht. Die Stute wurde unruhig, begann zu scheuen.
»Bloß schnell zurück!«
Doch wo sollte das sein? Ludwig hatte den Weg verloren. Er schaute hinab zum aufgeweichten Boden. Die Hufspur vom Lager bis hierher hatte der Regen fortgespült. Das Herz schlug ihm bis zum Hals.
»Ist hier jemand?«, rief er, so laut er konnte; dabei hoffte er, keine Räuber oder Wölfe aufzuschrecken. Seine Stimme zitterte.
»Herr Marschall?«
Keine Antwort.
Da: Wieder tauchte der Hirsch vor ihm auf! Doch bevor Ludwig zum Bogen greifen konnte, verschwand er erneut im Dickicht. Sollte er versuchen, ihm zu folgen? Vielleicht wollte der Bock ja wieder zurück zum Wasser, zu dieser Innerste? Und wenn nicht, so sollte ihn zumindest sein warmes Fleisch durch die Nacht bringen. Sofern er den gerissenen Teufelsbraten je erwischte ...
Jetzt oder nie, sagte sich der Kaiser und trieb das Pferd an, jagte es über Stock und Stein im wilden Galopp, obwohl selbst ein Luchs kaum fünf Schritte weit hätte sehen können. Der Ausgang dieses Höllenritts war abzusehen: Mit Schwung hob es Ludwig aus dem Sattel, als die Stute mit dem Vorderhuf an einer Wurzel hängen blieb. Kopfüber stürzte er zu Boden. Doch wie durch ein Wunder tat er sich nichts. Sein treues Ross dagegen hatte weniger Glück: Mit dem Hirschfänger erlöste Ludwig es von seinem Leid.
»Welche Ironie!« Der Kaiser schüttelte den Kopf und sah bekümmert auf die Stute hinab. Eigentlich war das Messer für die Beute bestimmt gewesen, und nun hatte er damit sein eigenes Pferd töten müssen.
Erneut rief er in den Wald hinein, und wieder erhielt er keine Antwort. Nun steht mir eine lange, ungemütliche Nacht bevor, ahnte er, und er dachte nicht nur an das scheußliche Wetter, sondern auch an die Räuberbanden, die hier jenseits der großen Handelswe-

ge ihrem blutigen Handwerk nachgingen. Ganz zu schweigen von den wilden Tieren, die im Wald lebten. Einmal mehr haderte Ludwig mit seinem Schicksal, die Krone tragen zu müssen. Wären Karl und Pippin, seine beiden älteren Brüder, noch am Leben, hätte er in Aachen bei seiner Irmingard bleiben und ruhigen Sinnes die Bibel studieren können, das Wort des Herrn. Stattdessen lief ihm nun bei jedem Schritt eiskaltes Wasser in die Stiefel. Als Kaiser hatte man es wahrlich nicht leicht: ständig von Pfalz zu Pfalz reisen, um im Reich nach dem Rechten zu schauen und Recht zu sprechen. Eine elende Plackerei!

Einen Augenblick flammte es taghell vor ihm auf – keine fünfzig Schritte entfernt hatte der Blitz in eine Eiche geschlagen. Fast schien es, als hätte der Herrgott es heute Nacht auf ihn abgesehen. Schon stand der Baum lichterloh in Flammen und leuchtete wie eine Fackel. Ludwig traute seinen Augen nicht: Keine fünfzig Schritte entfernt öffnete sich eine Lichtung, die vom Regen offenbar verschont geblieben war. Heilige Mutter, wie kann das nur sein, wunderte er sich. Der starke Guss schlägt durch die Baumkronen, als wären sie vollends kahl, und an diesem Fleckchen Erde bleibt alles trocken? Das musste er sich anschauen!

Bei jedem Schritt raschelte es unter seinen Schuhen. Doch statt knöcheltief im Morast zu versinken, lief er auf sattem Gras, so kräftig und dicht, wie er es in diesem Jahr noch nicht zu sehen bekommen hatte.

Er gewann die Lichtung und blieb verwundert stehen. Was war das? Vor ihm erhob sich ein prächtiger Dornbusch mit unzähligen Blüten von Rosen. Ihm war, als träume er. Ja, jener Ort konnte nicht von dieser Welt sein! Ohne Zögern nahm Ludwig das Kreuz mit dem Heiligtum der Mutter Maria von der Brust und hängte es in den Strauch. Der blühende Altar mit dem Kreuz darin war der schönste und herrlichste, vor dem er je gekniet hatte. Ergriffen begann er zu beten und um seine Errettung zu bitten, immer und immer wieder, bis ihn schließlich entkräftet der Schlaf fand.

Vögel zwitscherten und Gras kitzelte in Ludwigs Nase. Ein funkelndes Licht ließ ihn blinzelnd die Augen öffnen. Zwischen den Wipfeln erstrahlte der Himmel in reinem Blau. Was für ein herrlicher Frühlingstag, dachte der Kaiser – um einen Augenblick darauf vor Schreck zu erstarren.

»Heilige Mutter Maria!«

Der Busch funkelte hell und klar wie ein Kristall. Er war jetzt über und über mit Schnee bedeckt und das Kreuz in seiner Mitte lag unter dickem Eis. Wie ging das zu, noch dazu mitten im Frühjahr? Ludwig schaute sich um; ringsumher grünte und blühte alles. Das konnte nur ein Traum sein! Mit zitternden Fingern berührte er das Kreuz. Eiskalt war es, ebenso wie der Schnee in den Zweigen. Nein, dieser klirrende Frost war echt und kein Traum. Das alles geschah tatsächlich – hier und jetzt.

Ludwig versuchte, das Kreuz wieder von den Zweigen zu lösen, doch all seine Bemühungen waren vergeblich: Der Strauch wollte es nicht wieder hergeben. Dann sah er die unzähligen Rosenknospen, die trotz des Eises in schönster Pracht erblühten. Ergriffen fiel er auf die Knie. »Ein Wunder, wahrhaftig, das ist ein Wunder!« Mit einem Mal war er erfüllt von der Gewissheit, dass die Ereignisse der vergangenen Nacht von einer höheren Macht vorherbestimmt waren. Ja, der Allmächtige höchstselbst hatte ihn an diesen geheiligten Ort geführt! Und Ludwig gelobte, den Bischofssitz genau hier an dieser Stelle zu errichten, hier, wo der Schnee der Sonne trotzte und kleine Röschen dem Eis. Jetzt musste er nur noch aus diesem vermaledeiten Wald finden ...

»Euer Majestät?«

Der Marschall! Endlich kam er einmal wie gerufen.

Ja, so war das, damals, vor 1.200 Jahren. So oder so ähnlich.

Oder etwa doch ganz anders? Wie auch immer: Hier, am tausend- oder eigentlich tausendzweihundertjährigen Rosenstrauch, ließ Ludwig der Fromme einst die Marienkapelle errichten. Und Hildesheim wurde Bischofsstadt. Armes Elze! Wer sehen will, wo dies alles begann, kann ihn sich heute noch anschauen, den blühenden Rosenstrauch inmitten des Kreuzgangs am Hildesheimer Dom. Denn er blüht tatsächlich noch immer; viele hundert Jahre und Kriege, die die Mauern ringsherum zerstörten, haben dem Wahrzeichen der Stadt Hildesheim nichts anhaben können.

Und das ist doch tatsächlich ein kleines Wunder, nicht wahr?

Petra Hartmann
MIT HÖDEKEN AUF DEM RENNSTEIG
(~1000)

»Heh! Glatzkopf! Glatzkopf, wach endlich auf!«
Der Bischof wälzte sich auf die andere Seite. Mochte doch der Teufel diesen Albtraum holen.

»Zum Teufel, wach endlich auf, Glatzkopf!«, schimpfte es wieder. Da, nun riss der nächtliche Störenfried auch noch an der Bettdecke. Es half gar nichts, dass der Bischof sich in sein Bettzeug hineinrollte und es mit beiden Händen festhielt. Ein heftiger Ruck, noch einer, da flog die Decke durch die Luft, und er lag zitternd im Bett.

Platsch! Ein nasser Lappen klatschte ihm ins Gesicht. Das war zu viel! Wütend fuhr der Geistliche in die Höhe. Dort, vor dem Bett, stand eine dunkle, klein gewachsene Gestalt und starrte ihn aus blitzenden Augen an.

»Apage, Satanas«, murmelte Bischof Bernward. Er schlug das Kreuzeszeichen. »Im Namen Jesu Christi, weiche von mir, unreiner Geist!«

Doch der Schatten verschwand nicht. Nur ein leises Kichern klang aus dem Dunkel.

»Na, bist du endlich wach, Glatzkopf?«, fragte der Unbekannte.

Mit zitternden Fingern tastete der Bischof nach seinem Nachttisch. Da war die Kerze. Er schlug Feuer und entzündete das Licht.

»Was zum ...

Verwirrt griff er nach seiner Stirn. Was für ein eigenwilliger Traum. Der respektlose Besucher, der da vor seinem Bett stand, war – ein Hühnerküken. Allerdings ein ziemlich großes Hühnerküken. Ein Hühnerküken mit einem Hut.

»Wer bist du?«, krächzte der Bischof.

Da zog das Hühnchen seinen Hut, verneigte sich und machte dabei einen so possierlichen Kratzfuß, dass der Bischof in lautes Gelächter ausbrach. »Ein Huhn mit einem Hut!«, rief er aus. »Hat man so etwas schon gesehen!«

»Spotte nicht, Glatzkopf«, piepste das Huhn. »Bist auch keine Schönheit mit deinem kahlen Schädel, da magst du mir mein Hütchen wohl gönnen. Hödeken nennt man mich, und wer mit dem Hütchen gut Freund ist, dessen Schaden soll's nicht sein. Doch nun spute dich, Bernward! Gerade eben war's, da ist dein Nachbar, der Graf von Winzenburg, gestorben und hinterließ keinen Erben.«

»Der gute Graf Hermann ist tot?« Bernward senkte den Kopf und faltete die Hände. »Gott sei seiner Seele gnädig. Im Namen des Vaters und des ...«

»Jajajaja«, unterbrach Hödeken ungeduldig. »Das Predigen und Händefalten hat Zeit bis morgen. Auf, steig auf deinen Wagen, Bischof! Noch in dieser Nacht musst du nach Winzenburg fahren und das Erbe antreten.«

»Jetzt? Bist du von Sinnen? Du tauchst hier mitten in der Nacht auf, erzählst mir Geschichten vom alten Grafen. Wer sagt mir denn, dass du kein Spukbild aus der Hölle bist und mich ins Verderben locken willst? Nein, warte, jetzt hab' ich's ...« Der Bischof musterte den nächtlichen Gast mit finsteren Blicken. »Dich haben die Braunschweiger geschickt, und du sollst mich in eine Falle locken!«

Das Hühnchen plusterte sich auf. Ein dicker gelber Federball mit Hut sprang auf das Bett des Bischofs und hopste ganz nah an ihn heran, bis sein Schnabel fast die Nase Bernwards berührte. Seine Augen blitzten. Dann stampfte es wütend auf. »Dummer Glatzkopf!«, schimpfte es. »Ihr Menschen seid doch zu dumm. Da renne ich wie ein von Furien gepeitschtes Ross durchs Land, von Winzenburg bis hierher, mache eine Strecke von sechs Stunden in einer halben, und das alles nur, damit du keine wertvolle Zeit verlierst, und dann redest du und redest und redest. Jetzt willst du mich auch noch beleidigen. Aber nicht mit Hödeken, mein Lieber! Die Zwerge von Winzenburg haben nun einmal beschlossen, dich zum Erben zu machen. Und wenn du nicht freiwillig mitgehst, bitte, dann werde ich dich eben zu deinem Glück zwingen.«

Erschrocken schnappte der Bischof nach Luft. Von einer Sekunde auf die andere hatte sich das Hühnchen verwandelt. Ein groß gewachsener, breitschultriger Bauernbursche stand nun vor seinem Bett, den Schlapphut ins Gesicht gezogen, die Ärmel hochgekrempelt, die kräftigen Muskeln der Oberarme entblößt.

Der Fremde machte nicht viel Federlesen mit dem Bischof. Er warf sich das widerstrebende, heftig zappelnde Kirchenoberhaupt über die Schulter und stapfte zur Schlafzimmertür hinaus.

Bernward bekam es mit der Angst zu tun. Sollte er um Hilfe schreien? Aber wie stünde er dann da, wenn seine Bediensteten ihn mitten in der Nacht, nur mit seinem Nachthemd bekleidet, auf dem

Hof vorfinden würden? Und was würden sie denken, wenn er ihnen von einem sprechenden Hühnerküken mit Hut erzählen würde?

Der leichte, offene Jagdwagen des Bischofs stand schon im Hof. Zwei Pferde, ein Brauner und ein Schwarzer, waren angeschirrt und scharrten ungeduldig mit den Hufen.

»Du hast wohl an alles gedacht«, grummelte Bernward.

»Stets zu Diensten, Eure Eminenz.« Hödeken setzte den schweren Geistlichen ab und stellte ihn in den Wagen. »Wie ist es nun? Fährst du selbst, oder muss ich das auch noch erledigen?«

Bernward hob gottergeben die Schultern. »Dich werde ich wohl nicht so schnell wieder los, Quälgeist. Dann will ich wenigstens die Zügel selbst in die Hand nehmen.«

»Gut gesagt, Glatzkopf. Da, nimm!« Hödeken warf ihm die Zügel zu. »Hüah!«, schrie er und klatschte dem Schwarzen mit der Hand auf den Hintern. Das Pferd stieg, preschte los und riss den Braunen und den Wagen mit sich in die Nacht hinein.

Bernward stürzte, knallte gegen die Rückwand des Wagens. »Schurke!«, schrie er. Er angelte nach den Zügeln, klammerte sich hilflos fest und hatte Mühe, wieder auf die Füße zu kommen.

Der Wagen holperte und rumpelte durch die Nacht. Immer wieder wurde der Geistliche zurückgeworfen, er polterte hin und her wie ein Sack Rüben. Endlich schaffte er es, fluchend und schimpfend, wieder auf die Beine zu kommen.

»Du kennst aber schlimme Worte«, staunte Hödeken. Er hatte nun wieder die Gestalt eines Hühnchens mit Hut angenommen und hockte aufgeplustert auf der Deichsel.

»Teufelsbrut!«, zischte Bernward. Er bekreuzigte sich, das heißt, er bekreuzigte sich nur zur Hälfte, denn in diesem Augenblick griff Hödeken dem Schwarzen ins Geschirr und riss ihn nach links. Der Wagen schleuderte in eine Kurve, und Bernward stürzte erneut und krachte schwer gegen die Seitenwand.

Was für eine Jagd durch die Finsternis! Der Wagen schoss wie von Höllenrossen davongerissen über Stock und Stein, Bischof Bernward schwankte und krachte immer wieder gegen Front und Rückwand und schrie Worte, die kaum zu seinem Stande passten. Sein weißes Nachthemd flatterte im Wind, und zwei Räuber, die im Wald lauerten, liefen vor Angst schreiend davon, als sie die Teufelskutsche mit dem grausigen Leichenlaken-Gespenst auf sich zurasen sahen.

»Wir müssen uns beeilen«, piepste Hödeken, dessen Stimme trotz des Wagendonnerns und des bischöflichen Schimpfens klar und deutlich zu verstehen war. »Der Braunschweiger hat die Nachricht auch erhalten und ist schon auf dem Weg nach Winzenburg. Hei-hoo, jetzt geht das Rennen los, halte dich fest, Glatzkopf!«

Er sprang dem Schwarzen auf die Kuppe und stieß ihm die kurzen Hühnerbeine mit Kraft in die Seite, so kräftig, dass das Tier vor Schreck in die Luft sprang und beinahe das Geschirr zerrissen hätte. Der Schwarze stürzte wie von tausend Höllenfurien gepeitscht vorwärts und riss den braven Braunen und Bernwards Wagen hinter sich her. Bernward taumelte zurück, prellte sich den Hintern, stürzte vorwärts und schlug sich das Knie auf. »Du dreimal vermaledeite Satanskreatur«, keuchte er. »Ich hoffe nur, dass ich bald aus diesem Albtraum erwache …«

»Momentchen«, piepste Hödeken. Er sprang ab, flatterte zu Boden und ließ den Bischof an sich vorbeirollen. Die Pferde preschten über eine Wegkreuzung, und nun bekam Bernward es wirklich mit der Angst zu tun. Was, wenn sie jetzt die falsche Abzweigung erwischt hatten?

Er blickte über die Schulter zurück und sah gerade noch, wie sich das Hühnchen in einen großen hölzernen Wegweiser verwandelte. Ein Arm war mit »Nach Winzenburg« beschriftet. Er wies scharf nach rechts.

Gütiger Gott, und er war geradeaus gefahren! Was, wenn sich der Weg nun im Unterholz verlor, wenn die Pferde strauchelten und stürzten? Er würde sich den Hals brechen!

Hinter sich im Dunkel hörte er lautes Poltern und Krachen. Angstvoll riss er an den Zügeln, versuchte, die beiden Pferde zu bremsen – vergebens. Sie jagten durch die Nacht, als sei der Teufel hinter ihnen her. Es war ein Wunder, dass sie noch nicht gestürzt waren.

Doch schon – der Bischof hatte kaum einmal geblinzelt – saß Hödeken wieder auf der Deichsel. Er hatte einen Stecken abgeschnitten und peitschte die Rosse voran.

»Was war das eben mit dem Wegweiser?«, keuchte Bernward.

»Ach, ich musste nur den Braunschweiger in die Irre führen. Der ist jetzt auf dem Holzweg, der Arme. War uns einfach zu dicht auf den Fersen.«

»Den Herzog? Wenn ihm nun etwas passiert ist!«

»Wollen's hoffen, wollen's hoffen. Der Kerl hat schnelle Pferde und fährt wie der Teufel.«

»Möchte nicht wissen, wie du das hier nennst«, brummte Bernward.

»Noch zehn Minuten bis Winzenburg«, krähte Hödeken fröhlich. »Wenn du erst einmal drin bist, ist alles gewonnen.«

»Du meinst, wenn ich lebend drin bin.«

Hödeken kicherte. Doch dann wurde er ernst. Er richtete sich auf der Deichsel halb auf und lauschte angestrengt nach hinten. »Man soll den Tag nicht vor dem Abend loben«, meinte er nachdenklich. »Er hat den Weg schneller wiedergefunden, als ich dachte. Mach dich auf etwas gefasst.«

Jetzt konnte auch der Bischof das Tosen und Brausen hinter sich hören. Dort polterte ein Jagdwagen heran, der es mit seinem durchaus aufnehmen konnte. Schwarze Dämonenrosse schienen den Wagen zu ziehen, ihr Hufschlag klang wie Donnerrollen.

»Heda, Eminenz!«, rief es aus dem Dunkel. »Macht Platz, ich bin der Erbe von Winzenburg!«

»Ein Scheißdreck bist du!«, höhnte Hödeken. »Bischof Bernward wird das Erbe antreten. Und du dreh nur gleich wieder um, sonst bricht dir noch die Achse.«

»Lasst Ihr immer Euer Personal für Euch reden, Herr Bischof?« Der Herzog stand aufrecht im Wagen und schien mühelos das Gleichgewicht zu halten. Da, jetzt hatten seine Pferde bereits das Heck von Bernwards Gefährt erreicht.

»Antworte nicht, Glatzkopf!«, zischte Hödeken.

Doch Bernward war es leid, immer nach der Pfeife eines Kükens tanzen zu müssen. »Fahr nach Hause, mein Sohn«, sagte er salbungsvoll und hob die Hände zum Segen über den Braunschweiger. Dabei verlor er erneut das Gleichgewicht und konnte nur mit Mühe einen Sturz aus dem Wagen vermeiden.

Der Herzog lachte auf. Unaufhaltsam schoben sich die schwarzen Pferde näher heran. »Hört, Vater, wir können das Ganze doch regeln, wie es Edelmännern geziemt – im fairen Wettkampf. Wer zuerst in Winzenburg ist, der soll die Grafschaft haben. Ist das ein Wort?«

»Top!«, rief Bernward. »So machen wir's.«

Hödeken schien unter seinem Federflaum zu erbleichen. »Nimm dich in acht«, flüsterte er, »er fährt einen griechischen Wagen.«

»Keine Ahnung, was das ist«, brummte Bernward. Er gab den Pferden die Zügel frei und klammerte sich fest.

Dann aber war der Wagen des Braunschweigers heran. Und Hödeken hatte leider recht gehabt: Spitze Eisenspieße ragten aus den Radnaben seines Wagens heraus.

»Was zum ...«, stieß Bernward hervor. Da bohrte sich ein Spieß in sein rechtes Wagenrad. Die Speichen spritzten davon wie Hobelspäne von einem Schleifstein. Krachend schlug Bernwards Wagen um.

»Jo-hoo – Eminenz, wir sehen uns wieder in Winzenburg!«, lachte der Herzog. »Ihr dürft die Krönungszeremonie leiten.«

Damit ließ er die Peitsche über den Köpfen seiner Rappen knallen. Kurz danach war sein Wagen im Dunkel verschwunden.

Bischof Bernward saß am Wegrand wie ein bedröppeltes Häuflein Elend. Eine der herausgebrochenen Speichen hielt er in der Hand. Die Pferde standen mit schlagenden Flanken und hängenden Köpfen da. Schaum flockte um ihr Maul, ihr Fell war schweißnass.

»Verloren, alles verloren!«, jammerte der Bischof. Und er hatte sich gerade erst langsam an den Gedanken gewöhnt, die Grafschaft zu übernehmen.

»Gibst du immer so schnell auf, Glatzkopf? So haben wir nicht gewettet. Wenn Hödeken eine Sache anpackt, dann bringt er sie auch zu Ende.«

Plötzlich stand wieder der kräftige Bauernbursche neben Bernward und blinzelte ihn unter dem Rand seines Hütchens hervor pfiffig an. »Also los, zurück auf den Wagen, Herr Bischof, diesem Kerl werden wir es zeigen.«

Er wuchtete den schweren Wagen in die Höhe und packte die Achse fest mit beiden Händen. Als Bernward erneut die Zügel ergriff, schnalzte Hödeken mit der Zunge. Sofort sprangen der Rappe und der Braune los. Und nun gab es wahrlich kein Halten mehr.

Als die Morgensonne rot über den Dächern von Winzenburg aufging, rieben sich die Bewohner verwundert die Augen. Dort, den

Weg von Hildesheim her, kamen zwei Wagen auf den Ort zugejagt. Der eine trug das Wappen des Herzogs von Braunschweig, und in ihm stand ein tüchtiger Fahrer, der es augenscheinlich gelernt hatte, die Zügel zu führen.

Aber der hintere Wagen! Mancher Bauer schlug verängstigt das Kreuzzeichen, als das unheimliche Gefährt an ihm vorbeirauschte. Ein Rappe und ein Brauner, beide dem Zusammenbruch nahe, warfen sich mit aller Kraft ins Geschirr. Ein Rad hatte der Wagen nur noch, auf der anderen Seite lief statt des Rades ein kräftiger Mann, der den Hut tief ins Gesicht gezogen hatte. Aber am unheimlichsten von allem war doch der in weißes Tuch gehüllte Geist, der die Zügel hielt, ein alter Mann mit Glatze und müdem Gesicht, der sich kaum noch auf den Beinen halten konnte.

»Platz da, hier kommen wir!«, krähte Hödeken.

Der Braunschweiger sah sich verblüfft um. Als er den Bischof und Hödeken erkannte, zuckte er zusammen, nur ein winziger Augenblick der Unachtsamkeit, aber schon war es geschehen: Sein Wagen kam vom Wege ab, kippte um und überschlug sich.

Im Lichte der aufgehenden Sonne ließ Bernward seinen Wagen durch das Tor rollen. Als er auf wackeligen Beinen ausstieg, wäre er beinahe in die Knie gegangen. Doch zwei kräftige Arme hielten ihn aufrecht. Zwei Augen blitzten ihn unter dem Schlapphut hervor an.

»Haltung, Glatzkopf!«, piepste es.

Der Bischof richtete sich auf. »Ich, Bischof Bernward von Hildesheim, trete hiermit das Erbe des Grafen Winzenburg an und nehme diese Grafschaft in Besitz.«

Die Hochrufe der Männer und Frauen um ihn herum nahm er kaum noch wahr. Auch nicht, dass ihm jemand einen Mantel umlegte und ihm einen Begrüßungstrunk reichte.

Langsam drehte er sich zu seinem sonderbaren Wegführer um. Doch dann rieb er sich verwundert die Augen. Der Bauernbursche war verschwunden. Nur eine kleine gelbe Flaumfeder schwebte in der Luft und trudelte sanft zur Erde.

»Danke, Freund Hödeken«, sagte der Bischof.

Karla Baier
DER EHRLICHER-PARK
(1146)

Im Sommer herrscht reges Treiben im Ehrlicher-Park. An schönen Tagen liegen Sonnenanbeter auf der Wiese, lesen oder schlafen, einige spielen Ball, wieder andere picknicken. Am kleinen Spielplatz sitzen Eltern und hüten ihre Sprösslinge.

Geht man an einem verschneiten Wintertag durch den Park, meint man durch ein Märchen zu spazieren. Die entlaubten, weißbepuderten Bäume, an sich schon zauberhaft, geben den Blick frei auf den Turm einer nahe gelegenen Villa; gleich meint man Rapunzels Haarschopf zu erkennen.

Ich versuche mir vorzustellen, wie es auf diesem verwunschenen Stück Erde wohl vor langer Zeit aussah.

Als im 12. Jahrhundert Benediktiner das Kloster St. Godehard gründeten und das Land nach Süden hin urbar machten, ahnten sie gewiss nicht, dass ihre Gärten und Felder einmal als Liegewiese für mehr oder minder bekleidete Menschen dienen würden. Die Mönche mit ihrem Wahlspruch »ora et labora« (Bete und arbeite) waren fleißig. Sie bauten eine schöne Kirche, die bis heute fast unverändert erhalten blieb, obwohl ihr schon einmal der Abriss drohte. Selbst die Bomben des letzten Weltkriegs, die Hildesheim beinahe komplett zerstörten, verschonten den Bau – bis auf eine verhältnismäßig kleine Stelle an der Außenmauer, die schnell repariert werden konnte.

Die emsigen Patres bearbeiteten nicht nur die Gärten an der Kirche, sie gruben auch einen Gang durch den die Stadt umgebenden Wall, um so schneller zu den dahinter liegenden Ländereien zu kommen, die zum Kloster gehörten und auf denen heute der Ernst-Ehrlicher-Park liegt. Der Namensgeber des Parks war Oberbürgermeister von Hildesheim und setzte sich 1938 dafür ein, den früheren Dyes-Park der Öffentlichkeit zugänglich zu machen. Teiche wurden angelegt, um den Fischbedarf der Klosterbewohner zu decken. Der Dyes-Graben unterhalb des Walls ist noch ein Teil der mittelalterlichen Stadtbefestigung. Ein Stück weiter südwärts kann man noch heute die damals angelegten Terrassen erkennen, auf denen einst Wein angebaut wurde. Lieblich wird das Getränk nicht gewesen sein.

Ferner errichteten die fleißigen Kirchenmänner auch eine Mühle, damals ein einträgliches Geschäft. Das Wasser für den Antrieb gruben sie der Innerste ab: Ab der sogenannten Freiflut macht der Mühlengraben einen Bogen am Park entlang, versorgt die Teiche mit Frischwasser, streift das Klosterareal, heute Gefängnis, und erreicht schließlich das Mühlrad. Nach getaner Arbeit schlängelt das Nass sich über das Gelände des Krankenhauses St. Bernward, nimmt die unterirdisch daherkommende Treibe auf, lässt das rote Backsteingebäude einer Schule rechts und ein Seniorenheim links liegen, um sich an der Dammtorbrücke wieder mit dem Wasser der Innerste zu vereinen.

Die Mühle ist heute verschwunden; an ihrer Stelle steht ein Parkhaus. Das Müllerwohnhaus aber ist in gutem Zustand und wird bewohnt. Der Weinberg (heutiger Straßenname) wurde im 19. Jahrhundert parzelliert und bebaut. Der Eigentümer des größten Grundstückes, Dyes, legte den Park im Stil Englischer Landschaftsgärten an. Später kaufte die Stadt das Gelände. Die Teiche sind heute verschlammt, aber recht dekorativ. Die Kirche, Bischof Godehard geweiht, wird genutzt und von Touristen bewundert.

Uta Jakobi
DIE DOMINIKANER IN HILDESHEIM
(1234)

Bekanntlich handelt es sich bei den Dominikanern um einen Mönchsorden.

Doch wer war ihr Gründer? Wie verbreiteten sie sich? Was unterschied sie von anderen Mönchsorden? Und schließlich: Wann gelangten sie nach Hildesheim, wie lebten sie dort?

Ordensgründer war ein Spanier namens Dominikus Guzman, der sich als Priester ausbilden ließ. Er kämpfte mit Worten gegen die Irrlehre der Katharer, bewunderte jedoch deren asketische Lebensweise. Dabei entdeckte er sein Talent zur Predigt, mit der er wahre Überzeugungsarbeit leistete. Zugleich erkannte er aber, dass Predigen nur durch ein entsprechend geführtes Leben Glaubwürdigkeit erlangt. So verpflichtete er sich zu radikaler Armut. Das Nötigste zum Leben wurde erbettelt. Seinen Orden gründete er vermutlich 1214 oder 1215. Seitdem trägt dieser den Namen »Dominikaner«.

Die Gemeinschaft umfasste neben Dominikus zunächst noch sechzehn Schüler.

Papst Honorius III. bestätigte den Orden 1216, was die Befugnis zur Verkündigung der Lehre und zum Abnehmen der Beichte einschloss. Dominikus führte die Regel ein, als Wanderprediger Christi Botschaft zu verbreiten. Auf diesem Wege war er inzwischen in Toulouse eingetroffen und sandte bereits 1217 von dort seine Mitbrüder weiter nach Frankreich (u. a. nach Paris) und Spanien aus zur Gründung von Konventen (Klöstern). Grundlage des Ordens war die Augustinusregel. Sie fordert, den Predigtauftrag durchzuführen sowie die Häresie (Irrglauben) zu bekämpfen. Alle Wege mussten zu Fuß zurückgelegt werden – nach dem Vorbild Jesu und der Apostel. Nicht einmal ein Reittier war erlaubt.

Dominikus starb 1222.

Nachfolger wurde sein Schüler, der ebenso redegewandte Jordan von Sachsen, der dem Orden 1220 beitrat, nach dem Studium der Sprachwissenschaften und seinem ersten theologischen Examen. Jordan muss eine besondere Überzeugungskraft in der Predigt besessen haben, da er bereits 1222, nach nur zwei Jahren Mitgliedschaft, in Paris zum Ordensmeister gewählt wurde, dem höchsten Ordensgrad. Er bildete die von Dominikus vorgegebene Zielsetzung weiter aus, wurde zum bestimmenden Organisator des Ordens. Unter ihm entstanden unzählige Niederlassungen. Die Konvente standen nicht nur im Dienst der Theologie, sondern förderten auch die Volksbildung, Schulung und Vermittlung wissenschaftlicher Erkenntnisse. Aufgrund seines Einflusses berief man einige Predigerbrüder nach dem Studium sogar als Professoren an die Universität Paris. Viele Dominikaner bekleideten später hohe kirchliche Ämter, so gab es unter ihnen vier Päpste und etliche Kardinäle.

Oft besuchte Jordan die Konvente persönlich – selbstverständlich zu Fuß. Der Überlieferung nach soll er sich nie länger als zwei Monate an einem Ort aufgehalten haben. Einige tausend Kilometer legte er auf diese Weise zurück. Natürlich begaben sich auch die Konventsbrüder auf Wanderschaft, bei Versetzungen oder zum Zwecke des Studiums. Außerhalb der Klostermauern blieb viel Zeit zum Nachdenken, unterwegs half ein klarer Kopf, um zu neuen und anregenden Erkenntnissen zu gelangen.

Das Leben als Wanderprediger unterschied den Dominikaner von vielen anderen Mönchen, die vorwiegend in der Abgeschiedenheit des Klosters weilten. Der Dominikaner hingegen genoss zum einen die Abgeschiedenheit des Klosters, zum anderen öffnete er sich der Welt während der Wanderschaft. Seine Tracht bestand aus einer weiß gegürteten Tunika und einem schwarzen Mantel mit Kapuzenkragen.

Ein weniger rühmliches Kapitel des Ordens war der Auftrag der Kurie zur Leitung der Inquisition ab 1231. Deswegen wurden die Dominikaner in einem Wortspiel auch »Domini canes«, also »Spürhunde des Herrn«, genannt.

Nach fünfzehn Jahren Tätigkeit als Ordensmeister kam Jordan 1237 auf der Reise nach Palästina während eines Schiffbruchs ums Leben. Sein Nachfolger war Johann von Wildeshausen, bevor viele andere folgten. Zusammenfassend kann man sagen, dass Dominikus den Grundstein für den Orden legte, Jordan von Sachsen jedoch sein Organisator und Zielsetzer war.

Der Orden der Dominikaner wurde auf drei Ebenen geleitet: Konvent (also Kloster), Provinz und schließlich Gesamtorden. An der Spitze stand der Ordensmeister. Die Angehörigen eines Konvents wählten den Prior, bestätigt vom Provinzialprior. Die Provinzialprioren wiederum wählten den Ordensmeister. Die einzelnen Prioren mussten den jeweiligen Provinzialprioren Bericht erstatten, diese wiederum dem Ordensmeister. Bei Verstößen gegen die Ordensregeln drohten harte Strafen.

Es gab aber nicht nur Kontrolle von oben nach unten, sondern auch umgekehrt: Berichte oder Beschwerden konnten an höhere Vorgesetzte weiter gegeben werden. Gemäß der demokratischen Verfassung des Ordens existierte Mitspracherecht auf allen Ebenen.

Bis zum Ende des 13. Jahrhunderts entstanden Konvente in vielen Ländern, zum Beispiel in Frankreich, Italien, England, Schottland, Irland, Russland, Griechenland und sogar Grönland. Zur hiesigen Ordensprovinz, Teutonia genannt, gehörten bis 1254 bereits vierzig Konvente. Sie befanden sich unter anderem in Friesach, Straßburg, Magdeburg, Würzburg, Leipzig, Zürich, Koblenz, Freiburg, Frankfurt und auch – in Hildesheim.

Wahrscheinlich kamen die ersten Dominikaner schon um 1221 nach Hildesheim, wurden jedoch nicht weiter erwähnt. Dies geschah erst wieder im Brühl im Jahr 1231. Zu dieser Zeit befanden sich um den Dom herum bereits mehr als zehn Kirchen, Klöster und Stifte sowie kleine Kapellen. Konrad II., zu jener Zeit Bischof von Hildesheim, war den Dominikanern wohlgesonnen. Er erkannte, dass es eines neuen Ordens bedurfte, der durch das Beispiel der freiwilligen Armut und Demut und verständlicher Verkündigung des Evangeliums der religiösen Verflachung entgegenwirkte. So erwarb er 1233 zunächst sieben Hausstellen vom Kreuzstift für die Predigerbrüder. Hildesheim gehörte somit zu den ältesten dominikanischen Konventen in Mitteleuropa. Durch Grundstücksschenkungen des Bischofs und weiterer Schenkungen und Spenden von Stadtbewohnern sowie vom Rat, konnte mit dem Bau des Klosters begonnen werden. Das meiste Geld floss auch später nachgewiesenermaßen von wohlhabenden Stadtbewohnern, Bürgern des niederen Adels und vom Rat der Stadt. Alle hatten zudem den Wunsch, sich in der Öffentlichkeit verewigt zu sehen.

Wann genau der Klosterbau begann, ist nicht belegt. Es existiert weder eine Bauinschrift noch ein Grundstein. Jedoch deutet ein Hinweis Konrad II. auf das Jahr 1234 hin. Die Baugrundstücke lagen ursprünglich am Rande der Stadt. Der Hauptgrund für die Wahl dieses Ortes war wohl, dass der Stadtkern bereits sehr dicht bebaut war. Wann die endgültige Fertigstellung des Klosters erfolgte, ist ebenfalls nicht belegt, jedoch ist schriftlich festgehalten, dass es ab 1286 mit Genehmigung des Stadtrates sogar zu einer Stadtmauererweiterung durch die Verbindung der Stadtmauer mit dem Kloster kam. Erweiterungsbauten der Klosterkirche erfolgten nach und nach, sogar noch bis zum Ende des 15. Jahrhunderts, wie unter anderem durch Namen der Spender belegt ist.

Damit es überhaupt zur Gründung dieses Klosters kam, bedurfte es zunächst eines Priors. Er war Leiter des Klosters und wurde nach einigen urkundlichen Aussagen auf drei Jahre von den Konventsbrüdern gewählt. Der Prior war unter anderem Disziplinarvorgesetzter, verwaltete die Sakramente, erließ Strafen und konnte Konventsbrüder von allen Verpflichtungen eximieren, wenn sie studierten oder als Seelsorger tätig waren. In Abwesenheit des Priors vertrat ihn ein Subprior. Weiterhin mussten dem Kloster mindestens zwölf Brüder (nach anderen Aussagen sechs) angehören. Hinzu kam ein Lektor und/oder Lesemeister, der für die Fortbildung, also den Unterricht, zuständig war.

Nachdem der berühmte Gelehrte Albertus Magnus bereits um etwa 1234 für einige Monate die Tätigkeit eines Lektors innehatte, beschränkte der Unterricht sich nicht nur auf theologische Themen, sondern öffnete sich mehr und mehr der Wissenschaft. Die Brüder wurden allmählich zu studierten Männern, nicht nur der Theologie, sondern auch anderer wissenschaftlicher Zweige, wie der Philosophie, Naturkunde und einige der 7 freien Künste aus der Antike (Grammatik, Rhetorik, Logik, Arithmetik, Musik, Geometrie und Astronomie). Nicht wenige beschäftigten sich auch schriftstellerisch. So wurde das Ordensleben nach und nach zum Studium und das Studium zum Ordensleben.

Voraussetzung dafür war natürlich auch eine gute Bibliothek. Ein Großteil der Bücher stifteten Hildesheimer Bürger. Etliche brachten die Brüder selbst mit, andere schrieb man ab. Besonders

Begabte wurden zum Studium in andere Provinzen wie Köln, Wien, Siena, Perugia, Bologna, Oxford oder Paris geschickt. Das geistige Zentrum der Dominikaner im 13. Jahrhundert war der Pariser Konvent St. Jacques. Die in den aufgeführten Städten ausgebildeten Brüder waren anschließend als Lektor oder Lesemeister tätig oder auch zu Höherem berufen.

Neben den vielen Aufgaben im Konvent, wie zum Beispiel dem gemeinsamen Chorgebet, Predigten, Seelsorge, Studien und organisatorische Pflichten, wurden auch Krankenhäuser, Gefängnisse und andere städtische Einrichtungen seelsorgerisch mit betreut.

Der Nachwuchs der Hildesheimer Novizen bestand vorwiegend aus Bürgern der Oberschicht – aus der Stadt oder der Umgebung. Namen, die in schriftlichen Überlieferungen auftauchen, zeugen von guter Herkunft. Auf diese Weise waren die Angehörigen in der Lage, das ins Kloster eingetretene Mitglied finanziell zu unterstützen. Denn, nicht zu vergessen: Es handelte sich bei den Dominikanern ja um einen Bettelorden, der sich der Armut verschrieben hatte und von Spenden oder Unterstützungen lebte.

Die Bezeichnung »Mönch« führte der Novize nach Prüfung und Ablegung des Gelübdes. Dabei trat er nicht direkt ins Kloster ein, sondern legte sein Gelübde (Verpflichtung zur Armut, Ehelosigkeit, Verbreitung des Glaubens) dem Klostervorsteher als Vertreter des Ordens ab. Er gehörte also dem gesamten Orden an. So bewahrte man dessen Einheit. Daraus resultierte auch, dass ein Bettelmönch nicht immer im selben Kloster blieb, sondern versetzt werden konnte. Während der Wanderschaft zu Fuß (Pferd und Wagen waren nur bei Krankheit oder Gebrechlichkeit erlaubt) öffneten sich Augen und Ohren der Welt außerhalb der Klostermauern.

Unter ‚Artes' versteht man die 7 freien Künste aus der Antike, die da sind Grammatik, Rhetorik, Logik, Arithmetik, Musik, Geometrie und Astronomie.

Solche Versetzungen waren für beide Seiten fruchtbar, denn sowohl Konvent als auch Mönch profitierten von neuen Erfahrungen und Erkenntnissen. Bildung sowie Ausbildung konnten erweitert und Verbesserungen vorgenommen werden.

Nachdem Hildesheim, wie schon erwähnt, zunächst der Provinz Teutonia angehörte, wurde der Konvent nach Teilung der Provinz (inzwischen waren viele Konvente hinzugekommen) auf dem Generalkapitel 1301 sowie der Bestätigung 1303 der Provinz Saxonia zugeordnet. Deren Patron war der Heilige Paulus, nach dem das Kloster mit Klosterkirche benannt wurde. Auch die Mitglieder nannte man jetzt nicht nur Dominikaner sondern auch Pauliner oder Paulaner. Bis 1505 gehörten insgesamt 57 Konvente zur Provinz Saxonia.

In regelmäßigen Abständen wurden Provinzialkapitel zusammengerufen. Diese Versammlungen bestanden aus den Prioren und jeweils einem Bruder der Konvente aus der Provinz, in diesem Fall Teutonia bzw. Saxonia. Der Provinzialprior leitete das Kapitel als Vorsitzender. Das erste Provinzialkapitel überhaupt fand 1244 in Hildesheim statt, weitere folgten. Das letzte im Hildesheimer Konvent wurde 1540 abgehalten. Prior zu dieser Zeit war ein Ambrosius Cistificis. Er leitete die Versammlung als Stellvertreter des Provinzialpriors.

Für die Versammlungen benötigte man eine nicht unbeträchtliche Summe Geld. Dieses brachten wohlhabende Bürger und Bürger des niederen Adels als Spenden auf. Als Dank las man dann beispielsweise eine Messe für sie.

Auch das Leben im Kloster und den Klosterbau selbst finanzierte man durch Spenden von Bürgern, Adeligen und des Hildesheimer Rates. Der Besitz von Liegenschaften sowie Zinseinnahmen beispielsweise waren gemäß der Armutsregel zwar verboten, doch zum Teil (zumindest im 14.u.15. Jahrhundert) schon vorhanden, da dem Konvent nicht nur Geld sondern auch Immobilien vermacht wurden. So gab es immer wieder Streitigkeiten darüber, wie viel Besitz erlaubt war.

Eine gravierende Änderung trat 1475 ein, als Papst Sixtus IV. dem Orden Besitz und Einkünfte erlaubte. Nun erwirtschaftete das Kloster auch offiziell Einnahmen, denn etliche Hildesheimer Häuser, die dem Konvent geschenkt oder vererbt wurden, brachten Mieten ein. Und von größeren Geldspenden sowie Mieterträgen konnte beispielsweise wiederum Eigentum erworben werden oder man verlieh das Geld, kaufte Renten, was zu Zinseinnahmen führte. Geld und Eigentum wurden geschickt angelegt und gut verwaltet.

So konnten Kloster und Kirche aus eigenen Mitteln weiter ausgebaut werden. Hinzu kamen laufende Ausgaben zum Leben der Ordensbrüder sowie zum Unterhalt des Klosters selbst. Außerdem musste jedes Kloster Beiträge an seine Provinz zahlen, die Provinz wiederum an den Gesamtorden. Es gab jedoch auch umgekehrte Vorgänge, wenn ein Kloster finanziell schlechter gestellt war.

Dem Hildesheimer Konvent ging es finanziell recht gut, vor allem im 15. und 16. Jahrhundert. Selbst nachdem eigene Einnahmen erwirtschaftet wurden, flossen weiterhin großzügige Spenden. Die obere Bürgerschicht, Adelige oder Ratsherren, die im Testament als Erben den Konvent einsetzten, ließen dafür als Gegenleistung ewige Messen lesen oder Memorien abhalten und brachten sich so immer wieder in Erinnerung. Auch befanden sich Wappen von mindestens fünfzehn Familien aus Hildesheim und Umgebung in St. Paul. Sie hatten wohl ebenfalls etliches an wertvollen Gegenständen bzw. Geld gestiftet. Einer der großen Stifter des Konvents Anfang des 15. Jahrhundert war Herr Johan Rese, der u. a. mehrfach in Schriftstücken erwähnt wird.

Allerdings durfte der Einfluss des Rates auf die Dominikaner hinsichtlich des vermachten Besitzes nicht unterschätzt werden. Sah der Rat es ohnehin nicht gern, dass Vermächtnisse oft an den Orden gingen, der Orden außerdem noch das Sonderrecht genoss, auf Immobilien und Grundstücke keine Steuern zu zahlen (was das Stadtsäckel erheblich schmälerte), so musste hier dringend eine Änderung getroffen werden. Also erließ der Rat als neue Maßnahme eine Besitzsteuer.

Schriftlich belegt sind weiterhin Differenzen zwischen dem Dominikanerkonvent und ansässigen Pfarrkirchen. Der Orden bildete offenbar eine Konkurrenz gegenüber dem Pfarrklerus. Im Orden wurde, genau wie in den Pfarrkirchen, die Predigt abgehalten, die Messe gelesen, Beichte abgenommen, Begräbnisse und Trauungen vorgenommen. Hinzu kam, dass die Dominikaner meist studierte Männer waren, also besser ausgebildet als die Geistlichen der Pfarrkirchen. Letztere eigneten sich ihr Wissen meist dadurch an, dass sie bei einem Pfarrer »in die Lehre gingen«. Hinzu kam, dass sich bei derartigen Differenzen die Bürger meist auf die Seite des Ordens stellten, strebten sie doch im Spätmittelalter durch mehr Aufklärung nach mehr Bildung. Also besuchten viele Bürger, auch die Gilden, gern dominikanische Messen.

Von der Kanzel der Dominikaner (sie durften sogar Predigten im Hildesheimer Dom abhalten) gab es auch direkte Kritik an Bürgern, die sich etwas hatten zuschulden kommen lassen, wie Unterschlagungen oder Betrug. Die Dominikaner nahmen kein Blatt vor den Mund. So kam es, dass ihnen schon einmal für eine bestimmte Zeit die Predigt im Dom verweigert wurde.

Zurück zum Leben im Hildesheimer Konvent. Hierbei darf nicht vergessen werden, dass dieses durchaus nicht immer nach den vorgeschriebenen Regeln ablief. 1258 zum Beispiel wurde der Konventsprior abgesetzt, weil er über die Armutsbestimmungen nicht genügend gewacht hatte. Auch bei den Brüdern waren Vergehen zu vermelden, hielten sie sich doch nicht immer an die Vorschriften. Manche begannen Streitereien, und es kam sogar zu Tätlichkeiten – das mag man sich bei Mönchen gar nicht vorstellen!

Andere hielten sich nicht an die Regel der Wanderschaft zu Fuß und benutzten unerlaubterweise ein Pferd. Selbst Diebstähle gab es. Weiterhin kam es vor, dass Brüder sich ohne Erlaubnis vom Konvent entfernten, einfach ausbüxten, etwa um eine Liebschaft zu beginnen, ein Bordell zu besuchen oder sich im Wirtshaus niederzulassen. Doch sie wurden akribisch gesucht – und schließlich auch gefunden. Strafen warteten auf alle, die gegen die Vorschriften verstießen, wie Buße durch Beten, beim Essen getrennt und allein sitzen, aber auch Geißelung oder sogar Gefängnisstrafen wurden verhängt, je nach Schwere des Vergehens.

1513 wurden ein Berthold Werneri und ein Jacobus Basnuer nach Hildesheim versetzt, um dort bestraft zu werden, weil sie ihren Konvent ohne Erlaubnis verlassen hatten und herumgezogen waren. Ein Jahr später setzte man Johannes Sluter fest wegen Handgreiflichkeiten. Danach brach er aus, wurde gesucht, gefunden und abermals eingekerkert. Doch solche Vergehen blieben doch eher die Ausnahme.

Schon früh machte sich der Dominikanerorden Gedanken darüber, wie Menschen, die nicht in der Stadt des Konventes wohnten, erreicht und betreut werden konnten. So wurden bestimmte Bereiche der Umgebung dem Hildesheimer Kloster zugeteilt. Dort kaufte oder mietete der Konvent Häuser oder feste Quartiere, sogenannte Termineien. Damit erweiterte man den Einfluss des Mutterkonventes.

Derartige Termineien gab es zum Beispiel in Bockenem, Gandersheim, Sarstedt und Hannover. Etliche von ihnen gelangten als Schenkung in den Besitz des Konvents, nachweislich gab es beispielsweise Schenkungen von Hannoveraner Bürgern.

Jeweils ein Ordensbruder des Konvents leitete die Terminei, indem er zum Beispiel die Predigt hielt, auch war es ihm erlaubt, die Beichte abzunehmen. Er lebte ebenfalls von erbetenen Almosen.

Nicht wenige Ordensbrüder waren froh, in Quartiere außerhalb des Mutterkonvents versetzt zu werden. So entzogen sie sich der Aufsicht des Priors und dem streng geregelten Klosterleben. Ab und zu bekamen sie Besuch von Mitbrüdern, die sich auf Wanderschaft befanden und diese Quartiere zur Übernachtung aufsuchten.

Doch auch in den Termineien hielten sich nicht alle an die Vorschriften. Manche Quartierleiter zogen es vor, engeren Kontakt zur Bevölkerung herzustellen, ließen es sich dabei wohl auch recht gut gehen, indem sie die Gastfreundschaft der Bürger genossen und üppiger lebten. Wer weiß, vielleicht wurden auch schon einmal zarte Bande zum anderen Geschlecht geknüpft? Der Ordensbruder in der Terminei war recht unabhängig, wie schon erwähnt, das Kloster nicht in unmittelbarer Nähe. Auch kam es nachweislich vor, dass ein Bruder überschüssige Einnahmen aus seiner Tätigkeit für sich selbst verbrauchte und nicht an das Kloster weitergab, wie die Vorschrift lautete.

Allerdings musste er regelmäßig in sein Konvent zurückkehren, da er dort Wahlrecht, Sitz und Stimme hatte. Während dieser Zeit blieb die Terminei unbesetzt. Außerdem musste er Rechenschaft über seine Arbeit ablegen. Doch dabei konnte schon einmal etwas vertuscht oder ein wenig gemogelt werden. Wenn jedoch dem Prior etwas Unrechtmäßiges zu Ohren kam, drohten ebenfalls Strafen, wie bereits erwähnt.

Infolge der Besitzerlaubnis Sixtus IV. kam es vor, dass Brüder, die sehr gut wirtschafteten, Termineien vom Konvent kauften. Sie bekamen sogar vom Generalprior die Erlaubnis, diese auf Lebenszeit zu behalten.

Nach der Reformation, die in Hildesheim 1542 – im Verhältnis zu vielen anderen Städten – recht spät eingeführt wurde, brachen unruhige Zeiten an. Davor hatte die Stadt sich noch massiv gegen den »Martinismus« gewehrt. Sogar Verbrennungen lutherischer Bücher fanden statt. Doch es gab auch schon eine stattliche Zahl heimlicher Anhänger. 1542 sollten schließlich die Bürger entscheiden. Gegen die Stimmen des Rates stimmten sie für die Einführung der Reformation.

Am 30. August 1542 hielt Pfarrer Bugenhagen die erste lutherische Predigt in der Andreaskirche (neben dem Dom die bedeutendste Pfarrkirche). Der Dominikaner und Weihbischof Fannemann hörte sich diese an und hielt dann am 03. September 1542 (trotz einiger Gerüchte, auf ihn würde ein Anschlag geplant) eine Predigt gegen die »Irrlehren der Lutheraner«, allerdings in vorsichtigen Formulierungen. Seine Worte sollen höchst beeindruckend gewesen sein. Nachdem sich daraufhin die lutherischen Bürger an den Rat wandten, wurde ihm erst einmal jede weitere Predigt untersagt. Kurz darauf verließ er Hildesheim.

Auf Anordnung des Rates mussten 1544 die Wertgegenstände aus St. Paul auf die Münze gebracht werden. Die Kirche sollte zwar nach Regel des Ordens recht schmucklos ausgestattet, kostbare Dinge überflüssig sein. Doch Wertgegenstände waren durchaus vorhanden, wenn auch nicht besonders reichlich, wie man durch eine Bestandsaufnahme feststellte. So gab es Kannen aus Silber, vergoldete Kelche, zwei Monstranzen, zwei Kreuze aus Silber, Marienbilder und einiges mehr. Der Wert dieser Gegenstände wurde in Geld aufgewogen, was man zwar nicht auszahlte, jedoch teilweise in eine Rente für die Brüder überführte.
Schließlich hob man den Hildesheimer Konvent um 1546 ganz auf, und die Klosterkirche wurde in eine evangelische Pfarrkirche umgewandelt.

Wie hoch das gesamte Vermögen der Hildesheimer Dominikaner war, lässt sich nicht genau nachweisen. 1550 schließlich befand sich der Konvent mit seinem Vermögen und Besitztiteln in der Hand der Stadt. Gab es um 1500 noch etwa 30 Dominikanerbrüder im Konvent, so verblieben Ende der 1540er Jahre noch vier oder fünf in der Stadt. Sie erhielten Zinseinnahmen sowie Renten und auch Kirchenkleinodien zurück und galten als wohlhabend.

Der letzte Prior, Lenhoff, blieb in Hildesheim und durfte lebenslänglich in einem Steinhaus bei St. Paul wohnen. Er war nun kein Prior mehr, heiratete sogar noch und hatte mindestens zwei Kinder. Sein Sohn bewohnte das Gebäude später weiter. Das Haus Nr. 35 im vorderen Brühl trug noch Anfang 1900 eine Inschrift von 1559 mit dem Wortlaut: »THONIES LENHOFF.M.D.LIX.«

Was aber wurde aus der Klosterkirche, nachdem sie in eine evangelische Pfarrkirche umgewandelt worden war? Nun, nach Jahrhunderten wirrer Zeiten engagierten sich schließlich im Jahr 1870 Hildesheimer Bürger dafür, die Kirche für kulturelle Zwecke zu nutzen, und so entstand in ihr eine Stadthalle. Die Bombardierung im zweiten Weltkrieg ließ jedoch nur eine Ruine übrig. Schließlich bewirkte die »Kongregation der Barmherzigen Schwestern vom hl. Vinzenz von Paul« (nach dem Jahr des Denkmalschutzes 1975), dass die Kirche wieder in ihrem ursprünglichen Zustand aufgebaut und im Inneren ein modernes Altenpflegeheim errichtet werden konnte. Es wurde 1981 eingeweiht.

Zum Schluss zurück zu den Dominikanern: Nach der Reformation ging es vielen Klöstern so wie dem Hildesheimer Konvent – sie wurden geschlossen. Doch eine Anzahl verblieb auch in Händen der Dominikaner, andere wurden später wieder neu gegründet.

Heute gibt es weltweit noch ungefähr 7.000 Dominikaner in etwa 600 Klöstern und anderen Niederlassungen. Nach wie vor sind sie in der traditionellen Tracht gekleidet. An ihrer Spitze steht der Ordensgeneral oder Ordensmeister. In erster Linie engagieren sie sich auf dem Gebiet der Erziehung sowie Bekämpfung von Armut und des Ungleichgewichts der Lebensbedingungen in vielen Ländern der Welt. Auch ein weiblicher Zweig – sogar schon von Dominikus ins Leben gerufen – existiert noch. Er umfasst etwa 3.000 Dominikanerinnen, die sich vorwiegend mit Besinnung und geistlichem Inhalt beschäftigen.

Eckehard Haase
EIN MÖNCH NAMENS ALBERT
(1234)

Hildesheim, Anno Domini 1234.

Albert, ein gelehrter weitgereister Mönch im besten Mannesalter, weilt in der Stadt, um neben seiner Lehrtätigkeit im neugegründeten Konvent der Dominikaner seine Kenntnisse über Gott, Mensch und Welt zu vertiefen. Geboren vermutlich 1193, entstammt er einer in Lauingen (Donau) ansässigen Beamtenfamilie, wohl dem niederen Adel zugehörig und in Beziehung zu den herrschenden Hohenstaufern stehend. Seine Jugendjahre mag er an seinem Geburtsort verbracht haben; zweifellos genießt der Hochbegabte eine gute Schulausbildung, was nicht selbstverständlich ist für einen Knaben seiner Herkunft. Eigentlich möchte er die Laufbahn eines Beamten oder Juristen einschlagen, im Dienste der Staufer. Doch es soll anders kommen.

Nach mehrjährigem Aufenthalt in Italien (ein Onkel ist dort ansässig) studiert Albert an den berühmten Universitäten von Bologna und Padua die Freien Künste, wendet sich dann aber nach Köln, um Vorlesungen über Theologie zu hören. 1222 tritt er in Padua dem kurz zuvor gegründeten Predigerorden der Dominikaner bei. Ausschlaggebend für diesen Schritt ist ein bedeutender Mann, dem er dort begegnet und der ihn zutiefst beeindruckt: Jordan von Sachsen, der wichtigste Schüler des Ordensgründers Dominikus. Doch hören wir Albert selbst, wie er seinen Hildesheimer Ordensbrüdern von dieser Begegnung berichtet.

»Ja, es ist wahr, ehrwürdige Brüder, jene Begegnung sollte meinen künftigen Lebensweg beeinflussen, ihm eine völlig neue Richtung geben. Welch ein herrlicher Mann, der auch ein Deutscher ist, ein glühendes Herz, ein sprühender Kopf und ein gewaltiger Menschenfänger! Rastlos war Jordan unterwegs, zu Fuß, quer durch Europa, bald in Rom, bald in Oxford, heute in Paris, morgen in Köln, Mystiker und zugleich Tatsachenmensch, den Augenblick ebenso meisternd wie die Herausforderungen der Seele.«

Tatsächlich: Unnachgiebig vollzieht Jordan die Ausbreitung und Organisation des Bettelordens, fördert, über Seelsorge und Predigt hinaus, die wissenschaftliche Ausrichtung, Schulung und Volksbildung, wobei er innere Versenkung und aktives Leben miteinander zu verbinden sucht. Gleichwohl werden die Dominikaner, die domini canes, die »Spürhunde des Herrn«, nach Bestätigung ihres Ordens, auf Anordnung des Papstes mit der Leitung der Heiligen Inquisition beauftragt - ein eher dunkles Kapitel ihrer Geschichte.

Dieser kundige Mann namens Jordan also bewirkt die entscheidende Wandlung im Leben des Albert, zunächst gegen dessen Widerstand. Jordan spürt die unbeugsame geistige und körperliche Kraft des jungen Schwaben, die für die Neugestaltung des Ordens dringend gebraucht wird. Entschlossene, zugreifende, willensstarke und kluge Männer benötigen die Dominikaner, um dort aufzutreten, wo den Menschen geholfen werden musste und wo der christliche Glaube in Gefahr gerät. Albert verkörpert jene Eigenschaften, besitzt diesen Seeleneifer, diese Kraft fast im Übermaß.

Tätig als Lektor (Lesemeister) bereist Albert zunächst die Klosterschulen seines Bettelordens, um sich zu erproben, an Selbstvertrauen und Stärke zu gewinnen. Letztere benötigt er umso mehr, da er sich zu jener Armut verpflichtet hat, welche der Orden ihm auferlegt. Sie macht seine Reisen nicht gerade komfortabel: Albert geht zu Fuß – wie einst Jesus, wie einst dessen Jünger. Sogar ein Reittier ist ihm untersagt. Quer durch Mitteleuropa führt ihn sein Weg... und schließlich kommt er auch nach Hildesheim.

Kloster- und Domschulen sind zu Beginn des 13. Jahrhunderts im Abendland Horte des Wissens; Universitäten gibt es noch nicht viele. Ihr dichtes, umfassendes Netz wird sich erst später über Europa ausbreiten.

Hildesheim, im Jahre des Herrn 1234. Oftmals trifft man Albert sinnend, ja grübelnd an, als denke er anhaltend über etwas nach. Seine tiefe Versunkenheit bleibt den Glaubensbrüdern nicht verborgen. Sie finden keine Erklärung dafür, interpretieren sie schließlich als jene mystische Versenkung ins Göttliche, die zuweilen weisen Männern nachgesagt wird. Dass ihr neuer Bruder ein ganz besonderer Mensch ist, daran zweifelt hier niemand mehr. Fragt man Albert selbst, so verweist er tatsächlich auf göttliche Eingebung, die er erwarte. Näher äußert er sich nicht... noch nicht. Nur dass die Vernunft aufgefordert sei, die Wahrheit, die ganze Wahrheit über die großen Menschheitsthemen Gott, Mensch und Welt herauszufinden.

»Aber, aber, lieber Bruder Albert, die Wahrheit, die ganze Wahrheit, steht doch wohl in der Offenbarung! Du brauchst nur nachzulesen. Außerdem kennt sie ohnehin nur der Allmächtige...« Der Prior ist verwundert über den Eifer des Ehrgeizigen.

»Ich weiß, ich weiß«, gibt der Angesprochene milde lächelnd zurück, »doch Gott schenkte uns auch die Vernunft. Er gab sie uns, um Ausschau nach der Wahrheit zu halten.«

Allerdings, so fügt er hinzu mit deutlich ernsterer Miene, entspreche zuviel Neugierde, das gelte auch für ihn selbst, wohl kaum der Demut des Dominikaners. Dennoch sei es Auftrag seines Ordens, sich der Welt zu-, nicht von ihr abzuwenden, im Gegensatz zum bisherigen Mönchtum. Zu große Frömmigkeit, zu vieles Niederknien schade dabei nur. Er wendet sich den Brüdern neben ihm zu.

»Also, seid nicht einfältig, meine Brüder! Tut die Augen auf, schaut Euch an, was uns Gottes Natur zu bieten hat! Sie ist die beste Lehrmeisterin. Bewegt Eure Leiber, bewegt Euren Geist! Körperliche Aktivität erhöht die Geisteskraft! Vertreibt die Trägheit! Wohlan!«

Alberts Worte hallen auf einmal wie Donnerschläge, lassen die braven Mönche zusammenzucken. Gemurmel erhebt sich. Unverständliches Kopfschütteln. Welch verwirrende Äußerungen: Vernunft anwenden, sich der Welt zuwenden, Frömmigkeit beschränken, Erhöhung der Geisteskraft durch leibliche Betätigung, die Trägheit vertreiben... merkwürdige Menschen, diese Gelehrten. Nun, derbe Worte verwendet ihr Lektor oft, ganz seiner zupackenden Art entsprechend. Unvergessen bleibt ihnen, wie Albert die verfluchten Fliegen aus dem Refektorium verscheucht hat - wohlgemerkt für immer. Wahrlich ein Mann der Tat.

In Kirchenkreisen hat sich Alberts Neugier in Bezug auf Phänomene der Natur, seine Neigung zu naturwissenschaftlichen Studien, insbesondere zur Alchemie (die man als Magie begreift) längst herumgesprochen. Eine gefährliche Gratwanderung zwischen Wissenschaft und Religion, die der Dominikaner da vollzieht. Gern wird sie nicht gesehen, schon gar nicht in der ersten Hälfte des 13. Jahrhunderts. Befremdend nimmt man zur Kenntnis, dass Albert mit

Vorliebe Schriften liest und verfasst, deren Gebrauch sich für einen Klosterbruder wenig schickt, denn sie handeln von heidnischen Philosophen und weltlichen Themen. Um diese hat sich ein Geistlicher nicht zu kümmern. Albert möge sich lieber auf die göttliche Offenbarung der Bibel und auf die Schriften der Kirchenväter konzentrieren, die alles aussagen, was man wissen kann. Erklärungen findet man nur dort, nirgendwo anders. Das hört er immer wieder. Respekt und Anerkennung erhält der Gescholtene vor allem außerhalb der Klostermauern, in freidenkenden Kreisen. Doch die Ordensführung akzeptiert seinen Wissensdurst, gibt ihm Rückendeckung infolge jener Neuausrichtung, die Jordan von Sachsen vorantreibt.

Von Kindheit an erweckt die Natur (Menschen, Tiere, Pflanzen, Gestein) Alberts lebhaftes Interesse. Auf seiner langen Wanderschaft von Kloster zu Kloster kommt er mit Menschen in Kontakt, spricht mit Bauern, Fischern, Jägern, Bienenzüchtern, immer bemüht, sein Wirklichkeitswissen zu erweitern. Seine Beobachtungen hält er fest in biologischen Schriften, exakt beschreibend, unabhängig vom Bücherwissen der Autoritäten, sogar ohne (das ist zu jener Zeit erstaunlich!) Gott als Schöpfer ausdrücklich zu erwähnen. Albert, der Autodidakt, wird auf diese Weise zum Forscher, zum Naturwissenschaftler. Doch seine Hauptanliegen bleiben christliche Seelsorge und Predigt. Schließlich ist er Theologe. In diesem Zwiespalt fragt er sich: »Gott gibt uns schließlich den Verstand, die Rätsel zu lösen, welche uns die Natur aufgibt. Weshalb also sollten wir ihn nicht gebrauchen?«

Und Alberts Verstand wird dringend gebraucht - mehr denn je. Sein ausgedehntes Wissen soll nutzbar gemacht werden. Denn es geht in dieser Zeit um viel, insbesondere um tiefgreifende Gedanken eines antiken Denkers, die gerade neu entdeckt werden und die das scholastische Europa für Jahrhunderte in ihren Bann ziehen werden. Ihre unglaubliche Geistes- und Wirkungskraft versetzt die Nachwelt noch heute in Erstaunen.

Ein Gelehrter namens Albert, ausgestattet mit scharfem Verstand, unternimmt im neugegründeten Hildesheimer Dominikanerkloster St. Paul (möglicherweise noch eine Art Hausstelle) erste Versuche, dem neben Sokrates und Platon wohl berühmtesten aller

Philosophen den Weg zu ebnen, um ihn für das Abendland zurückzugewinnen. Gewiss ist dazu ein Genius seines Schlages vonnöten, denn nur ein solcher ist in der Lage, den Schlagabtausch mit den skeptischen Kommentaren zu bestehen, die sich gegen die Schriften dieses Mannes wenden. Von arabischen und jüdischen Gelehrten bewahrt und kommentiert, finden sie ihren Weg vom spanischen Toledo aus nun in Europas Mitte. Es handelt sich um hier noch völlig unbekannte Werke, in denen es um Metaphysik geht, um Naturwissenschaft und Ethik.

Auch bei seinem Aufenthalt in Hildesheim kreisen Alberts Gedanken um den Wissensschatz der antiken Welt. Schon während seines Studiums in Padua hat er sich damit beschäftigt – vor allem mit dem großen Denker, der jene neue Wahrheit verkünden soll, die mit Vernunft und Sinnen gleichermaßen zu erfassen ist. Ein neuer Prophet? Aber wie ist der christliche Glaube vereinbar mit dem gewaltigen Gedankengebäude dieses Griechen, der natürlich ein Heide war? Ist das überhaupt möglich? Auch Albert fragt sich immer wieder: »Kann die neue Wahrheit mit der Heiligen Schrift und den Aussagen der alten Kirchenväter, insbesondere denen des Augustinus, in Einklang gebracht werden?«

An seinem Abschiedsabend im hiesigen Dominikanerkloster gibt Albert seinen staunenden Brüdern Antwort auf diese Frage. Endlich offenbart er, was ihn während seines Aufenthalts (1255 wird er als Provinzoberer Hildesheim noch einmal besuchen) bewegt und zum Nachdenken veranlasst hat.

»Worüber ich so anhaltend nachsann all die Monate? Nun, ich will es Euch verraten, edle Brüder: Es sind die Weisheiten eines griechischen Philosophen des 4. Jahrhunderts vor Christi Geburt, die mich schon während meiner Studienzeit in ihren Bann zogen und deren Klarheit und Tiefe ich mich nicht zu entziehen vermag. Ein geschlossenes philosophisches System, den gesamten Bereich möglichen menschlichen Wissens umfassend. Die Theologie unserer Zeit zwingt es zu einer Antwort, zu einer Stellungnahme. Gern lasse ich Euch nun teilhaben an meinen Betrachtungen, wozu wir allerdings ein Stück in die Vergangenheit zurückblicken müssen.«

Und Albert beginnt zu erzählen: »Das Misstrauen der frühen Kirchenväter gegenüber den Gedanken dieses weisen Mannes, denen mein Nachdenken gilt, war beträchtlich. Ihres Erachtens hatte er sich allzu sehr der Empirie verschrieben, der Wissenschaft und Forschung, jenen Dingen also, die uns Menschen real vor Augen stehen. Die platonische oder vielmehr neuplatonische, auf Mystik gegründete und aufs Jenseits gerichtete Weltansicht war ihnen vertrauter, fügte sich widerspruchsloser ein ins heilige Gebäude des christlichen Glaubens. Dem großen, hochverehrten Augustinus sei Dank!«

»Die Lehren unseres Kirchenvaters, dem Heiligen Augustin, lieber Bruder Albert, sind uns wohlbekannt. Doch was haben sie mit Platon, einem heidnischen Philosophen zu tun?«

»Nun, an der Schwelle des 5. Jahrhunderts war das umfangreiche Denken unseres Heiligen Augustin, ehemals selbst Neuplatoniker, bestimmend. Wie Ihr vielleicht wisst, bekannte er sich erst nach manchen Umwegen und Zweifeln zum Christentum. Seine persönlichen Erfahrungen, die er auf dem Weg vom Heiden zur Erkenntnis Gottes gemacht hatte, fasste er zusammen in seinen »Bekenntnissen«. Ihm gelang es, das Gedankengut der antiken Denkschulen mit der Offenbarung nachhaltig zu verknüpfen, zumal die Quellen der Gelehrsamkeit nach dem Untergang des Römischen Reiches Gefahr liefen, in den Unruhen der Völkerwanderung zu versickern. Insbesondere die wirkungsstarken Gedanken des Platon und des Neuplatonikers Plotin gliederte er ein in den noch jungen, aufstrebenden Glauben. Und schauen wir uns das bisher Erreichte einmal an, ehrwürdige Brüder: Im Laufe der Jahrhunderte entstand trotz mancher Streitigkeiten in unseren Kloster- und Domschulen eine wohlabgewogene Synthese aus christlicher Theologie und Philosophie, sowohl Gedanken der antiken Philosophie (insbesondere des platonischen Idealismus) als auch der christlichen Offenbarung einbegreifend. Das war nicht ohne Schwierigkeiten, denn das aus der Antike Erdachte und Ererbte musste nicht nur aufbewahrt, sondern geordnet, sortiert, erlernbar gemacht werden, in einer einheitlichen Sprache, dem Latein. Alles in allem eine schulische Veranstaltung ungeheuren Ausmaßes. Die christliche Lehre beruht, wie Ihr wisst, auf gelehrter Synthese von Glaube und Vernunft, wobei sich die Vernunft dem Glauben unterzuordnen hat. Die Philosophie als Magd der Theologie, wie unser Kirchenlehrer Petrus Damiani bereits im 11. Jahrhundert forderte. Der Glaube geht stets voran. Er ist der Ausgangspunkt allen tieferen Wissens. Nie darf sich die Vernunft erdreisten, Dogmen zu begründen oder gar zu kritisieren. Sie dient nur dazu, diese einsichtig zu machen – so befiehlt es die heilige Kirche. Ja, eigentlich ist diese mit sich im Reinen; die mannigfaltigen Probleme innerhalb der Theologie und Philosophie scheinen gelöst. Doch nun wird all das bislang Erreichte wieder in Frage gestellt...«

Neugier und Ungeduld der Klosterbrüder werden immer größer: »Infrage gestellt, lieber Bruder Albert? Vom Neuplatonismus und seiner Synthese mit dem Glauben hörten wir wohl schon. Doch nenn uns bitte endlich den Namen jenes Mannes, dessen Gedanken die deinigen derart zu verwirren scheinen.«

»Nun ich will ihn Euch verraten. Es ist Aristoteles, der große griechische Philosoph des 4. Jahrhunderts vor Christus, der findige Schüler des Platon.«

Allgemeines Erstaunen regt sich. »Jener spitzfindige Logiker etwa? Gewiss, wir hörten von ihm. Doch warum sind seine Schriften im Abendland so wenig verbreitet? Aber bitte, fahret fort mit Euren unser Interesse weckenden Ausführungen!«

Albert erzählt weiter: »Die Lehren des Aristoteles wurden auf dem Konzil von Ephesus im Jahre 431 zur Häresie erklärt, zur Ketzerei. Seine Anhänger flohen nach Syrien, das außerhalb des nunmehr christlichen Römischen Reiches lag. Von dort aus gingen sie über die persische Grenze. Jahrhunderte später wurde Persien Teil des islamisch-arabischen Weltreichs. Die Werke des Aristoteles gerieten lange Zeit aus dem Blick des Abendlandes, verschwanden, wurden vergessen. Zu Beginn unseres Jahrhunderts jedoch tauchten seine Hauptschriften wieder auf und fanden Zugang zu unseren Schulen. Es sind Werke von gewaltiger Sprengkraft. Sie drohten alles bisherige Denken mit einem Schlag auf den Kopf zu stellen, es umzustürzen und zu zermalmen, einer geistigen Revolution gleich.«

»Gott bewahre uns davor, Bruder Albert! Und warum mit einem Schlag, lieber Bruder? Und warum erst so spät?«

»Im Morgenland wurden jene Werke hoch geschätzt und respektvoll bewahrt, lebten weiter in syrischen und arabischen Übersetzungen. Bedeutenden Anteil daran hatten arabische Denker, deren Schriften und Kommentare mir geläufig sind, insbesondere die des Avicenna und Averroes. Letzterer lebte und wirkte im vorigen Jahrhundert im spanischen Cordoba. Er galt als Kenner und Verehrer der aristotelischen Lehre, geriet jedoch in Zwist mit der islamischen Religion, da er die Aussagen des großen Denkers als göttliche Offenbarung auffasste. Später gelangten seine Kommentare nach

Toledo, wo sie im Zuge der christlichen Rückeroberung Spaniens ins Lateinische übersetzt wurden und schließlich Eingang fanden in die norditalienischen Universitäten. Im Abendland sind die logischen Schriften des Aristoteles nicht nur seit langem bekannt, sondern sogar verpflichtender Lehrstoff unserer Kloster- und Domschulen. Ein Gelehrter namens Boethius übersetzte sie im 6. Jahrhundert in Oberitalien ins Lateinische und machte sie unserem Abendland zugänglich.«

Der Prior und einige kundige Mönche nickten zustimmend, andere schauten sich fragend an: »Die Logik, lieber Bruder Albert...«

»Die Logik verstehen wir heute als Lehre vom richtigen Denken und Schlussfolgern, um Glaubensinhalte vernunftgemäß einzusehen, zu interpretieren, nie jedoch zu begründen. Die offenbarte Wahrheit bedarf keiner Begründung. Nun jedoch geraten die Metaphysik, Seelenlehre und Naturwissenschaft ins Blickfeld der neugegründeten Universitäten. Unter anderem durch Kontakte zwischen Abend- und Morgenland, die wir den Kreuzzügen und keinem Geringeren als unserem hochgelehrten, auf Sizilien weilenden Staufenkaiser Friedrich II. zu verdanken haben. Unsere Universitäten sind seither bestrebt (und ich weiß, worüber ich spreche!) sich der wirklichen Welt und ihren Gegenständen zuzuwenden. Lange war unser Blick auf das Übersinnliche gerichtet, auf die Seele und auf den Glauben. Von irdischen Dingen wandten wir uns ab, und Wissenschaft und Erfahrung erschienen uns nebensächlich. Jetzt jedoch breiten sie sich aus mit gewaltiger Macht. Alles andere droht fast hinweggeschwemmt zu werden...«

»Aber, lieber Bruder Albert, sag uns, wie verhält sich unsere heilige Kirche gegenüber den Werken dieses ... Aristoteles?«

»Nun, abweisend, liebe Brüder, abweisend. Die Logik ist zwar bereits lange anerkannt, auch Naturwissenschaft und Ethik akzeptiert man allmählich, Metaphysik und Seelenlehre jedoch, zumindest in ihrer reinen Form, kann unsere Kirche nicht dulden. Sind sie doch allzu weit entfernt von den Vorstellungen des Christentums, von der Offenbarung. Sie werden sogar angesehen als Teufelswerk.«

»Teufelswerk, ehrwürdiger Bruder, wehe, wehe ...« Verängstigt sinken die Brüder neben Albert auf die Knie, bekreuzigen sich mehrfach.

»Die heilige Kirche gibt zu bedenken, dass durch diese Schriften der menschliche Geist gefährdet ist, auf dem Felde der Theologie und der Philosophie.«

»Verständlich, lieber Bruder Albert, nur zu verständlich! Wie könnte es auch anders sein, da sie doch mit dem Teufel im Bunde stehen? Aber erzähle uns etwas über diese neue Lehre, die Dich so in ihren Bann zu ziehen droht! Gott sei Deiner Seele gnädig.«

»Nehmen wir also Anteil an dem antiken Geisteserbe, den tiefgreifenden Gedanken des Aristoteles (und seines Lehrers Platon). Hört bitte genau zu:

Die Metaphysik beschäftigt sich mit dem Übernatürlichen und hat in Gott ihren vornehmsten Gegenstand. Platon besetzt seine abstrakte Gottheit mit Idealen: dem Guten, Schönen und Gerechten. Seiner Ansicht nach formte einst ein göttlicher Demiurg als Weltbildner aus der ewigen Materie, dem »Chaos«, die Welt, dann deren Gegenstände und schließlich die Seele des Menschen. Der spätere Neuplatonismus sieht dann, als religiöse Weiterbildung dieser Ideen, aus dem unerkenntlichen Göttlichen, dem »Einen«, die Welt hervorgehen kraft einer stufenweisen Emanation. Wie die Sonne Licht ausströmt, so ergießt das göttliche Prinzip sich auf die Welt, uns Menschen und erfüllt unsere Seelen.«

»Aber lieber Bruder, Gott schuf doch die Welt aus dem Nichts! Nicht aus dem Chaos!«

»Gewiss .... aus dem Nichts. Die Bibel kann nicht irren. Beide Auffassungen vereinbaren sich natürlich nicht mit den Vorstellungen unseres Glaubens.«

»Die Metaphysik dieses Aristoteles jedoch, lieber Bruder Albert ...«

»Ich will sie Euch kurz erläutern, obwohl mir bislang nur Bruchstücke aus arabischen Übersetzungen vorliegen. Trotzdem bitte ich um erhöhte Aufmerksamkeit. Sie umfasst die ganze Philosophie, Gott, Welt und Mensch, das »Sein als Seiendes«. Sie fragt nach dem Grund für Seiendes, für Wesen, Denken und Erkennen, nach einer Gesetzmäßigkeit, nach einem inneren Zusammenhang. Aristoteles sieht in Gott ein abstraktes geistliches Prinzip und nennt es den »Ersten unbewegten Beweger«. Es ist Kausalursache für die Bewegung der Welt, für das durchgängige, unaufhörliche Streben aller weltlichen Dinge. Sein Gott ist schöpferisch, vollkommen, reiner Geist, reines Denken, durchaus vereinbar mit dem Schöpfungsgedanken der christlichen Tradition. Ein göttlicher Denkakt setzte die ewige, zunächst ungeformte Materie in Bewegung. Es ist allerdings ein abwesender Gott, der hier schöpft und waltet, unerreichbar für die menschliche Seele. Diese Kluft zwischen ihm und uns, die übrigens vom Neuplatonismus überbrückt wird, lässt eine Synthese mit unserem Glauben, der ja einen persönlichen, einen dreifachen Gott kennt, schwierig erscheinen. Erschwerend kommt hinzu, dass Aristoteles (im Gegensatz zu Platon), nicht an das Überleben der Einzelseele nach dem Tode glaubt, also nicht an ein Jenseits. Die Seele vergeht mit dem Körper. Lediglich ihr intellektueller Anteil ist unsterblich, so meint er.«

Wieder lautes Gemurmel der völlig verwirrten, verängstigten Mönche.

»Teufelswerk, reines Teufelswerk, die Schriften dieses Heiden, dieses Aristoteles... Keine Schöpfung aus dem Nichts, kein Jenseits, keine Erlösung durch Gott, oh je, oh je.«

Wehklagend sinkt man erneut auf die Knie, bekreuzigt sich. »Gott erbarme sich Deiner Seele, Albert von Lauingen!«

Albert hebt beschwichtigend die Arme. »Beruhigt Euch, liebe Brüder, beruhigt Euch! Um meine Seele braucht Ihr nicht fürchten. Gott wird mich verstehen. Doch weiter zugehört: Platon glaubt an eine Wirklichkeit hinter der Sinnenwelt. Darum teilt er in seiner »Ideenlehre«, dem Kern seiner Philosophie, die Welt auf ins Reich der göttlichen Ideen und der irdischen Erscheinungen. Letzteres gleicht einem Schattenreich, angefüllt von unvollkommenen Nachbildungen der wahren Welt der Ideen. Deshalb wendet man sich von der Welt ab. Der Körper zählt im Platonismus und Neuplatonismus wenig, ist nur Gefängnis der Seele. Er hat keine Bedeutung. Sie, die Seele, muss befreit werden. Es geht nur um die Seele und ihre Beziehung zum Göttlichen, denn einst war sie beheimatet in der himmlischen Ideenwelt. Nur der besondere Mensch vermag sich dieser Ideen (wieder) zu erinnern. In seinem berühmten »Höhlengleichnis« beschreibt Platon den Aufstieg der sich an ihren göttlichen Ursprung wiedererinnernden Philosophenseele (des Sokrates) zum Göttlichen. Nur sie vermag mittels der Vernunft vollständig in die Welt der Ideen einzutauchen.«

»Bruder Albert, sag uns, der Neuplatonismus...«

»Er spricht gleichfalls von der Sehnsucht der menschlichen Seele nach ihrer ursprünglichen göttlichen Heimat. Die Vereinigung von Gott und Mensch gleicht hier einer mystischen Begegnung. Bei

Platon verlangt die Seele nach Weisheit, im Neuplatonismus trägt ihr Aufstieg religiöse Formen, wobei freilich noch keine Liebe zwischen Gott und Mensch waltet. Trotzdem kann mit Recht behauptet werden, der Neuplatonismus, dessen Mystik auch ich mich nicht zu entziehen vermag, bereitete einst dem Christentum den Boden.«

»Und dieser heidnische Aristoteles, lieber Bruder...?« Das Interesse der Mönche scheint wieder geweckt, trotz aller Skepsis.

»Er sieht Platons mystisches Weltbild, insbesondere die Ideenlehre, kritisch. Als Wissenschaftler wendet er sich staunend und voller Neugier vorwiegend der Sinnenwelt zu, im Gegensatz zu seinem Lehrer, der aus der Höhle heraus in die göttliche Ideenwelt blickt. Die Ideen befinden sich nach Aristoteles als Formen in den Dingen selbst, nicht in irgendwelchen himmlischen Regalfächern. So ist die Seele Form des Körpers. Jedes Einzelding besteht aus dem passiven Stoff, der Materie, und der aktiven Form. Die lebendig sich entwickelnde Form ist es letztlich, die das Wesen der Dinge ausmacht, ihnen reale, individuelle Gestalt verleiht, Substanz. Nicht also, wie bei Platon, die Idealvorstellung einer außerirdischen Idee. Die Materie wird gegenüber Platon aufgewertet. Der Stoff sehnt sich nach seiner Form, und nicht das Einzelding nach seiner Idee. Und ich frage Euch, liebe Brüder: Warum sollen die Formen nicht in Gottes Geist gesehen werden, quasi als Vorentwurf der Schöpfung, obwohl sie Bestandteil der Dinge sind? Aristoteles spricht in seiner Naturphilosophie von Seinsstufen, die von den toten Dingen über Pflanzen, Tiere, Menschen und höhere Seelen bis hin zu Gott reichen. Alles strebt zur geistigen Form, weg vom Stoff. Der gesamte Organismus trachtet danach, sich zweckbestimmt zu entwickeln, ein dynamisches Streben vom Möglichen zum Wirklichen, zur Vervollkommnung und Selbstverwirklichung, zum Göttlichen. Potenz und Akt. Aristoteles nennt es Entelechie. Alles, was von Natur ist, trägt etwas Göttliches in sich. Auch bei Platon strebt der Mensch, wie ihr wisst, zum Guten, Schönen und Gerechten. Sein Einfluss auf Aristoteles ist beträchtlich.«

Die Brüder scheinen verunsichert, doch auch tief beeindruckt.

»Vielleicht noch ein paar Worte zur aristotelischen Ethik« spricht Albert weiter. »Der Gedanke der Selbstvervollkommnung ist auch hier sichtbar. Der an sich gut, vernünftig Handelnde strebt nach Vervollkommnung, nach Selbstverwirklichung, nach Glück, nach Welterkenntnis, auch nach Harmonie und Gerechtigkeit. Er bevorzugt dabei den »Goldenen Mittelweg«. Aristoteles sieht das Gute nicht als jenseitiges Ziel in unendlicher Ferne, sondern orientiert sich am realen Leben, an der Praxis. Das Gute kann im Diesseits erlangt werden. Das klingt verlockend für jeden Mann, der tugendhaft zu leben gedenkt. Nicht, wie im Platonismus, nur für den besonderen Menschen, den Philosophen, der sich an der Überwelt, dem Reich der Ideen zu orientieren versucht.«

Doch welchem der beiden, Platon oder Aristoteles, gibst Du selbst den Vorzug, Bruder Albert?«

»Ihr müsst wissen, meine ehrwürdigen Freunde, dass man in der Philosophie nur dann zur Vollendung gelangt, wenn man das Wissen beider besitzt, das des Aristoteles und das des Platon.«

Dies sind die letzten Worte des Albert von Lauingen, die er in Hildesheim an seine Brüder richtet, nicht ohne noch einmal darauf hinzuweisen, dass man sich der Welt nicht verschließen, sondern ihr offen entgegengehen möge. Dann nimmt er Abschied – und lässt eine verwirrte Bruderschaft zurück.

Heute wissen wir: Die Entwicklung um die Entdeckung der Schriften des Aristoteles spielt dem Dominikanermönch Albert in die Karten. Im Grunde ist er ein Wesensverwandter des großen Griechen. Sein »Hunger nach konkreter Realität« ist damals ungewöhnlich inmitten der noch vorherrschenden Spiritualität. Albert beschäftigt sich vor allem mit empirischen Naturdingen, mit konkret Fassbarem, wie einst sein großes Vorbild – eine Beschäftigung, die der Scholastik bislang völlig wesensfremd war. Vordergründig ist Albert natürlich Theologe. Insofern ist sein frühes Interesse an der neuen Metaphysik und Ethik nicht verwunderlich, deren Inhalte er schon in groben Zügen kennt. Albert kann sich als ersten abendländischen Theologen des Mittelalters bezeichnen, »der dem Aristotelismus klar ins Auge sieht.« Er ist derjenige, der sich später intensiv mit ihm beschäftigt, prüfend, interpretierend, kommentierend, in manchen Passagen auch kritisierend, wenn beispielsweise wissenschaftliche Abhandlungen mit eigenen Erfahrungen nicht übereinstimmen. Albert will aus arabisch eingefärbten Kommentaren den historisch »reinen« Aristoteles herausfiltern, indem er aus noch spärlichen original griechischen Quellen zu schöpfen sucht. Dieses wird ihm im Laufe seines Lebens weitgehend gelingen.

Hören wir Albert am Ende noch einmal selbst: »Kaum zu beantwortende Fragen tun sich in mir auf. Wie lässt sich die Philosophie des Aristoteles in den christlichen Glauben einfügen, ein System, das alle Wirklichkeit, von den Dingen über den Menschen bis hin zu Gott, in sich erfasst? Ist eine Versöhnung überhaupt möglich, ohne dass man beide Seiten ihrer Rechte beraubt? Der Glaube hat mit übernatürlichen Wahrheiten zu tun, die Vernunft und die Sinne jedoch mit der Weltwirklichkeit. Glaube, Vernunft und Sinnlichkeit sind insofern miteinander vereinbar, dass sie von Gott stammen. In natürlichen Dingen will ich dem Aristoteles folgen, in Glaubenssachen Augustinus, in medizinischen Galen und Hippokrates.«

All das klingt nicht nur nach einer Synthese zwischen Glaube und Vernunft, sondern auch nach einer zwischen der Wirklichkeit Gottes und Wirklichkeit der realen Welt. Aber auch, und das ist wichtig, nach Befreiung der Vernunft aus der Übermacht des Glaubens. Das Zeitalter der Hochscholastik verlangt danach. Albert versucht die Gedankenflut der Weltlichkeit des Aristoteles mit der Theologie zu verknüpfen, wünscht sich eine theologisch begründete Weltlichkeit, eine weltoffene Theologie. Er schlägt eine Brücke zwischen Glaube und Vernunft.

Dieses Vorhaben sollte später sein berühmter Schüler Thomas von Aquin verwirklichen. Thomas wird Aristoteles auf dieselbe Art und Weise »christianisieren« wie Augustinus zu Beginn des Mittelalters Platon christianisiert hat. Den Grundstein hierzu legte jener Mann, den man nicht nur im Hildesheimer Dominikanerkloster St. Paul Bruder Albert nennt.

Albertus Magnus, der Große, oder (wegen seiner überragenden Kenntnisse auf allen Gebieten) schon zu Lebzeiten als »Doktor universalis« bezeichnet, lehrt unter anderem an den Universitäten Köln und Paris, wird Bischof von Regensburg, dann Ordensprovinzial und zieht noch im gesetzten Alter, als päpstlicher Legat, quer durch Deutschland, natürlich zu Fuß. Neben Thomas ist er die führende Gestalt der Scholastik und gilt als größter Naturforscher des Mittelalters, von Legenden und Gerüchten umwoben. So mancher will in ihm einen weisen Magier sehen, der mit dem Teufel im Bunde steht. Doch Albert ist eher das Gegenteil: Wie ein Verdurstender nimmt er das ganze Wissen seiner Zeit in sich auf und rückt die Naturwissenschaft hartnäckig in den Blickpunkt seiner Zeitgenossen. Albertus Magnus stirbt im Jahre 1280 im hohen Alter von 87 Jahren in Köln, hochverehrt, nach einem erfüllten Leben als christlicher Gelehrter.

Henning Reichrath
EIN INTERVIEW MIT PINING
NACHRICHTEN AUS DEM JENSEITS?
(1490)

Verstorben 1491 in Vardö, Nordnorwegen: Didrik Pining, *auch Diderik, Dietrich* oder *Dieter genannt.*

Herr Pining, wie lautet Ihr Vorname denn nun wirklich?
Ach, wisst Ihr, je nach Zeit und Gegend
Wenden Menschen einen Namen unterschiedlich an.
Jugendfreunde riefen mich auch »Diddi«.
Unerklärlicherweise nannte ein hübsches Mädchen mich einmal sogar
Ihr »Dingsbums«.
Haben Sie denn nun Amerika entdeckt oder nicht? Die Öffentlichkeit hat ein Recht darauf, dies endlich einmal erfahren zu dürfen.
Verzeiht mir, aber zu meinen Lebzeiten
War durch Treueid ich verpflichtet
Zur äußersten Verschwiegenheit.
Als Toter aber soll ich nicht mehr
An meinen Eid gebunden sein?
Verschwiegenheit zu wahren über sämtliche Erkenntnis,
Die wir gewinnen konnten
Auf unserer gemeinsamen Erkundungsfahrt.
Alle Beteiligten haben es feierlich schwören müssen bis ins Grab.
Aber einen Zusatz »...und darüber hinaus«, den hat es doch wohl nicht gegeben, Herr Pining, oder? Nun könnten Sie doch endlich einmal alles klarstellen.
»Die Entdeckung eines neuen Seewegs oder gar eines neuen Kontinentes
Ist unbedingt geheim zu halten
Und bis in alle Ewigkeit
Hat jegliche Frage danach
Unbeantwortet zu bleiben.«
Diesen Eid, den haben wir damals uns geschworen
Alle Beteiligten vor dem Antritt
Zu unserer Expedition im Jahre 1473.
Und ich wäre stolz,

Auch als Verstorbener,
Diesen mir heiligen Eid
Immer noch einhalten zu können.
Sie sind ein so berühmter Seefahrer und in Hildesheim geboren. Also in tiefstem Binnenland?
Für die Bedeutung eines Menschen
Ist Herkunft nicht entscheidend,
Sondern sein Lebenswerk.
Heinrich der Seefahrer hat nie ein Schiff betreten
Und was wäre portugiesische Seefahrt ohne ihn?
Unser heiliger Godehard,
Der Bischof von Hildesheim, auch Sankt Gotthart genannt,
War gewiss auch kein geborener Pfadfinder oder Bergsteiger.
Vielleicht hat er sich damals ja einen Tunnel gewünscht,
Als er auf seinem Kreuzzug plötzlich vor den gewaltig hohen Alpen stand.
Die er dann so mühsam überqueren musste.
Sein Reiseweg, der wurde nach ihm benannt,
Und was als Gottesmann
Er Großartiges außerdem geleistet hat,
Das ist uns weniger bekannt
In Hildesheim und seinen Randgebieten.
Dort wuchs ich also auf
Zusammen mit Freund Hans Pothorst,
Meinem treuen Mitstreiter und Kumpan fürs Leben.
Eine Jugendfreundschaft, die dann bis ins reifere Lebensalter gehalten hat. Was hat Sie eigentlich schon so früh fest miteinander verbunden?
Schon im Knabenalter träumten wir gemeinsam davon, zur See zu fahren
Und uns dafür ein Schiff zu bauen.
Zwei junge Landratten, die von Reisen in ferne Länder träumten.
Stundenlang lauschten wir den Erzählungen einiger Kaufleute, die oft in Hildesheim Quartier bezogen hatten, und wir wollten dann, wie sie, hinaus in die weite Welt entfliehen.
Es ist wohl Neugier auf das Ungewohnte, das Neue und Ungewisse,
Was viele der jungen Leute fortzieht, und das geschieht überall auf der Welt.

In tiefster Provinz, da ist die Sehnsucht nach Ferne wohl am stärksten.

An unserer Heimatstadt vorbei führt ein Fluss, der wird Innerste genannt.

Sein Wasser stammt größtenteils aus dem Harzgebirge. Es ist das Regenwasser, das bis ins Meer fließen will. Solch ein Fluss kann dir nicht nur als Wasserspender oder Kloake dienen, sondern auch ein geeigneter Reiseweg sein, dachten wir, und wenn wir uns mit Bootsbau, dem Paddeln oder Rudern vertraut machen würden …

Stromabwärts die Innerste, über die Leine, die Aller, die Weser, könnten wir sogar bis an das Meer gelangen. Wenn unterwegs bloß nicht immer so viele Hindernisse wären! Es gibt auf dem Weg zahlreiche Stromschnellen, Mühlen und Wehre behindern die Weiterfahrt und dann die vielen unterschiedlichen Hoheitsgebiete, die passiert werden müssen! Ständig läuft man Gefahr kontrolliert zu werden. Zölle sollst du zahlen, oder schlimmstenfalls wird dir sogar die Weiterreise verwehrt.

Auf Ihrer Suche nach Freiheit haben Sie neue Grenzen erfahren müssen. Wieso haben Sie diese Einschränkungen und Behinderungen nicht entmutigen können?

Als Reisender per Boot musst du flexibel und beweglich sein, um ans Ziel zu gelangen, denn sonst hat all deine Mühe keinen Zweck. Wie ein Wikinger, so musst du werden, auch mal gegen den Strom rudern, Kontrollen umgehen und dazu das Boot auch über trockenes Land bewegen können. Freiheit kann nur erarbeitet oder erkämpft werden, so auch die Reisefreiheit. Um über das weite Meer zu reisen, musst du auch noch das Segeln lernen, denn diese zusätzliche Bewegungskraft spart dir auf Dauer viel Mühe und Zeit. Die Portugiesen und Spanier sind sehr gute Segler, und sie bauen einen moderneren neuen Schiffstyp, Karavelle genannt, die segelt sich sogar auch gegen den Wind. Durch geringen Tiefgang kann zwar nicht so viel geladen werden wie in unsere Hansekoggen, aber man kann viel schneller Fahrtrichtung ändern und auch in flachem Wasser ankern. Einen idealen Schiffstyp zu entwickeln wäre vielleicht ein Kombinieren aus den Erfahrungen der Wikinger und der Spanier oder Portugiesen. Unsere Heimat liegt ja schließlich irgendwie genau dazwischen, so dachten Hans Pothorst und ich damals. So übten wir uns im Bootsbau, schulten uns auch in Wehrhaftigkeit, stärkten unsere Körper und studierten Handwerk und Waffen.

Wie verliefen denn Ihre ersten Bootsfahrten?
In der Innerste-Au und auf dem Hoheitsgebiet des Kurfürstlichen Bischofs, da ließen wir unsere ersten gefertigten Boote zu Wasser und probierten alles aus. Oft trafen wir dort auf fremde Jugendliche. Meist spielten sie Piraten, und wir waren dann immer die Piratenjäger. Hieraus sollte sich dann später eine wirkliche Dienstanstellung bei der Hanse für mich ergeben. Aus dem Spiel kann später der Ernst des Lebens werden, das ist die Lebensweisheit, die ich erfahren durfte.
Als Piratenjäger verstehen Sie sich als ein Freiheitskämpfer?
Freie Fahrt auf den Gewässern wird ständig gewaltsam behindert, das mussten wir schon als Jugendliche auf unseren ersten Ausflügen feststellen. Im Norden wurden wir durch die Truppen des Bischofs drangsaliert, sie sind stationiert auf seiner Trutzburg Steuerwald, und im Süden durch Berittene von seiner Domäne Marienburg. »Was betreibt ihr da am Wasser, und was habt ihr da für Boote?« So wurden wir ständig schikaniert, und am Leine-Fluss, dort folgten meistens die Zollbeauftragten der Welfen, regelrecht aufgelauert wurde uns. Über den Zufluss zur Aller gelangt man dann auf die Weser, die stromabwärts bis nach Bremen führt. Hier werden kapitale Baumstämme geflößt, die wie riesige Geschosse im Wasserstrom treiben. In manchem kleinen Zufluss lauern Flusspiraten, es sind aber oft nur alkoholberauschte Tagediebe, mit denen aber nicht zu spaßen ist. Durch unsere Flussschifffahrten ergaben sich erste Möglichkeiten, Erfahrungen für das rohe und gefährliche Seemannsleben zu sammeln. Aber die härteste Ausbildung mussten wir dann auf hoher See erleben, mit wilden Stürmen, unheimlichem Nebel und allerlei anderen Urgewalten.
Ihre berufliche Karriere begannen Sie auf der Nordsee?
Im Jahre 1448 verließen wir unsere Heimatstadt. Die freie Hansestadt Hamburg hatte mich als Piratenjäger für die Nordsee und den Nordatlantik eingestellt, und hier konnte ich im Namen der Hanse den ungehinderten und freien Reise- und Handelsverkehr durchsetzen. Ich pflegte dabei auch immer freundschaftlichen Kontakt zum benachbarten Königreich Dänemark, denn die Bekämpfung der Piraterie liegt auch in deren Interesse. Bald stand ich dann Christian I., dem König von Dänemark und Norwegen, zu Diensten, und in seinem Auftrag unternahmen wir im Jahr 1473 eine abenteuerliche Erkundungsfahrt in die nördlichsten Gewässer. Es

war eine Reise, die Hans Pothorst und ich zusammen mit einer Abordnung des portugiesischen Königs Alfons V. von Bergen aus unternahmen. Hierzu gehörten auch ein erfahrener Seefahrer mit Namen Joao Vaz Corte-Real und ein gewisser Johannes Scolvus, den einige auch John Skolp nannten und der mir höchst mysteriös vorkam. Der sprach ein internationales Kauderwelsch aus Portugiesisch, Latein und Seemannsenglisch, und manchmal meinte ich einen Italiener vor mir zu haben. Er war ein guter Steuermann, Navigator, aber vor allem sehr wissbegierig und ein neugieriger Beobachter.

Was führte denn zu dieser portugiesisch-dänischen Zusammenarbeit?

Christian und Alfons waren familiär verwandt und verstanden sich daher sehr gut. Ihr gemeinsames Interesse bestand in der Abwehr der immer stärker werdenden englischen Seeaktivitäten. England unterstützte die Piraten, um den Seehandel der Kontinentalstaaten massiv zu schädigen. Die Portugiesen waren auf der Suche nach einem alternativen Seeweg nach Asien und wollten die Möglichkeit einer Nord-West-Passage erkunden. Aufgrund unserer seemännischen Erfahrungen in nordischen Gewässern baten sie uns, hierfür ein Expeditionscorps bereitzustellen, was sie auch finanzieren wollten.

Und welche Interessen hatte Dänemark an dieser Expedition?

Vor langer Zeit hatten auf Grönland die Wikinger bereits einmal gesiedelt, aber die Unterhaltung dieses Stützpunktes hatte sich nicht rentiert, und es stellte sich die Frage, ob es nicht an der Zeit wäre, die Verbindung wieder neu zu beleben.

Nachweislich haben Sie Grönland damals ja erreicht. Sind Sie dann noch weitergefahren?

Grönland ist kein Grün-Land, und so gibt es dort wenig Möglichkeit, den Proviant an Bord wieder aufzufüllen. Bei einer Expedition ist es lebenswichtig, immer auch an die Verpflegung für die Rückreise zu denken. Je länger die Reise geht, umso länger dauert ja auch die Heimkehr. Die Portugiesen wollten nach Westen, über die freie See, aber die letzten auf Grönland verbliebenen Wikinger haben ihnen aufgrund der gefährlichen Eisschollen davon abgeraten. Man solle sich an Merkmalen der Küste orientieren, anstatt sich auf navigatorische Berechnungen im Nichts zu verlassen, rieten sie ihnen. Skolp, unser Steuermann, wies die gutgemeinten Ratschläge wütend ab. Er suche einen freien Seeweg und wolle hier keine Küstenforschung betreiben, meinte er. Mit Gottes Hilfe ist uns die Heimkehr letztendlich gelungen.

Im Alter von fünfzig Jahren wurden Sie dann mit einer Aufgabe an Land betraut …

Im Jahre 1478 ernannte König Christian mich zu seinem Statthalter von Island. Dort erließ ich zahlreiche Verordnungen, um auf der Insel endlich einmal klare Rechtsverhältnisse zu schaffen. So galt es zum Beispiel auch, den ständigen Auseinandersetzungen zwischen deutschen und englischen Schiffsbesatzungen in unseren Häfen Einhalt zu gebieten. Seit 1490 bin ich Statthalter von Vardö in Nordnorwegen. Dreißig Jahre verlief mein Leben auf schwankenden Planken. Nun ist es genug. Ich wünsche mir einen ruhigen Lebensabend mit festem Boden unter den Füßen.

Herr Pining, wir danken Ihnen für dieses Gespräch.

Diana Krewald
AUF DEM RABENSTEIN
(1607)

Obwohl es ein heißer Sommertag ist, Mitte Juli, fröstle ich in meinem Sommerkleid. Ein kalter Schauer läuft mir über den Rücken.

Auf dem Asphalt der Steingrube entdecke ich eine Sandspur. Sie verliert sich in der Mitte des Platzes, als habe der Sandmann plötzlich seine Nachlässigkeit bemerkt und die goldene Kordel des Traumbeutels wieder zugezogen. Eine bordeauxrote Pfütze glänzt im Sonnenlicht wie verschütteter Kirschsaft. Ich runzle die Stirn. Das ist Blut! Wie kommt es hierher? Dann weiß ich instinktiv, dass es Menschenblut ist. Ich fühle mich magisch angezogen von dem Fleck. Eine Stimme in meinem Kopf wispert: Fürchte dich nicht. Nicht vor der Wahrheit. Nicht vor diesem Ort. Und meine Finger tun, was sie wollen. Sie berühren das Blut.

Vor meinen Augen explodiert ein gleißendes Licht. Schmerz, unglaublicher Schmerz durchdringt mich, als würde ich in Stücke gerissen. Ein Ruck geht durch meinen Körper, und ich finde mich wieder in einer Welt aus Grau- und Brauntönen. Der gleiche Ort, die Steingrube. Nur zu einer anderen Zeit.

Die Sonne ist fort, es ist kalt. Herbst. Heute ist Markttag auf der Steingrube. Kein gewöhnlicher Markttag, der 9. November, Anno 1607. Viele Leute aus den umliegenden Dörfern sind in die Stadt gekommen, um einem Ereignis auf dem Rabenstein beizuwohnen. Auch ich weiß, was heute zur Mittagsstunde geschehen wird. Ich habe Angst davor. Trotzdem kann ich nicht fortlaufen.

Feuchte Kälte kriecht unter mein Leinengewand. Ich trage eine braune Haube und gestrickte Wollstrümpfe, die auf der Haut scheuern. Mutter hat sie gestrickt. Meine Füße sind mit Lederfetzen umwickelt, weil wir kein Geld für richtiges Schuhwerk haben. Blätter wirbeln über den Platz. Marktbuden, grob gezimmerte Stände. Händler preisen lautstark ihre Waren an. Korbflechter mit Weidenkörben, ein Kesselflicker. Ich höre das vertraut schabende Geräusch von Martins Schleifstein im Rücken. Wenn ich einen Blick über die Schulter werfe, sehe ich den Funkenregen einer rostigen Schere, die neue Schärfe und Glanz bekommt. Neben unserem Stand verkauft eine dicke Bäuerin braune und weiße Hühner. Sie stecken in Holzkäfigen. In der Enge der Verschläge schlagen die Vögel mit den Flügeln wie angekettete Tauben; dabei wenden sie die Köpfe immer wieder im gleichen Takt mit starren Augen. Die spitzen Schnäbel hacken auf ihr Gefängnis ein, den ganzen Tag, den ganzen verfluchten Tag.

Ein dürrer Mann führt drei blökende Schafe vorbei. In dem Lärm höre ich den hellen Klang einer Flöte. Ich weiß, dass dort, unweit des Rabensteins, Spielleute in bunten Gewändern sind, die sich ebenso wie alle anderen vom heutigen Tag viele klingende Münzen im Beutel versprechen. Ebenso wie meine Mutter, Magdalene Kiffle, die alle nur die Sandklöppersche nennen, weil sie geriebenen Sandstein verkauft, als Putzmittel. Mit dem Sand werden Fußböden und Tische gescheuert. Unseren Sand mischen die Weibsleute auch mit Seife, um Blut und Dreck aus Gewändern zu schrubben.

Heute Nacht hat es geregnet. Der Boden ist schlammig und aufgeweicht. Die Nässe verstärkt den Gestank. In unserem Rücken, östlich der Stadt, vor der großen Mauer, erhebt sich einer der vielen Lappenberge. Eine Abfallhalde, die sich meterhoch in den Himmel türmt. Sie stinkt nach verfaulendem Gemüse und Obst, nach Exkrementen, Schweiß und Kadavern. Und über all dem das süßliche Aroma von Blut und Verwesung.

Die Knochenhauer bieten an ihren Ständen rohes Fleisch feil; offen liegt es auf den Brettern. Geräucherte Würste und Schinken schaukeln an Schnüren. Nachts träume ich von diesen Würsten, ihrem würzigen Geschmack. Von dem vielen Fleisch, weil wir kein Geld haben, um etwas davon zu kaufen.

Das kalte Wetter hat auch sein Gutes: weniger Fliegen auf dem Fleisch. Diese Kreaturen kann sich nur der Teufel ausgedacht haben. Mit ihren winzigen Saugrüsseln saugen sie das letzte Fünkchen Leben aus einem toten Körper ...

»Lene, wo bist du wieder mit deinen Gedanken?«, keift die Stimme meiner Mutter. Ich zucke zusammen, beeile mich, den Sand aus dem Sack in einen Beutel zu füllen. Ich gebe ihn der drallen Magd, die mich mit spöttischem Grinsen straft und meiner Mutter einen Kreuzer in die Hand drückt. Gertrude, eine meiner jüngeren Schwestern, sitzt auf dem Karren hinter uns, lässt die Beine baumeln. Sie summt ein albernes Kinderlied und zupft gedankenverloren am Kleid ihrer Puppe. Lore, unsere älteste Schwester, hat sie aus

Lumpen gemacht. Trudes Summen ärgert mich, vor allem, weil Mutter heute wieder so übel gelaunt ist. Ich arbeite nicht schnell genug, dabei bin ich erst zehn. Warum muss ich arbeiten und Trude tut gar nichts? Sie ist sechs. Mit ihrem blassen, schmutzigen Gesichtchen und den braunen Haaren, die selbst ihre Haube nicht bändigen können, sieht sie aus wie eine winzige Vogelscheuche. Am liebsten würde ich ihr einen Tritt verpassen.

»Guten Morgen, Magda, Lenchen, wie geht es euch?«

Noch bevor ich den Kopf hebe, weiß ich, dass es Katharina ist. Katharina Riedel. Niemand sonst nennt mich Lenchen, nicht Vater und nicht Mutter. An manchen Tagen tut mir das Lächeln in ihrer Stimme weh. Dann will ich mich in ihre Arme werfen und das Weib des Knochenhauers nie wieder loslassen.

»Meine Füße sind heute weniger geschwollen als gestern«, sagt Mutter und legt die Hand auf ihren hochschwangeren Leib. Ich kenne sie nur in diesem Zustand. Dabei habe ich schon neun Geschwister. Ich frage mich, wie wir noch ein Kind durchfüttern sollen. Der Haferbrei am Morgen besteht fast nur aus Wasser. Ich habe immer Hunger.

»Achter Monat?«, fragt Katharina.

Mutter stemmt die Hände in die Hüften. »Die Hebamme sagt, zur Weihnacht ist es soweit.«

»Zur Verkündigung des Herrn, ein gutes Omen.«

Wieder huscht ein Lächeln über Katharinas Züge. Mir gefallen die Fältchen um ihre braunen Augen. Mutter lächelt nie. Manchmal denke ich, sie spart sich ihre Freude auf für ein anderes Leben.

Ich beeile mich, den Beutel mit Sand zu füllen. Katharina reicht ihn mir. Warum kauft sie ihren Sand nicht bei einem der Weiber auf dem Markt am Rathaus? Das ist näher am Knochenhaueramtshaus, wo ihr Mann an seinem Scharren in der Ladengasse das gute Fleisch verkauft. Nicht schlechte Ware wie hier auf der Steingrube. Sie könnte auch eine Magd schicken. Manchmal stelle ich mir vor, Katharina kommt nur wegen mir hierher. Weil sie keine Tochter hat. Sie hat nur drei Söhne. Und Christian ist einer von ihnen. Wieder wechselt ein Kreuzer den Besitzer. Das Knochenhauerweib nimmt den Sand. Katharina holt ein Tuch aus dem Weidenkorb. Etwas Rundliches ist hineingewickelt.

»Hier, für die Kinder.«

Ich halte den Atem an, starre ungläubig auf den Spritzkuchen, das süßlich goldfarbene Gebäck mit dem dicken Zuckerguss. Mein Magen krampft sich zusammen, und mein Blick flattert hinüber zu Mutter. Ihre Miene ist versteinert. Achtlos streicht sie sich eine fettige Haarsträhne aus der Stirn und nickt unmerklich.

»Na, nimm schon … und gib Trude was ab!«

Hastig reibe ich meine Hände an der Schürze ab und strecke die Finger aus. Meine Nägel sind schmutzig, viel zu schmutzig für so etwas Edles.

»Danke, Katharina.«

Mehr bringe ich nicht heraus. Dabei will ich ihr so viel sagen. Ich gehe zu Trude, die immer noch auf dem Karren sitzt.

»Hier!«

Beim Anblick des Backwerks gibt sie einen kleinen spitzen Ton von sich, der wohl ein Ausdruck von Freude sein soll. Ich hasse sie dafür. Warum muss ich immer mit ihr teilen? Selbst etwas, das ich gar nicht teilen will? Trude ist Mutters Liebling. Für mich hat sie nur harte Worte übrig. Doch Katharina mag mich. Ich beiße in den Spritzkuchen. Sofort verliebe ich mich in die unbekannte Zartheit und Süße. Es prickelt auf der Zunge. Ich weiß, dass ich so etwas jeden Tag essen könnte, wenn Christian und ich erst vermählt wären. Vorsichtig beobachte ich Katharina, wie sie ein helles Tuch über ihre Einkäufe bettet. Im nächsten Moment trifft ihr schelmischer Blick mich wie ein Pfeil.

»Christian wartet am Puppentheater auf dich, Lenchen.«

Ich werde rot, wische mir nervös die zuckerigen Hände an der Schürze ab.

»Mutter, darf ich?« Mein Herz schlägt mir bis zum Hals.

»Nein.«

»Mutter, bitte!« Ich versuche so zu klingen wie Trude. Die kleine Trude, der Mutter nichts abschlagen kann.

»Ich habe Nein gesagt! Du musst lernen, was harte Arbeit ist.« Dabei sieht sie nicht mich an, sondern Katharina, als müsse sie ihr versichern, dass es für mich das Beste ist.

Die Knochenhauerin berührt Mutter sanft an der Schulter. »Lenchen hat heute genug gearbeitet. Sie ist ein Kind, vergiss das nicht!« Katharina sagt es so herzlich, als wolle sie einen Riesen davon abhalten, ein Dorf zu zertrampeln.

Doch Mutter schnaubt nur verächtlich. »Ein Kind? Eines Tages wird Lene mir dankbar sein für diese Lektion!«

Katharina schüttelt den Kopf. »Aber nicht heute. Lass sie gehen.«

»Meinetwegen. Verschwinde.«

Ich renne durch das Gewirr der Buden. Hastig weiche ich einer Schar schnatternder Gänse aus, die ein Bursche vor mir über den Platz treibt. Außer Atem bleibe ich stehen und zupfe die Haube zurecht. Meine Wangen sind heiß und mein Mund trocken. Christian soll nicht sehen, wie ich gerannt bin.

Unweit einer Bude, wo Bier und heißer Apfelwein ausgeschenkt werden, entdecke ich den Gauklerwagen. *Das Puppentheater*, steht darauf. Ich höre Kinder lachen. Und den Gesang einer Flöte. Bunte Bänder wehen am Wagen im Wind.

Da ist Christian. Mir gefällt es, wie er so ruhig zwischen den Kindern steht. Er ist größer als alle anderen. Mit seinem breiten geraden Rücken und den blonden Haaren, die wie ein reifes Weizenfeld in der Sonne leuchten. Trotz seiner zwölf Jahre ist sein Rücken schon fast so breit wie bei einem Mann. Christian sagt, das kommt vom Schleppen der Schweinehälften, weil er immer seinem Vater, dem Knochenhauer, hilft.

Ich schaue nach rechts und blicke auf den Rabenstein, der nur wenige Meter entfernt liegt. Durch die Vorfreude, Christian zu sehen, habe ich fast vergessen, was für ein Tag heute ist. Mein Herz schlägt wie ein Vogel im Käfig. Die Angst ist wieder da. Ich sehe die dunkelbraun geschichteten Reisighaufen auf dem gemauerten Podest, die kleine Steintreppe davor. Es ist der Ort, wo der Henker sein Tagwerk verrichtet. Heute wird der Schinder es besonders gründlich machen. So gründlich, wie es nur das Narbengesicht versteht. Er liebt es, wenn sie vor Schmerzen schreien.

Ich gehe durch die Reihen der lachenden Kinder und berühre Christian sanft an der linken Schulter. Er zieht eine Grimasse. Meine kleine Hand stiehlt sich in seine.

»Deine Finger sind ganz rau«, flüstert er mir ins Ohr.

Ich lächle und hefte den Blick auf die Bühne. Zwei Holzfiguren in bunten Kostümen führen einen Holzschuhtanz auf. Sie hängen an Schnüren und treten beim Tanzen nacheinander. Einen Moment vergesse ich alles um mich herum. Es gibt nur Christian, mich und die aus groben Planken gezimmerte Bühne, auf der die Menschen eine Welt aus Träumen erbauen.

Doch im nächsten Moment zerbricht diese Täuschung. Ich höre einen ohrenbetäubenden Tumult. Wie eine braune Schlammwelle bewegt er sich auf uns zu.

»Die Mullersche kommt!«, ruft ein Weib schadenfroh.

Kurz darauf höre ich das Rasseln eines Leiterwagens. Er wird von einem Esel gezogen. Das Gefährt mit den beiden Weibsleuten darauf wird begleitet von einem Tross Schaulustiger, welche die Straße vom Ostertor genommen haben. Vor dem Friedhof von St. Katharinen sind sie rechts abgebogen, um zur Steingrube zu gelangen. Mir ist der Weg vertraut, weil Mutter und ich viele Male durch dieses Tor in die Stadt gegangen sind.

Die Kinder gaffen in Richtung Leiterwagen. Die Gaukler sind nur noch Beiwerk. Selbst die bunten Bänder im Wind sind vergessen. Die Kleinen laufen schreiend auseinander, um sich dem Pöbel anzuschließen. Ich weiß, dass ich nicht fortlaufen kann. Jetzt nicht mehr. Christian versucht mich in die andere Richtung zu ziehen. Einen Moment ist es wie Tauziehen. Er ist stärker. Wir bleiben stehen. Mitten auf dem Platz. Sehen uns in die Augen. Über uns der Novemberhimmel wie ein grau gesprenkeltes Leichentuch. Es wird keine Leichen geben, die man verscharren kann. Nicht mal Knochen.

»Christian, ich muss das sehen. Bitte lass uns hier bleiben.« Ich presse die Lippen aufeinander, starre auf seine Finger.

»Warum willst du dir ... uns das antun?«

»Weil ich die Mullersche und auch die Magd der Krumfoetschen kenne.«

Christian runzelt die Stirn. »Und das macht ihren Tod weniger grausam?«

»Nein. Gerade deshalb muss ich hinsehen. Um nicht zu vergessen.« Mir steckt ein Kloß im Hals.

Christian streichelt meine Hand. »Was willst du nicht vergessen, Lene?«

»Das Unrecht. Die Mullersche ist keine Zauberin. Geske ist Hebamme und Kräuterweib. Vor ein paar Wochen hat sie Lores schlimmen Husten kuriert.«

Christian verschränkt die Arme vor der Brust. Seine Augen verengen sich zu Schlitzen.

»So. Und warum sagt dann Vater, der den Stadtbüttel kennt, die drei Weibsleute sind Hexen? Sie haben einen Pakt mit dem Teufel geschlossen und aus Rache den Neustädter Bürgermeister vergiftet, Lorenz Cappen. Und den Mann der Krumfoetschen, mit Fliegengift aus der Apotheke.«

Mir bleibt die Luft weg. »Vergiftet? Die Mullersche?«

Ich lasse Christian stehen, überquere den Platz und gehe zum Rabenstein, wo sich inzwischen eine Menschentraube versammelt hat. Die beiden Helfer des Henkers zerren Geske und die Magd der Krumfoetschen von dem Gefährt. Die Hände der Magd sind auf den Rücken gefesselt. Ich höre die Mullersche aufschreien, als ihr rechter Fuß den Boden berührt. Ich schlage die Hände vors Gesicht und schaue trotzdem wieder hin, gebannt und angeekelt. Christian steht an meiner Seite. Eine hohe, ruhige Statue mit seltsam bewegten Augen. Wir schweigen.

»Bestell dem Teufel einen Gruß von mir, Mullersche!«, ruft ein kleiner Fettwanst und speit ihr vor die Füße. Seine Verwünschung erntet lautes Gelächter. Verfaultes Obst fliegt aus der Menge. Eine matschige Birne trifft die Magd an der Brust und wird vom Henkersknecht in den Morast getreten, als er sie weiter voranstößt, die Treppe zum Rabenstein hinauf. Nur die Mullersche steht da wie ein fremdes, schiefes Ungeheuer aus einem Märchen. Mit weit aufgerissenen Augen und kahl geschorenem Schädel starrt sie den Pöbel an. Nicht einmal ihre Haube haben sie ihr gelassen.

Geske kann nicht laufen. Ihr verschmutztes Gewand hängt in Fetzen an ihr herab. Zwischen ihm sieht man den purpurfarbenen, gequetschten Unterschenkel des rechten Beines, da, wo die *Spanischen Stiefel* sie geküsst haben. Blut sickert aus der Wunde und vermischt sich mit dem Schmutz ihrer Füße. Ihr linker Arm hängt seltsam verdreht an der Seite wie ein gebrochener Flügel. Die Finger der Hand sind aufgedunsen, lila und schwarz, Spuren der Daumenschrauben, mit denen der Richter ihr Geständnis erzwungen hat.

Irgendwie schafft der Knecht es, Geskes dicken Leib über die Treppe auf den Rabenstein zu hieven. Zwei Holzpfähle sind in den Boden getrieben, an die jetzt Geske und die Magd gebunden werden. Das breit aufgeschichtete Reisig sieht harmlos aus, wie eine schützende Hecke. Die Leute recken die Hälse, um besser sehen zu können. Ich bete im Stillen, dass das Holz der Hecke so feucht vom Regen ist, dass es nicht brennen wird.

Der Henker betritt die vorbereitete Bühne.

»Du sollst die Hexen nicht am Leben lassen!«, donnert seine Stimme über den Platz. Er trägt keine Kapuze. Seine Hässlichkeit ist Maske genug.

Ich zucke zusammen, habe einen Moment das Gefühl, ohnmächtig zu werden. Ich taste nach Christians Hand. Sie ist da. Der Pöbel um uns herum klatscht und jubelt.

Ich kenne die Worte, die das Narbengesicht sich zu eigen gemacht hat. Den Satz habe ich einmal am Sonntag bei der Predigt in der Kirche gehört. Der Priester von St. Jakobi las ihn aus einem großen Buch vor. Damals verstand ich nicht, was er damit meinte. Nun bin ich älter und weiß, was die Worte für die Mullersche und die Magd der Krumfoetschen bedeuten.

Die Henkersknechte entzünden die Fackeln. Ein erstauntes Raunen geht durch die Menge.

»Und der Herrgott schickte das Feuer, um das Unreine aus der Welt zu tilgen!«, verkündet der Schinder mit unbewegtem Gesicht und gibt Zeichen, das Reisig zu entzünden.

Die Magd schreit. Ich sehe, wie Geske zum aschgrauen Himmel hinaufblickt und lächelt. Sie betet! Das Holz brennt, als hätte es in der Nacht nie geregnet. Flammen tanzen, springen auf die braunen Kleider über. Sie lodern immer höher und begraben die beiden Weibsleute schließlich im ewigen Licht. Ich weine. Christian hält noch immer meine Hand. Selbst, als das Feuer nur noch schwach glimmt.

Der Scheiterhaufen ist zusammengefallen wie ein ausgetrocknetes Tier. Ich habe keine Tränen mehr. Es dämmert. Der Pöbel ist fort, um seinen Sieg über die Hexen zu feiern. An den Schankbuden, mit Bier und heißem Apfelwein.

»Gehen wir, Lene?«

Ich nicke unmerklich. »Ja, lass uns gehen.«

Mein Name ist Magdalene Kiffle. Ich war dabei auf der Hildesheimer Steingrube, als der Scheiterhaufen brannte. Am 9. November, Anno 1607, wo das weltliche Gericht zwei Weibsleute den Flammen übergab, weil sie geheimnisvolle Dinge taten und fühlten. Hexen habe ich keine gesehen, da nicht und auch später nimmermehr.

Anmerkung: Die Geschichte der Hexenverfolgung beruht in Teilen auf historischen Tatsachen und hat sich in der Bischofsstadt Hildesheim tatsächlich so zugetragen.

Anke Wogersien
CATHARINA
(1738)

Vorwort

Catharina Helena Dörrien wird am 1. März 1717 als zweites Kind von vier Geschwistern in Hildesheim geboren. Ihre Eltern, Lucia Katharina Dörrien und Johann Jonas Dörrien, versterben früh: die Mutter bereits 1733, der Vater, Hauptpastor zu St. Andreas, fünf Jahre später.[1] Catharina Helena Dörriens engste Freundin wird die drei Jahre jüngere Sophia Anna Blandina von Alers, die später den Juristen und Historiker Anton Ulrich von Erath heiratet. Mit dreißig Jahren verlässt Catharina Hildesheim und folgt ihrer Freundin nach Dillenburg in Hessen. Sie wird Erzieherin in der Familie von Erath, bildet sich intensiv weiter, veröffentlicht zahlreiche pädagogische Schriften mit Illustrationen, darunter Pflanzenkataloge mit 1400 Aquarellen. Catharina wird Ehrenmitglied der *Botanischen Gesellschaft* zu Florenz sowie der *Gesellschaft Naturforschender Freunde* in Berlin. Catharina war eine in Hildesheim bedeutsame historische Persönlichkeit. Bis zu ihrem Tod im Jahre 1795 gilt sie als tatkräftige und intelligente Frau, die im 18. Jahrhundert den wissenschaftlichen Fortschritt in Deutschland fördert. Die nachfolgende Erzählung lehnt sich an die reale Historie an. Sie entwirft den Beginn der lebenslangen Freundschaft Catharina Helena Dörriens zu Sophia Anna Blandina von Alers.

Catharina Helena Dörrien an Sophia Anna Blandina von Alers, 15. Mai 1738

Liebes Fräulein von Alers,
 Ich bin untröstlich. Mein Herr Vater, Johann Jonas Dörrien, unser geschätzter Pastor zu St. Andreas, ist nicht mehr. Es ging die letzte Zeit mit

---

Vgl. Dörry, Ahnenforschung der Familie Dörrien: Sterbejahr 1738. Andere Quellen nennen als Sterbejahr 1737 (Viereck).

ihm so gar nicht gut. Nach vierthalb Jahren folgte er seiner geliebten Frau, unserer seligen Mutter, in die Ewigkeit.
 Ich kann keine Worte machen. Eben dacht ich dran, morgen mit Ihnen zu essen. Ich will uns was kochen. Kommen Sie, es mit zu verzehren. Wollen Sie meine Trauer ein wenig aufhellen? Darf ich Sie bitten, kommen Sie am Freitag so bald als möglich.
 Es wäre mein größtes Bedürfniß.
 C.

 »Fragen Sie mich nicht, liebes Fräulein von Alers, was nun werden mag! Noch genießen wir die bescheidenen Einkünfte aus den Pfarrpfründen von St. Andreas. Dem Himmel sei Dank, dass ich schon früh Kenntnisse in Ökonomie und allen häuslichen Angelegenheiten erwerben konnte. Ich weiß mit bescheidenen Mitteln zu wirtschaften. Gleichwohl, als Frauenzimmer werde ich derweil nur so lange im Pfarrhaus leben können, als meine Brüder nicht studieren gehen und die Stadt verlassen. Nun soll die Pfarrstelle mit dem Licensiaten Gläsener besetzt werden. Ich werde das Elternhaus verlassen müssen und in Bälde Unterkunft finden bei meines Vaters Bruder.«

Catharinas Gesicht war ernst. Für ihre erst einundzwanzig Jahre wirkte sie ungewöhnlich reif. Ihre schlanke Gestalt war in ein dunkelgraues Kleid gehüllt. Die junge Frau und ihre Freundin Sophia Anna Blandina von Alers hielten sich im Garten von Catharinas Elternhaus auf. Die Pastorenfamilie gehörte zum Stadtpatriziat. Seit dem 16. Jahrhundert schon lebte die Familie Dörrien in Hildesheim. Zur gelehrten Oberschicht gehörig, stellte sie oft Ratsmitglieder, Bürgermeister und Pastoren. Man führte ein eigenes Wappen: Ein silbernes Schild fasste drei aus einem grünen Berg wachsende Kleeblätter, über denen ein goldener Ring mit grünen Steinen schwebte.

Die Rosen der Grünanlage, durch welche die beiden Frauen an diesem sonnigen Vormittag schritten, standen in voller Blüte und verströmten einen betörenden Duft. Catharinas Gemüt hingegen war so dunkel wie ihr Trauerflor.

»Meine liebe Catharina, ich darf Sie doch so nennen? Seien Sie sich der Gegenwärtigkeit meiner Verbundenheit und meiner Hilfe gewiss.« Ohne Zögern war Sophia der dringlichen Einladung gefolgt, die sie gestern per Boten ereilt hatte.

»Haben Sie Dank!« Über die Veranda betraten die beiden Frauen das Haus, um im Speisezimmer das Mittagsmahl einzunehmen.

»Wie ungewöhnlich früh die Rosen in diesem Jahr blühen! Denken Sie nur, der alte Rosenstock am Mariendom entfaltet bereits seine Blüten!«, versuchte Sophia die Freundin aufzuheitern. »Die Witterung von Frühlingsluft hat mich heut früh recht lebendig gemacht, ich bin im Garten herumgesprungen.«

»Sie sind alleweil so munter. Ich dagegen habe am Morgen meine artigen Beete besehen und mich der Zeiten erinnert, da ich sie einst pflanzte. Mein Vater lehrte mich die Blumen nennen, so wie in der Folge auch, sie zu pflegen.« Catharina blickte aus dem Fenster hinaus auf den Rasen.

»Gleichwohl, die laue Luft macht die Last, die ich trage, heute noch drückender. Jetzt leb ich mit den Menschen dieser Stadt, esse und trinke, spaße auch wohl mit ihnen. Dennoch, mein inneres Leben geht unverrücklich seinen Gang. Aber lassen Sie uns von Ihnen sprechen.«

Catharina bemerkte, dass Sophia errötete. Sie ahnte, in welche Richtung die Gedanken der ihr inzwischen Vertrauten gingen.

»Verraten Sie mir, hat der Herr von Erath sich erklärt?«

»Die Eltern hätten's gern. Mir eilt es mit meinen achtzehn Jahren indes nicht. Besagter hingegen… «, Sie zögerte. »Er ist bereits im dreißigsten Jahr. Studiosus der Jurisprudenz. Meine eigenen Sachen gehen ordentlich und gut; es ist freilich nichts Wichtiges noch Schweres. Indessen, da ich, wie Sie wissen, alles als Übung behandle, so hat auch dies Reiz genug für mich. Von Erath ist nicht allein ein Gelehrter. Er ist auch ein Freund anderer nützlicher Wissenschaften und hat eine schöne Bibliothek. Er gibt mir allerlei Bücher, die sich für mich zu lesen schicken. Dabei wollen wir es einstweilen belassen.« Sophia senkte den Blick und strich sich über ihr roséfarbenes Seidenkleid.

»Trotz Ihrer jungen Jahre haben Sie kluge, ja ich möchte sagen, weise Ansichten, mein liebes Fräulein Sophia. Ich meine, je weniger einer jungen Person die Einsamkeit lästig wird, desto mehr legt sie dadurch eine Probe von ihrem reifen Verstande ab. Einsame Stunden sind diejenigen, in denen wir unser Herz untersuchen und an seiner Verbesserung wirken. Sie geben uns Gelegenheit, an den allgegenwärtigen Schöpfer zu denken, sein Werk zu achten, uns an ihm zu erbauen. Wir lesen wertvolle Bücher mit weit mehr Eifer als sonst.«

Catharina legte das silberne Besteck beiseite. Die Magd huschte herein und räumte ab. Die beiden Frauenzimmer saßen an einem Nussbaumtisch mit ovaler Platte. Das Möbel hatte eine massive Mittelsäule, die von vier weiteren Säulen umrahmt war. Die zwölf Stühle mit den vierkantigen Spitzbeinen wurden nur noch wenig genutzt. Eine der seltenen Gelegenheiten war vor drei Wochen gewesen, als die Familie hier nach der Trauerfeier beieinander gesessen hatte. Die Zeiten, da Catharina mit den Eltern, Brüdern und ihrer Schwester an diesem Tische fröhlich getafelt hatte, waren unwiederbringlich vorbei. Ihre trüben Lebensumstände durch den frühen Tod der Eltern hatten Catharina, so jedenfalls schien es ihr, vorzeitig altern lassen.

»Das Glück reizt die Menschen zu Hochmut und Leichtsinn. Ich rate Ihnen demnach, dass Sie dem Glücke nie ganz trauen, sondern die Zeit vielmehr so anwenden, als ginge es Sie gar nichts an. Mag Fortuna nachher wankelmütig werden, vermissen Sie dadurch nichts, sondern die wohlangewendete Zeit bleibt Ihnen als ein Reichtum, nach dem die Diebe nicht greifen können und ein Schatz, der weder von den Motten noch vom Rost verzehret werden kann.« Catharina blickte die drei Jahre jüngere Freundin an.

»Wissen Sie, Beste, das Unglück schlägt manche Menschen so nieder, dass sie zu nichts mehr taugen. Das ist der falsche Weg. Hat man seine Zeit vorher wohl angewandt, so findet man in allem Unglücke eine Quelle, durch die man sich wieder aufrichten kann.«, hielt Sophia ihr entgegen.

»Wie wahr Sie sprechen, Sophia. In allem Leide gibt es einen Sinn. Lassen Sie uns du sagen.«

Catharina Helena Dörrien an Sophia Anna Blandina von Alers, 27. Mai 1738

Liebe Freundin,
Ich muß Dir einen frohen Pfingstmorgen wünschen und Dir ein Stück Feyertags Kuchen schicken. Viel im Garten, versteht sich jetzt von selbst. Das schöne Wetter thut die gewohnte Würckung. Ging um elf gestern früh in die Stadt. Steckte mich in ehrbare Kleider, machte eine Visite, bei der hochgeehrtes-

ten Frau Doctorin Winckler. *Von freundlichen Gesichtern empfangen, fein unterhalten und beschenckt, hab ich einen angenehmen Tag zugebracht. Um vier zurück. Rosen, Äpfel. Die Pflege der Pflanzen ist mein Trost. Ach, wenn der liebe Vater noch wär! Durch alles das begleitet mich der vielgeliebte Talisman, den Du mir gabst. Sophia Anna Blandina, wie schön dein Name klingt!*
C.

Catharina Helena Dörrien an Sophia Anna Blandina von Alers, 28. Mai 1738

Liebe Sophia.
Ist Dein Gast fort? Und was habe ich von dem heutigen Tage zu hoffen? Ich will im Garten essen, wenn du mit Deiner Muhme wolltest zu mir kommen, Thee trincken und Abends bleiben! Was Du willst; so würdest Du mich glücklich machen.
C.

»Der Garten ist doch mein größtes Vergnügen. Besonders ist mir mein eigener Garten am liebsten.« Catharinas Gesicht strahlte seit langer Zeit wieder.

»Sagen Sie mir, warum Ihnen der Ihrige mehr Vergnügen macht als ein anderer. Ich für meinen Teil habe größte Freude an Klostergärten. Sie verströmen eine heilige Ruhe.« Die alte Muhme, die Sophia heute auf ihrem Besuch zu der Freundin begleitete, lehnte sich zurück und trank einen Schluck Holundertee.

»Gartenarbeit beruhigt das Gemüt. Ist der Blumengarten recht geputzt, sind es Ordnung und Reinlichkeit, die ihn zieren.«, gab Catharina zurück.

»Ja, Sie urteilen wohl wahr: Die Schönheit einer Sache tritt erst hervor durch Ordnung und Reinheit. Ein Zimmer kann noch so kostbare Möbel besitzen: Ist es staubig, so scheint es doch nicht schön zu sein.«

»Sag' Catharina, ist es nicht recht mühevoll, eine solche Ordnung zu halten?«, wollte Sophia von der Freundin wissen.

»Wenn du dies Mühe nennst, so musst du wissen, meine Liebe, dass man in der Welt nichts ohne Anstrengung erlangt.«

»Da hast du wohl recht, Beste.« Sophia seufzte.

»Ich für meinen Teil sehe es für gar keine Last an, weil mir durch das, was jetzt geschieht, eine große Gemächlichkeit zuteil wird. Diejenige Arbeit ist keine Mühe, durch die man sich Mühe erspart.«, erklärte Catharina der zweifelnden Freundin.

»Sie wollen sagen: Wenn Sie den Garten einmal aus dem Grunde haben rein machen lassen, können Sie ihn viel leichter erhalten als wenn solches zuvor nicht geschehen wäre. Und die Ordnung, die Sie darin getroffen haben, macht Ihnen nachher umso mehr Vergnügen,« ergänzte die Muhme.

»So kann man sagen. Mein lieber Vater war auch ein großer Freund davon. Außerdem ist es ein eigener Genuss, die Früchte seines Fleißes wachsen zu sehen.«

»Wer weiß, ob du nicht lieber in Gesellschaft wärest als hier im Grünen?«, beharrte Sophia.

»Ach nein! was habe ich denn in Gesellschaft für eine Kurzweil? Ich genieße dort nicht so meine Freiheit als hier. Im Garten finde ich hundert Dinge, die ihn mir liebenswert machen: die unendliche Verschiedenheit an Farbe und Form der Rosen, ihr mannigfacher, stets neuer Duft! Das nimmt das Gemüt so ein, dass man sich kaum entschließen mag, wenn man einmal im Garten ist, ihn wieder zu verlassen. Bedenke auch: Man geht nie zweimal in denselben Garten. Alle Tage finden wir in ihm neue Sorten und neue Reize. Jetzt, da er mit Blumen gefüllt ist, weilt man gern darin. Im Herbst macht man sich noch manch schönen Tag bei angenehmem Wetter zunutze. Im Winter zehrt man von den Früchten. Und die Hoffnung, im Frühjahr neue Schönheit vorzufinden weckt eine solche Vorfreude, dass ich es kaum auszusprechen vermag ...«

»Das will ich mir alles merken. Wenn ich einst einen Hausstand mein eigen nenne, musst du mir raten, liebe Freundin, welche Pflanzungen ich vorzunehmen habe.«

»Nur zu gern will ich das tun! Doch man muss auch Bücher zu Hilfe nehmen, worin uns die Pflanzen erklärt werden. Du wirst in Erstaunen geraten, wenn du die Schriften des Pflanzenreiches zu Rate ziehst. Die Besonderheiten der Natur erschließen sich erst dann. Doch sollte der Gärtner stets vor Augen haben, dass all dies des Schöpfers Werk ist und des Menschen Hand nur ausführt, was Er befiehlt«, dozierte Catharina. »Gerade an einem Maientag wie diesem wird uns die Allmacht Gottes bewusst. So lobpreist der Psalm 118: *Dies ist der Tag, den der Herr macht. Der Herr ist Gott, der uns erleuchtet. Schmückt das Fest mit Maien bis an die Hörner des Altars.* Ja, die Schönheit der Schöpfung lässt den Gerechten demütig werden.«

Die Muhme nickte. »Sie sprechen wahr, liebes Fräulein Dörrien. Junge Töchter sollten alle Tage eine gewisse Zeit der christlichen Erbauung widmen und sich weder durch Bequemlichkeit oder üble Exempel verkehrter Gemüter noch durch nichtige Verrichtungen davon abhalten lassen.«

»Welches sind derlei Zerstreuungen?« verlangte Sophia zu wissen.

»Zeitverderbliche Gegenstände gibt es derer viele. Die vornehmsten sind der *übermäßige Schlaf*, durch den so mancher die Hälfte seiner Jahre verliert, träge wird und seine Lebendigkeit einbüßt. Auch der *übertriebene Putz*, den so manches junge Frauenzimmer eitlen Gemütes pflegt, macht uns lächerlich vor Gottes Augen.« Die Muhme nahm einen Schluck Tee.

»Sicher gibt es derlei Zeitverderbnisse noch etliche?« Catharina blickte sie fragend an.

»Freilich. *Allzu häufige Gesellschaften* und *allzu viel Geschwätz* gehören dazu, ferner natürlich unzüchtige *Schäkereien*. Auch *beständiges Geplapper* ist untunlich. Natürlich darf man den Menschenkindern die Rede nicht verwehren. Doch beständiges Geplapper schadet vielen Verrichtungen, zumal darüber Wichtiges vergessen wird. *Das Kartenspiel* und *das Lesen schlechter oder liederlicher Bücher* können gleichfalls zum Zeitverderb gerechnet werden. *Romane* sind in Sonderheit Scharteken, welche den Verstand verrücken und aus jungen Damen Närrinnen machen können. Auch *Verdrießlichkeit bei der Arbeit* tut keineswegs wohl. Wenn einer eine Sache ungern tut, wäre es besser gewesen, er hätte sie gar nicht getan. *Das Übereilen* verdirbt Dinge, sodass sie zuweilen von vorn wieder angefangen werden müssen. Auf solche Weise ist die zuerst verwandte Zeit und Mühe abermals verloren. *Unbeständigkeit* schließlich, also das Hüpfen von einer Sache zur nächsten, muss sich ein junges Frauenzimmer verbieten. Es ist eine unfeine Gewohnheit, die nicht den geringsten Gewinn mit sich bringt. Die Dinge in dem Augenblick zur Hand zu haben, da man es will, hängt von der Liebe zur Ordnung ab. Es erspart das Suchen. Und wie vieles kann der Geist der Ordnung nicht dazu beitragen?«

»Habt Dank, liebe Muhme!« Sophia drückte die Hand der alten Frau. »Den Rat wollen wir wohl schätzen, nicht wahr, Catharina? Ihr seid uns an Jahren und Weisheit voraus.«

»Zuvorderst gilt es, den Augenblick zu nutzen.« Die Muhme erhob sich. »Wir wollen Sie nun nicht weiter aufhalten, liebes Fräulein Dörrien. Wir ziehen uns zurück. Da nun die so gewünschten Frühlingszeiten beginnen, so möge uns der Himmel den Genuss davon geben und allen Trübsinn um uns herum hinwegstäuben. Adieu, Fräulein Dörrien. Haben Sie Dank für Ihre Gastfreundschaft.«

Auch Sophia erhob sich und schickte sich an, der Muhme zu folgen.

»Es war mir ein Vergnügen. Gehen Sie behütet! Gott behalte Sie in seiner Güte. Und dich ebenso, liebe Freundin!« Catharina reichte ihren Gästen zum Abschied die Hand.

Sophia Anna Blandina von Alers an Catharina Helena Dörrien, 28. Juni 1738

Liebe Catharina,
Kaum erinnere ich mich unseres letzten Besuches bei Dir. Die Worte der Muhme indes klingen mir noch im Ohr. Sie beschäftigen mein Thun. Ich möchte von Dir etwas freundliches hören. Wie lange haben wir uns nicht mehr gesehen! Gehen wir spazieren! Wenn Dir's wohl ist, Dich die Arbeit nicht fordert, so sei eingeladen zu erscheinen.
Sophia

Catharina Helena Dörrien an Sophia Anna Blandina von Alers, 5. Juli 1738

Liebe Freundin,
Hab Dank für Deine Zeilen. Mein Gartenwerk und meine Haushaltung ist noch nicht gethan. Die Rosen blühn, die Rabatten sind zu versorgen. Mein Bruder wartet. Ich bereite den Auszug aus dem Pfarrhause vor. Ich habe so viel zu thun daß ich nicht weis wo anfangen und wo endigen. Gleichwohl, wie sagte Deine liebe Muhme? ‚Nutze den Augenblick!' Adieu, lieber Anfang! liebes Ende! Ich komme für einen kostbaren Augenblick.
C.

Verwendete Quellen

Ahnentafel der Familie Dörrien und eigene Recherche: Persönliches Gespräch mit Rainer Dörry, Ahnenforscher der Familie Dörrien.

Meyer, Philipp: *Die Pastoren der Landeskirchen Hannovers und Schaumburg-Lippes seit der Reformation.* Göttingen, 1941/42, Bd. I, S. 503.

Viereck, Regina: *Zwar sind es weibliche Hände. Die Botanikerin und Pädagogin Catharina Helena Dörrien* (1717-1795). Frankfurt / New York: Campus, 2000.

Michael Hannack
DAS GEDICHT
(1815)

Friedrich lag im Liebesgrund und träumte so vor sich hin, hiervon und davon. Zwischen Rittersporn und Hainveilchen lag die dicke, dachsgraue Wolldecke ausgebreitet. Hinter allerlei Blumen und Buschwerk blieb der Jüngling weitgehend unsichtbar. Kaum ein sonntäglicher Spaziergänger konnte ihn dort bemerken. Selbst das Mäuschen, das an seinem luftigen Bett vorbeihuschte, um gleich darauf in die heimelige Erde zu tauchen, schien ihn geflissentlich zu übersehen. Friedrich liebte die Tagträumerei und die Dichtkunst. Er verschlang Hölderlin und Vergil, vergötterte Goethe, Petrarca und Karoline von Günderode und verfasste nicht zuletzt beizeiten eigene mehr oder weniger bedeutsame Verse. Seit Wochen trug er ein neues, fast fertiges Gedicht im Kopf mit sich herum, ohne es erfolgreich beenden und aufschreiben zu können.

Denn als wäre die schweißtreibende Arbeit in der elterlichen Schreinerei in der Neustadt nicht anstrengend genug, ließ ihn der gestrenge Alte nach dem mühsamen Tagewerk abends noch allerlei Botengänge machen. Kam er dann endlich ausgelaugt nachhause, stand oft schon der Mond über den windschiefen Dächern und verzog das anmutige Gesicht zu einer gruseligen Fratze.

Bald nach dem Abendmahl fiel Friedrich regelmäßig in den wohlverdienten, aber häufig unruhigen Schlaf, ohne zuvor noch zum Bleistift zu greifen. In wilden Träumen streifte er durch mystische Wälder, sprach mit lächelnden Einhörnern und ernsthaften Faunen, aß farbige Pilze und trank goldenes Wasser aus verborgenen Quellen, die kein gewöhnliches menschliches Wesen finden konnte.

Leider bewohnten mitunter auch allerhand unangenehme Kreaturen die friedrich'schen Nachtwälder: Allen voran ein pechschwarzer Wolf mit silberner Lockenpracht, der majestätisch auf einem Felsen thronte. Die finsteren Gedanken des unheimlichen Tieres schienen durch Friedrichs Kopf direkt in seine zitternde Seele zu dringen, als wenn eine düstere Wahrheit hineingebrannt werden solle.

Das alles war nun jedoch meilenweit entfernt, und er genoss den einzigen freien Tag in der Woche. Hin und wieder vernahm er ein paar schwache Gesprächsfetzen vorübergehender Herrschaften, die ihn jedoch in seiner Entspannung nicht stören konnten. Er zog den abgenutzten Bleistift und die zerschlissene dunkelgrüne Kladde aus dem Lederbeutel und schrieb endlich das Gedicht nieder, das ihn schon so lange begleitete. Ein paar kleine Änderungen nahm er noch vor, strich Wörter und ersetzte sie durch vermeintlich passendere. Dabei wurde er schläfrig, denn auch geistige Tätigkeit strengt bekanntlich an, wurde schläfriger und schläfriger...

Ein bunt geschmückter Wagen fuhr atemberaubend schnell über holprige Waldwege. Gezogen ward er von sechs schneeweißen Pferden in goldenen Geschirren. Zehn liebreizende Jungfrauen und ebenso viele adrette Junker drängten sich in dem übervollen Gefährt, jauchzten und redeten wild durcheinander. Einige aus der seltsamen Schar sangen Lieder, aber jeder ein anderes, sodass ein kaum entwirrbares Knäuel verschiedenster Töne entstand.

Auf unerklärliche Weise rührte Friedrich das merkwürdige Klang-Sammelsurium an, gleich einer lange erwarteten Botschaft, welche seit seiner Geburt als winzige Wolke über ihm schwebte und nun heftig drängend an seine Seele klopfte, um hineingelassen zu werden. Bloß konnte er sie nicht hereinlassen, so sehr er es auch ersehnte, denn gerade als die herrliche geheime Erkenntnis kurz vor seinem inneren Schlafauge zu leben sich anschickte, endete der Traum abrupt durch unerträgliches Gekrabbel auf der Nase, welches wohl von einer kecken Fliege oder einem anderen Insekt herrührte.

Der ungewollt Geweckte trauerte dem unvollendeten Traumgeschehen nach, begriff aber schnell, wie aussichtslos es war, verlorene Träume wiederzufinden und versuchte, sich durch Schreiben abzulenken, was auch gelang. Das Gedicht in der Kladde immerhin wuchs heran zu seiner Vollendung.

Doch kurz bevor er das Poem vollends fertigstellen konnte, fiel Friedrich zurück in jene klagende Missstimmung, welche das elende Flügeltier mit der Zerstörung des vorherigen Traumes bewirkt hatte. So wie eben durch jenes nasale Unbehagen waren ihm schon oft durch das Morgenwecken durch die Schwester die Traumfäden zerschnitten worden. Manchmal erwachte er sogar mitten in der Nacht, weil er die Schwester weinen hörte.

Christiane hatte nach dem frühen Tod der Mutter deren Aufgaben übernehmen müssen und tat dies, so gut sie eben konnte. Er wusste, dass sie den Vater und die kleinen Geschwister unendlich lieb hatte und dennoch an der nie endenden Hausarbeit und übermenschlichen Verantwortung verzweifeln musste. Gewiss wünschte sie sich ein weniger mühseliges Dasein. Vielleicht wartete sie sogar auf den Prinzen, der sein halbes Königreich und seine ganze Liebe zu ihren schrundigen Füßen legte. Friedrich bedauerte, dass er sie noch nie wirklich danach gefragt hatte.

Waren sie nicht beide von demselben Wunsch beseelt, ein leichteres und freudigeres Leben zu führen? Waren ihrer beider Engel nicht auch Engelsgeschwister, welche an lauen Juliabenden gemeinsam in einer himmlischen Innerste plantschten oder an einem klaren Januarmorgen Armreife aus Schneeflocken bastelten?

Er vermutete es, aber wusste es nicht, und das tat ihm in diesem Moment weh. Wieder bemüht, sich abzulenken, besah Friedrich noch ein letztes Mal die zwölf im Schreibheft aufgereihten Verse, ersetzte nochmals drei Wörter, las alles mehrmals durch und befand es endlich für annehmbar.

>
> Ich ziehe mit den Wolken fort
> Nach Böhmen, Rom und Flandern
> Und sehe mich voll Sehnsucht dort
> Durch Täler, Straßen, Wälder wandern.
>
> Gestalten, brav im Sonntagszwirn
> Beherrschen diese Erde
> Und blinzeln zum Zentralgestirn,
> Auf dass ihr Engel sichtbar werde.
>
> Die Vögel singen unsichtbar
> In dunklen hohen Bäumen,
> Ein schwarzes Tier mit Silberhaar
> Besucht mich oft in schweren Träumen.

Schon dämmerte es über dem Liebesgrund. Ein halb glücklicher junger Mann mit einer eingerollten Decke unter dem Arm ging an der Michaeliskirche vorbei, die veränderungsreiche Jahre erleben musste. Nachdem das angegliederte Benediktinerkloster aufgelöst wurde und die Kirche als Heulager diente, war das Gotteshaus im letzten Jahr komplett geschlossen worden. Uneilig ging er durch Straßen und Winkel, die ab 1802 preußisch, und nur fünf Jahre später bis dato von Napoleons Bruder Jerome als Teil des Königreiches Westphalen, regiert wurden.

Die kurze und lange Burgstraße entlang, über den Papenstieg und den Bohlweg trottete Friedrich bis zur Kreuzkirche, nicht ohne immer wieder innezuhalten, lange über eine interessante Hausinschrift zu sinnieren oder den betörenden Duft einer herrlichen Mauerrose einzusaugen. Durch die Neue Straße und die Wollenweberstraße schritt er hinein ins Dunkle.

Leise öffnete er zu recht vorgerückter Stunde die Haustür, tastete sich den engen Flur entlang und stieg vorsichtig die Treppen zu seiner winzigen Dachkammer hinauf. Unterwegs vernahm er ein Husten aus einem der beiden Kinderzimmer, wo immer eines der sechs jüngeren Geschwister kränkelte. Ansonsten herrschte völlige Ruhe in dem Gebäude. Der Vater befand sich vermutlich noch in der nahen Schenke, die er für gewöhnlich sonntags nachmittags aufsuchte, um dort mit einigen mehr oder weniger ehrenwerten Herren einige Humpen Bier zu trinken und die schwierigen Umstände für ein paar Stunden etwas freundlicher erscheinen zu lassen.

Einzig Christianes karges Kämmerlein, welches oben gegenüber seinem lag, verriet mittels eines schwachen Lichtpunktes, der das Schlüsselloch verließ und von einer Kerze herrühren musste, lebendiges Tun. Vielleicht stopfte die fleißige Schwester noch Strümpfe oder sie war schon über der späten Handarbeit eingeschlafen. Friedrich beließ es bei der Vermutung, betrat sein Zimmer und fand auf dem kleinen Kacheltisch sein Nachtmahl aus Schmalzbroten und Milch vor, welches Christiane immer schon bereitstellte, wenn er später als gewöhnlich heimkehrte.

Schlafe sanft, Schwester,
Sanft ruhe die Welt,
Es haben die Englein ihr goldenes Licht
In die menschlichen Herzen gestellt.

Andächtig und ernsthaft sagte er den altvertrauten Reim auf, wusch das Gesicht und die Hände in der Waschschüssel, aß und trank, und alsbald umschmiegte ihn traumvoller Schlaf.

Marlene Wieland
HONOREM EI, QUI MERITUR
oder SEI GEGRÜSST, MAGDALENA
(1864)

4.April 2014
Mein Name ist Ray. Ich habe Jura studiert und bin 31 Jahre alt.
Derzeit bin ich undercover unterwegs.
Täglich und zu unterschiedlichen Tageszeiten befinde ich mich auf der Wiese vor den Thega-Lichtspielen, also auf dem Terrain zwischen Steingrube-Teichstraße und Theaterstraße, die früher Marienstraße hieß.
Hier sitze ich, sinniere, fasse die Bäume an, ja umarme sie sogar und stelle mir vor, wie das alles zwischen 1873 und 1907 ausgesehen hat...
Und ich suche *Sie*, diese Frau, diese Magdalena Knaup, geb. Ohlendorf.
Am 23. März 1848 wurde sie in Bettmar geboren.
Manchmal glaube ich ihre Krinoline rascheln zu hören, es riecht nach Lavendel, ich spüre einen Luftzug und meine ihr nahe zu sein, die Bäume und auch die Erde tragen noch Spuren – ja ich spüre sogar, dass die hinterste Kastanie, diejenige war, an der Malwine ihren ersten Kuss bekam.

1873

Im Jahre 1873 eröffnet an der Steingrube – Ecke Teichstraße das »*Knaupsche Etablissement.*«
Ein Jahr zuvor, am 13. Januar 1872, dem kältesten Januar seit langem, hat Magdalena Knaup Zwillinge geboren, unverhofft. Plötzlich sind da zwei Kinder, und dann auch noch zwei Mädchen. Kein fließend Warmwasser, keine wohltemperierten Räume. Windeln und Luren trocknen kaum. Magdalena ist jetzt fünfundzwanzig, hat bereits drei Kinder und steht jeden Tag in der Küche des Etablissements.
Dem Restaurant mit Garten, das in Hildesheim große Popularität genießt, ist ein heizbarer Theatersaal angefügt. Hier wechseln sich Sensationsdarstellungen ab mit ernsthaften Theateraufführungen, und der Garten bietet Raum für so aufregende Dinge wie Ballonauf-

stiege und große Feiern. Im Sommer stehen hier Tische und Stühle, bis zum späten Abend wird serviert. Im Haus ist ein großes Lokal in feinster Ausstattung mit verschiedenen Eingängen von der Marienstraße, Teichstraße und vom Garten her.

An schönen Sommerabenden und am Wochenende gibt es hier Konzerte, die bei der Bevölkerung sehr beliebt sind.

Man sitzt im Gartenlokal oder flaniert die Marienstraße auf und ab, um zu sehen und gesehen zu werden.

Gar manche schicksalshafte Begegnung nimmt hier ihren Anfang.

Die gute Seele von alledem ist Magdalena Knaup. Magdalena, die nicht nur kocht und bäckt, sondern die sich auch nach guter Sitte die Nöte ihrer Gäste anhört, eng in ein Mieder geschnürt, mit Reifrock und Unterhosen, unten offen. So gebietet es die Mode Anno dazumal.

In der Gaststätte, die das Unternehmen mehr oder weniger trägt, unterhält die 1863 gegründete **Vereinigung Königlich-Hannoverscher Juristen** ihren Stammtisch, sich selbst als **»Knaupsche Tischgesellschaft«** bezeichnend. Hier treffen sich Referendare und Junggesellen zum Mittag. Die jungen Referendare sind natürlich ledig. Sie können gar nicht heiraten, da sie von Vater Staat keinen Pfennig bekommen. Jeder Referendar, der sich zur **»Knaupschen«** bekennt, wird in das **Goldene Buch** eingetragen. Magdalena Knaup, hier nur Tante Knaup genannt, hat strenge Tischsitten. Keiner darf den Löffel in die Suppe tauchen, bevor der Präsident nicht »Gesegnete Mahlzeit!« gesagt hat. Für ihre Juristen hat Tante Knaup eigene Tischwäsche und eigenes wertvolles Silber.

Zwei Feste gibt es im Jahr: das Stiftungsfest und das Weihnachtsfest. Beim Stiftungsfest wird das berühmte »Hoppelpoppel« serviert, ein Bauernfrühstück mit Schinken, Bratkartoffeln, Gurken und scharfer Bratensoße. Der Präsident erklärt dazu ususgemäß: »Silentium, wir essen heute Hoppelpoppel – gesegnete Mahlzeit!«

Die **Knaupsche Tischgesellschaft** gibt es noch heute. Die Weihnachtsfeier findet jetzt im Knochenhaueramtshaus statt; ein Referendar oder eine Referendarin halten die Tischrede. Die zu diesem Anlass erscheinende **»Knaupsche Weihnachtszeitung«** wird der Kommission buchstäblich aus den Händen gerissen. Es ist ein Genuss, darin zu lesen. Die Blätter sind reich bebildert mit oft sehr treffenden Karikaturen. Man nimmt sich gegenseitig auf den Arm. Zum Abschluss, nicht selten gegen Mitternacht oder später, unterhalten sich Müller und Schulze im Jargon des Pottes über Aktuelles in Politik und Justiz.

In der Weihnachtszeitung heißt es am Ende eines Gedichtes:

**Geht selbst der Erdenball zu Staub
Es lebe ewig Tante Knaup!**

Tante Knaup wird am 20. Mai 1894 Witwe. Da ist sie gerade einmal achtundvierzig. Von nun an wirtschaftet sie selbst, ist für alles allein verantwortlich. Nach wie vor muss sie die Referendare bekochen, bekommt sie immer alle satt und sorgt auch für die Ärmsten der Armen, indem sie Reste austeilt. Natürlich gebietet sie in der Küche inzwischen über eifrige Mithelfer. Doch sie ist für alles verantwortlich, überprüft die Angebote, den Spielplan des Theaters und ordert hier und da.

Trotzdem findet sie immer noch Zeit, sich ihren Gästen zu widmen, sich zu ihnen an den Tisch zu setzen.

Oft sitzen im Garten die weniger theaterbegeisterten Ehemänner beim Wein oder Bier, während ihre ergriffenen Ehehälften im Theater Tränen der Rührung vergießen über Madame Butterflys tragischen Tod.

So auch ein stadtbekannter Anwalt, der hier heute auf seine Frau wartet – und auf Malwine, die Waise, die sie zu sich genommen haben.

Malwine ist sechzehn und kommt aus Oberschlesien. Sie ist das Patenkind seiner Frau und soll nun bei ihnen leben und in die Gesellschaft eingeführt werden. Natürlich soll sie auch etwas lernen und vor allen Dingen diesen elenden Dialekt (diese oberschlesische Mundart) ablegen. Das ist vorrangig, denn das Hannöversche hört sich besser an.

Tante Knaup hat dazu sofort einen Vorschlag: »Das Kind muss unter die Leute, damit es nicht schwermütig wird, nicht der Melancholie verfällt. Sie könnte bei mir viel lernen. Ich werde mich ihrer annehmen.«

Das alles erscheint dem Anwalt, der den Plan danach mit seiner Frau bespricht, plausibel. Und so geschieht es, dass Malwine, das schlesische Waisenkind, unter die Obhut der Magdalena Knaup gelangt.

Tante Knaup, inzwischen zweiundfünfzig, sieht in Malwine das Enkelkind, das sie sich immer gewünscht hat. Malwine trägt stets ein schwarzes langes Kleid mit weißer Schürze, jedoch keine Haube. Das ist zwar nicht ganz passend, doch als Bedienung kommt sie ohnehin nicht in Frage. Wichtig ist erst einmal, sie auf andere Gedanken zu bringen, sie das hannöversche Deutsch zu lehren und so einiges mehr.

Tante Knaup geht mit ihr hinüber in den Theatersaal und zeigt ihr, wie man abstaubt. Das tut man zu dieser Zeit mit einem großen Wedel, der mit Straußenfedern bestückt ist. Im Hintergrund des Saals erhebt sich eine breite Theke, und dahinter ist eine hölzerne, reich verzierte Wandverkleidung.
Malwine hat Freude an der Arbeit. Beim Abstauben kann sie ihren Gedanken nachhängen, an die Heimat denken und die kostbaren Schnitzereien mit dem Wedel behutsam streicheln. Und es riecht so schön hier, nach Theater. So jedenfalls nennt sie diesen Geruch: Schminke und Kampfer und billiges Parfum und Staub.

Während Malwine versonnen mit dem Wedel hantiert, geht plötzlich die Tür auf und ein junger Mann kommt herein.
»Ich habe gestern Abend mein Monokel hier vergessen«, stammelt er, überrascht, hier ein junges Mädchen vorzufinden.
Malwine, ebenfalls erschrocken, starrt ihn an – ein coup de foudre, für beide.
Er geht sofort wieder hinaus, schließt die Tür, und Malwine nimmt sich den nächst bestem Stuhl, um sich hinzusetzen. Was war das denn? So etwas hat sie ja noch nie erlebt! Und vor allen Dingen: Wer war das?
»Das war der Referendar Fritz-Wilhelm aus Stade«, verrät ihr Tante Knaup später, als sie sich ihr anvertraut.
Der Referendar will Malwine unbedingt wieder sehen, und so wagt er es zwei Tage später, noch einmal den Theatersaal zu betreten. Wieder fragt er nach dem Monokel. Doch Malwine kann ein-

fach nicht antworten. Sie ist fassungslos, läuft rot an und lächelt seraphinisch.

In der Tischgesellschaft hat es sich bereits herumgesprochen, dass da nun ein junges Mädchen aus gutem Hause der Knaup unterstellt ist – eine Waise aus Oberschlesien, die bei ihrer Patentante logiert. Diese pflegt Malwine abends abzuholen, denn ein junges Mädchen gehört nicht allein auf die Straße.

Auch heute holt die Patentante Malwine ab. Und genau heute lauert Fritz-Wilhelm hinter einem Baum. Warum? Nun, er will Malwine sehen, sie nur sehen, ihr in die Augen blicken und nach Möglichkeit ein Lächeln von ihr ergattern. Das ist alles, und damit ist er glücklich.

Doch Malwine läuft bei diesen Blicken eine Röte über den gesamten Körper, die ihr schier den Verstand zu rauben scheint. Sie kann nur noch lächeln, lächeln, lächeln.

So geht das Frühjahr ins Land. Tante Knaup hat Mitleid. Sie sieht, wie die beiden jungen Leute sich nacheinander verzehren und Gefallen aneinander haben. Deshalb bietet sie schließlich an, mit ihnen spazieren zu gehen. Man will sich in der Sedanallee treffen und dann ein Stück auf den Galgenberg gehen.

Es ist soweit: Tante Knaup verlässt mit Malwine das Haus. Fritz-Wilhelm wartet am Eingang Sedanallee. Tante Knaup geht in der Mitte als Anstandswauwau und genießt das sichtlich. Doch als die drei aus der Stadt herauskommen, mimt Tante Knaup Kurzatmigkeit und bleibt drei Schritte zurück. Natürlich lässt sie die beiden nicht aus den Augen, achtet genau darauf, dass ihre Hände sich nicht berühren, der Abstand zwischen ihnen breit genug bleibt.

Der Spaziergang wiederholt sich zweimal.

Friedrich-Wilhelm, der abends keinen Schlaf finden kann, denkt, während er sich im Bett wälzt, immer an diese Eifersuchtstat, in der Dr. Grimme als Sachverständiger geladen ist. Er hat seine Ausführungen mit den Worten begonnen: »Herr Präsident, die Liebe ist eine Krankheit!«

Der Vorsitzende glaubte nicht richtig zu hören und sagte: »Herr Dr. Grimme, wir wissen, oder besser wir glauben zu wissen, was die Liebe ist. Wollen Sie bitte zur Sache kommen!«

»Nein«, erwiderte Dr. Grimme, »ich muss Ihnen das einfach sagen, Herr Vorsitzender: Die Liebe ist eine Krankheit!«
Und nun hat er, Friedrich-Wilhelm, diese Krankheit selbst. Er fühlt sich erbärmlich.

Als es Herbst wird, ergibt es sich einmal, dass die Patentante sich verspätet. Malwine steht hinter der Kastanie in Richtung Steingrube und wartet. Da huscht plötzlich Friedrich-Wilhelm hervor und gibt ihr einen Kuss. Die Hände hat er dabei auf dem Rücken; er berührt sie nur kurz mit den Lippen und läuft dann vor Schreck schnell davon.

Malwine beichtet es am nächsten Tag Tante Knaup. Sie weiß, dass da etwas passiert ist, das nicht hätte passieren sollen. Auch Tante Knaup hält den Annäherungsversuch für unzüchtig und sucht den Juristen auf, bei dem Malwine lebt und dessen Kanzlei sich großen Zuspruchs erfreut. Sie lässt sich einen Termin geben und betritt mit Hut und Handschuhen entschlossenen Schrittes die Kanzlei.

Was darauf folgt, ist nicht belegt, doch findet die Hochzeit zwischen Malwine und Fritz-Wilhelm noch vor Weihnachten statt. Man zieht in zwei Dachkammern in der Gartenstraße. Malwine ist nun siebzehn und spricht etwas Hannöversch. Sie hat den Flohwalzer erlernt, lächelt nach wie vor seraphinisch und liebt ihren Mann abgöttisch.

1907 verkauft die Wittfrau Magdalena Knaup das Etablissement an der Steingrube 39 und das Privatwohnhaus Teichstraße 20 an die Stadttheater Hildesheim AG.
Ab 19. Oktober 1907 wohnt sie im Bergsteinweg 20.
Zwölf Jahre später zieht sie in den Bergsteinweg 58, wo sie mit achtzig Jahren stirbt.

10. April 2014
Mein Name ist immer noch Ray, mein undercover Auftrag ist abgeschlossen. Ich sehe: Hildesheim ist eine aufstrebende, dem Tourismus aufgeschlossene Studentenstadt.
Viel wird darüber diskutiert, wie die Stadt noch attraktiver werden kann, welche Projekte hier gefördert werden sollten. Ich finde:

Die Jakobikirche braucht keinen neuen Kirchturm, der würde weder Touristen anziehen, noch Studenten begeistern.

Was Hildesheim braucht, ist ein Ort, einen festen Platz, an dem die Studenten ihr Examen feiern können. So wie das berühmte *Gänseliesel* (bitte googlen, meine Zeit ist begrenzt!) in Göttingen.

Tante Knaup – lebensgroß, mit Kochlöffel in der Hand, würde sich dazu hervorragend eignen, denke ich. Möglichst auf einem Podest sollte sie stehen, damit man Sektgläser abstellen kann und Blumen niederlegen, wie das bei Feiern üblich ist. Mitten auf der Wiese vor dem *Thega*-Lichtspielhaus. Und wer weiß, vielleicht kommt durch Mundpropaganda ja auch noch die Kastanie ins Spiel?

Meine Firma schickt mich jetzt nach Lüneburg. Da werde ich ebenfalls undercover unterwegs sein. Jedoch unter dem Namen Brian.

Quellen: HAZ, Stadtarchiv, Dr. Giesecke, Jens-Uwe Brinkmann, Ulrich Vultejus.

Bernward Schneider
IM DUNKELN
EINE HILDESHEIMLICHE KRIMINALGESCHICHTE
(1895)

1

An einem Sommerabend des Jahres 1895 klopfte es an der Tür meines Hauses am Alten Markt. Draußen stand ein älterer Mann, der sich mir als Bediensteter des Kaufmanns Beuken vorstellte. Er war außer Atem und hatte ein gerötetes Gesicht, als ob er gelaufen sei.

»Kommen Sie schnell, Herr Advokat Fasterling«, rief er mir zu, »dem Herrn geht es schlecht! Es ist wegen seines Testaments!«

Ich griff mir Jacke, Papier und Stift und folgte Beukens Diener hinaus in den hellen Abend.

Sein Herr habe sich nach dem Abendessen unwohl gefühlt, berichtete mir der Mann, während wir die Dammstraße hinuntereilten; der herbeigerufene Arzt habe ein bedenkliches Gesicht gemacht und eine Medizin verordnet, mit der sich Herr Beuken zur Ruhe begeben habe; aber eine halbe Stunde später habe sein Herr nach ihm gerufen und erklärt, er befürchte, sein Ende stünde bevor, doch solle nicht der Arzt, sondern der Advokat gerufen werden.

Wir bogen in die Alfelder Straße, wo sich Beukens Haus befand. Es war ein Gebäude im englischen Tudorstil; mit seinenEcktürmchen, Zinnen und Sandsteinquadern unterschied es sich auffallend von den Fachwerkhäusern mit ihren spitzen roten Dächern, wie sie im inneren Bereich der Stadt üblich waren.

Die Halle, in die wir traten, war mit fremdländischen Exponaten geschmückt; Statuen und Masken, die von den Reisen stammten, von denen ich wusste, dass Beuken sie in ferne Länder unternommen hatte.

Nachdem wir eine Treppe hinaufgestiegen waren, öffnete der Diener eine Tür.

»Oh, der Herr hat sich erhoben«, hörte ich ihn sagen, kaum dass er die Kammer betreten hatte, »es scheint …«

Jäh verstummte die Stimme des Mannes, und ich sah, wie er eine unwillkürliche Bewegung des Erschreckens machte.

Schnell trat ich vor. Kaufmann Beuken saß reglos in einem Sessel neben dem Bett. Seine Augen waren geschlossen. Der linke Arm lag schlaff auf einer Stuhllehne.

»Herr Beuken«, rief ich ihn an, »Was ist Ihr Wunsch wegen des Testaments?«

Der Kaufmann reagierte nicht, und so beugte ich mich zu ihm hinunter und tastete nach dem Puls an seinem Arm. Ich konnte jedoch nichts finden.

»Er ist tot«, murmelte ich, nachdem ich ein paar Mal an der Schulter des reglos Dasitzenden gerüttelt hatte. »Niemand kann ihm mehr helfen. Kein Advokat, aber auch kein Arzt.«

»Ach, wäre er doch liegen geblieben!«, äußerte der Diener bestürzt. »Sicher hat er sich aus dem Bett erhoben, um Ihnen zu beweisen, dass er noch im Vollbesitz seiner geistigen Kräfte sei.«

»Das lässt sich vermuten«, erwiderte ich. »Hat Herr Beuken seinen letzten Willen Ihnen gegenüber geäußert?«

Der Diener schüttelte den Kopf. »Er sprach von einer Stiftung für Bedürftige. Mehr ließ er nicht verlauten.«

»Warum hat er nicht früher ein Testament errichtet?«, sagte ich mit einem Kopfschütteln. »Fühlt man bereits das Ende nahen, ist es häufig zu spät.«

Der Diener sah mich merkwürdig an. »Herr Beuken hatte am späten Nachmittag Besuch von einem mir unbekannten Herrn. Aber ich kann nicht sagen, ob der Entschluss meines Herrn mit dem Besuch zusammenhing.«

»Wer war dieser Besucher?«

»Ein junger Herr, der seinen Namen nicht nannte. Er schien mir kein Hiesiger zu sein.«

Ich überlegte einen Moment, ob mit dem Hinweis etwas anzufangen war, konnte aber nichts daran finden.

»War der Arzt zugegen, als Beuken von seinem letzten Wunsche sprach?«

»Nein, der Arzt war bereits gegangen.«

Ich seufzte. »Dann gibt es für mich nichts mehr zu tun. Um ein Nottestament zu errichten, hätte es dreier Zeugen bedurft. So muss alles seinen Lauf nehmen, wie es eben ist. Wer sind die nächsten Angehörigen?«

»Sie werden wissen, dass Herr Beuken unbeweibt und kinderlos war«, erwiderte der Diener. »Es gab eine jüngere Schwester, die in Göttingen heimisch war, aber schon vor einiger Zeit verstarb, wohl unter Hinterlassung einer Tochter. Genaueres ist mir nicht bekannt.«

Beuken war schon in mittleren Jahren durch einen Importhandel mit orientalischen Ländern zu Geld und Ansehen gekommen, wie ich wusste. Er war ein alter Hagestolz gewesen und hatte als Weiberfeind gegolten. Wie der berühmte Bankier Pelizaeus, mit dem er befreundet war, galt er außerdem als weitgereister Mann, wobei sein hauptsächliches Interesse angeblich den okkulten Wissenschaften des Orients gegolten hatte. Wer auch immer von seinen entfernteren Verwandten in den Genuss der reichhaltigen Erbschaft kommen würde – er konnte sich freuen.

»Holen Sie den Arzt, damit er den Totenschein ausstellt, guter Mann«, sagte ich zu dem Bediensteten. »Ich werde derweil im Hause zuwarten.«

»Auch den Senator Wiechens werde ich benachrichtigen«, erwiderte der Diener, »und mich nach seinen Weisungen richten, was zu veranlassen ist. Herr Wiechens war der beste Freund meines Herrn.«

Er eilte davon und kehrte schon nach ein paar Minuten mit dem Arzte zurück. Dieser konstatierte nach kurzer Untersuchung, dass der Kaufmann einem Herzschlag erlegen sei.

Noch während der Arzt mit dem Totenschein beschäftigt war, traf Senator Wiechens ein. Er war ein grauer Herr nahe den Sechzigern und einer der bedeutendsten Männer der Stadt.

Der Senator zeigte sich erschüttert. »Mein Freund war noch bei guter Gesundheit, als ich ihn am vergangenen Sonntag zuletzt sah!«

Der Arzt zuckte mit den Achseln. »In das Herz eines Menschen kann niemand blicken«, sagte er und unterschrieb den Schein. »Solche Schläge geschehen ganz plötzlich. Er hat offenbar nicht gelitten, sondern einen Tod gehabt, wie man ihn sich wünscht.«

Mit diesen Worten verabschiedete er sich.

Ich fragte den Senator, ob Herr Beuken je von seinem Testament zu ihm gesprochen habe. Wiechens verneinte. Er werde sich jedoch gleich am nächsten Tag beim Nachlassgericht erkundigen, ob dort ein älteres Testament hinterlegt sei, fügte er hinzu; falls nicht, sei wohl eine Nichte die gesetzliche Erbin, Tochter einer vorverstorbenen Schwester. Er würde alles veranlassen, was zu unternehmen sei, und das so, wie es sich geziemte.

Es gab nichts mehr für mich zu tun, und so wünschte ich dem Arzt und dem Bediensteten eine gute Nacht und verließ das Haus.

Draußen hatte die Dämmerung eingesetzt. Das Licht einer Gaslaterne verbreitete einen milden orangefarbenen Schimmer. Ein Stück außerhalb des Scheins fiel mein Blick auf eine männliche Gestalt, die sich im selben Moment, da sie meiner ansichtig wurde, abwendete und mit zügigen Schritten in Richtung Stadt entfernte.

Das Gesicht des Mannes hatte ich nicht erkennen können. Doch es musste ein noch junger Mann sein, denn sein Gang war auffallend leichtfüßig und beschwingt, federnd und behände, wodurch seine Erscheinung gefällig wirkte.

Ich musste an den nachmittäglichen Besucher denken, von dem Beukens Bediensteter gesprochen hatte, und fragte mich, ob jener wohl mit dem Davonschreitenden identisch war. Einen Augenblick spürte ich den Impuls, dem Manne hinterher zu eilen, um ihn gewissermaßen zur Rede zu stellen, doch ich ließ schließlich davon ab, da es keinen rechten Grund dafür gab.

Kurz darauf war der Mann hinter der Ecke zur Dammstraße verschwunden.

2

Einige Tage darauf begrub man Kaufmann Beuken auf dem Marienfriedhof vor den Toren der Stadt. Beuken war ein vielseits geachteter und angesehener Kaufmann gewesen, und wer in der Stadt Rang und Namen hatte, war zu der Beerdigung erschienen. Unter den Trauergästen erblickte ich eine schwarz verschleierte Dame, die ich nicht zuordnen konnte und der ich kurz kondolierte. Sie schien recht jung zu sein und vermittelte mir trotz ihrer Umhüllungen den Eindruck einer anmutigen Gestalt.

Beim Verlassen des Friedhofs sah ich die Dame im Gespräch mit Senator Wiechens. Gleich darauf bestieg sie eine Kutsche, die vor dem Friedhof gewartet hatte. Vorn auf dem Bock saß der mir bekannte Diener des Kaufmanns Beuken in livrierter Kutscheruniform.

Ich wollte mich gerade entfernen, als ich den Ratsherrn Wiechens auf mich zukommen sah.

»Fräulein Liane Amiens wünscht, dass Sie an der kleinen Begräbnisfeierlichkeit teilnehmen, die in zwei Stunden im Hause des Verstorbenen stattfindet«, erklärte er, und fügte hinzu, jene Dame sei die Nichte und Erbin des Verstorbenen und hätte die bedeutenderen Teilnehmer des Begräbnisses zu dem Empfange eingeladen.

Ich war nicht sonderlich erpicht darauf, an diesem Leichenschmaus teilzunehmen, auch wenn er der Vorstellung der Erbin diente, aber da ich mein Erscheinen als eine Pflicht empfand, sagte ich zu.

Vom Friedhof kehrte ich zurück zum Alten Markt. Das Haus, das ich dort zusammen mit meiner betagten Mutter bewohnte, war eines der besseren Häuser der Straße, und auch meine Kanzlei befand sich darin. Ich brachte in einer Mandantenangelegenheit, die eilig war, einen Brief zu Papier und machte mich dann auf den Weg zum Postkasten.

Von dort setzte ich, ohne noch einmal umzukehren, meinen Weg zu der Feier des Andenkens des Verstorbenen fort.

Es war ein schöner Sommertag, und es machte mir Freude, den Besuch bei der Trauergesellschaft mit einem Spaziergang durch die sommerlichen Wiesen der Innersteaue zu verbinden, um den frühen und noch ganz hellen sommerlichen Abend eine kleine Weile genießen zu können.

Alles in allem war ich guter Dinge, während ich durch die Sonne spazierte; dann jedoch musste ich an den Verstorbenen denken, und mit diesem Gedanken wölbte sich vor meinem Geiste die Frage, ob mir ein ähnliches Schicksal wie dem alten Hagestolz drohte und ich eines nicht fernen Tages wohl in den Ruf eines Weiberfeindes käme. Einmal mehr empfand ich, wie widrig es doch war, eine Gesellschaft wie die, zu der man mich geladen hatte, allein und ohne treue Begleiterin aufsuchen zu müssen. Die meisten Freunde in meinem Alter hatten Frau und Kinder; nur ich war immer noch allein. Bald nach Überschreiten des dreißigsten Jahres, nachdem mein beruflicher Stand mir einigermaßen gefestigt schien, hatte ich damit begonnen, mich nach einer Frau umzusehen. Einige Herren, die unverheiratete Töchter besaßen, waren mit mehr oder weniger eindeutigen Hinweisen an mich herangetreten, und es gab mehrere Familien mit jungen Damen, die ich besucht hatte. Doch die Richtige hatte ich nicht gefunden, und Jahr um Jahr war verstrichen, ohne dass sich eine Verbindung ergeben hätte, der ich nicht das alleinige Zusammenleben mit der Mutter vorgezogen hätte.

Als ich die Tudorvilla des verstorbenen Herrn Beuken erreichte, stellte ich beim Blick auf meine Taschenuhr fest, dass es noch einiges vor der geladenen Stunde war. Offenbar war ich von allen Gästen der erste. Am besten, ich wartete, bis jemand mir Bekanntes erschiene, dachte ich bei mir, sah dann aber, dass das Gartentor weit geöffnet stand.

Einem inneren Impulse folgend, ging ich weiter und schlenderte unter der im Westen sinkenden Sonne durch das Tor hindurch.

Ein grasüberwachsener Weg führte zwischen Gesträuch seitlich an dem Gebäude entlang und öffnete sich dahinter auf einen Rasen, der von Farnkraut, Schlingpflanzen und wilden Blumen eingefasst war. An seinem Ende hing eine Weide herab über ein Gartenhäuschen und beschattete eine steinerne Bank, die inmitten der stillen Pracht zum Verweilen einlud.

Es war etwas Märchenhaftes und Bezauberndes um den einsamen Ort, doch es war nicht so sehr der Garten, der mich verblüfft innehalten ließ, sondern vielmehr eine einsame weibliche Gestalt, die auf dem steinernen Bänkchen saß.

Die Gestalt war so lieblich, das Gesicht so jung und so elfenhaft schön, dass mir für einen Moment war, als würde ich träumen. Welch ein holdseliges Geschöpf, dachte ich, während ich zugleich gewahrte, dass das herrliche Wesen dem Mädchenalter längst entwachsen und zu einer zarten Jungfrau herangeblüht war. Das Grün des Baumes umgab sie wie eine leuchtende Aureole, die mit dem in der späten Sonne glitzernden Grün des Rasens auf das Herrlichste verschmolz. Kein Maler wäre imstande gewesen, ein ansprechenderes Bild auf eine Leinwand zu werfen, als das, was ich so unerwartet vor meinem Auge sah.

Endlich erkannte ich sie: Es war niemand anderes als Liane Amiens, die Nichte des Verstorbenen. Die junge Frau hatte sich der schwarzen Jacke, die sie am Grabe des Onkels getragen, entledigt und auf die Bank gelegt. Sie trug eine weiße Bluse mit kurzen Ärmeln, ihre schlanken runden Arme waren von schönster Gestalt. Ihr übriger Leib war es nicht minder, wie ich gewahr wurde, denn keine Bekleidung vermochte die Anmut ihres Gliederbaus zu verbergen.

In diesem Moment bemerkte sie mich. Ich deutete eine Geste der Entschuldigung ob meines unbefugten Eindringens an, doch der Blick, mit dem sie mich streifte, war offen und gelöst. Mein Erscheinen hatte sie offenbar in keiner Weise erschreckt; vielmehr war es fast, als hätte sie mit mir gerechnet. Dann begann sie zart zu lächeln.

»Treten Sie doch näher«, sagte sie, da ich stehen geblieben war. »Sie sind der Advokat Fasterling, nicht wahr? Ich kann mir Gesichter gut merken. Senator Wiechens wies mich bereits am Friedhof auf Sie hin und bezeichnete Sie mir als einen Vertrauten des Oheims. Sie sind eine angenehme Erscheinung.«

Ich war verblüfft über ein Kompliment, wie ich es noch nie aus dem Munde einer jungen Frau vernommen hatte, und obendrein von einer, die ich nicht kannte. Aber ich tat wie geheißen, trat näher und ergriff die warme Hand, die sich mir entgegenstreckte. Sie hielt die meine einen Moment fest, länger als üblich, und mir war, als hätte sich noch nie eine menschliche Hand so gut in die meine gefügt.

»Sie vermuten recht, mein Fräulein. Mein Name ist Fasterling. Fräulein Liane Amiens, nehme ich an?«

Sie nickte. »Ich freue mich, Sie kennenzulernen, Herr Fasterling.«

Ich fühlte mich wie betäubt und wusste nicht, was ich sagen sollte. Mein Herz war wie geschwollen, und ich fühlte mich unerwartet beseelt. Schließlich wandte ich den Blick von ihr und richtete ihn zu dem Gartenhäuschen und den Blumen.

»Welch zauberhafter Garten.«

»Ja, nicht wahr?«, stimmte das holde Geschöpf mir zu. »Es ist ein englischer Garten. Der Oheim besaß in solchen Dingen ausgezeichneten Geschmack.«

»In der Tat. Ich war noch niemals hier und bin überrascht.«

Sie nickte sinnend. »Der Oheim wohnte ganz allein inmitten dieser Pracht. Wie schade, dass er sein Glück mit niemandem teilte.«

Sie warf mir einen verstohlenen Blick zu, und es durchrieselte mich so köstlich, wie ich es noch nie in meinem Leben empfunden hatte.

»Dies herrliche Anwesen wird nun bald das Ihrige sein, denke ich.«

Sie wandte den Kopf zurück und sah zart zu mir auf. »Ist das wirklich so?«

»Gewiss! Sobald die Formalitäten erledigt sind. Wie ich hörte, sind Sie die einzige Erbin Ihres verstorbenen Onkels.«

»Ach, ich weiß nicht … Mir kam zu Ohren, der Onkel habe ein Testament errichten wollen, um eine kirchliche Stiftung zu bedenken.«

Normalerweise hätte ich an dieser Stelle eine ausweichende Bemerkung gemacht, um nicht ein Thema zu vertiefen, das mich nichts anging und über das zu sprechen mir meine berufliche Verschwiegenheit verbot. Allein, gegenüber diesem schönen Mädchen fühlte ich mein Innerstes wie geöffnet, als dürfte ich keine Geheimnisse vor diesem holden Wesen bewahren. Eine Instanz, höher als alle berufliche Pflicht, schien sich mit all ihren Rechten meiner Seele bemächtigt zu haben.

»Es lag wohl so etwas in der Schwebe«, antwortete ich, »aber aufgrund des plötzlichen Todes Ihres Herrn Onkels kam es nicht dazu.«

Ihr Gesicht wurde ernst, und einen Moment sah sie mich mit merkwürdigem Ausdruck an, als ob sie leichtes Bedauern darüber empfinde, dass ihr Besitz und Vermögen des alten Herrn zugefallen waren.

»Natürlich werde ich mich dem Willen des Oheims fügen und die Kirche mit einer großzügigen Zuwendung bedenken«, sagte sie leise.

Was für ein edler und reiner Charakter, dachte ich bei mir und fühlte mein Herz sich ausdehnen, als wollte es schier zerspringen. Was für ein Glück, dass es dem Kaufmann Beuken nicht mehr vergönnt gewesen war, jenes Testament zu errichten, ging es mir durch den Sinn. Welch Glück für mich! Denn anderenfalls hätte es mir das Schicksal wohl verwehrt, mit diesem holden Wesen Bekanntschaft zu schließen.

Aus der Ferne her erklangen jetzt Stimmen. Sie brachen den Zauber, der mich gefesselt hatte, und Fräulein Liane schien es ähnlich zu gehen. Sie griff nach ihrer Jacke und zog sie über.

»Wir sehen uns gleich darinnen«, raunte sie mir fast verschwörerisch zu, während sie sich erhob. Dann nickte sie kurz mit ihrem Köpfchen und strebte dem Hintereingang zu.

Ich kehrte auf den Weg zurück, auf dem ich gekommen war und erreichte wieder die Straße. Mehrere mir bekannte Senatoren standen vor dem Haus. Sie hatten ihre Gattinnen mitgebracht, die gewiss erpicht darauf waren, die neue Besitzerin des prächtigen Anwesens in Augenschein zu nehmen.

Mit den anderen Gästen zusammen trat ich in die Halle, wo das schöne Fräulein Amiens die Erschienenen begrüßte. Mir selbst schenkte sie ein ganz besonderes Lächeln, während sie so tat, als begrüßten wir einander zum ersten Mal.

Der ältere Diener des Verstorbenen und ein weiterer livrierter Diener empfingen die Gäste mit einem Glas Wein. Dazu wurden kleine Erfrischungen gereicht.

Senator Wiechens führte Fräulein Amiens in die Gesellschaft ein. Es war zu spüren, dass die meisten der anwesenden Herren an der neuen Bewohnerin des Anwesens großen Gefallen fanden, während manche der Damen sich eher reserviert zeigten, einige gar die Nasen hoben und spitze Bemerkungen hören ließen, was wohl dem Neid auf die Schönheit der neuen Hausherrin entsprang.

Einige Damen begannen der schönen Besitzerin Fragen zu stellen, die darauf abzuzielen schienen, sie in Verlegenheit zu bringen, doch das junge Fräulein begegnete diesen Äußerungen auf so überlegene Art, wie man es einer jungen Frau, die kaum mehr als zwanzig Jahre zählen mochte, nicht zugetraut hätte. In ihrem Auftreten lag eine Selbstsicherheit, wie sie sich bei jungen Frauen dieses Alters gewöhnlich nicht findet und die sich vielleicht auch nicht recht geziemte; mich selbst jedoch störte ihr Auftreten nicht. Vielmehr steigerte es noch das Gefühl der Bewunderung, das ich gegenüber der jungen Dame empfand.

Bald kam ich mit verschiedenen der anwesenden Herren und auch mit einigen Damen ins Gespräch, und auch mit einigen der Auswärtigen, die unter den Gästen waren.

Einer von ihnen erregte mein besonderes Interesse, denn es war etwas in seinem Äußeren und in der Art seines Auftretens, das wohl keinen unbeeindruckt gelassen hätte. Die Gestalt des jungen Mannes war an sich nicht imposant, er war allenfalls von mittlerer Größe, doch der Körperbau war auffallend harmonisch, und in allen seinen Bewegungen, auch den geringsten, tat sich eine selbstverständliche Gelassenheit und Anmut kund, eine katzenhafte Geschmeidigkeit, was ihm große Anziehungskraft verlieh. Seine Gesichtszüge waren von angenehmer Regelmäßigkeit, und die glänzenden Augen strahlten vor Lebendigkeit. Ein Günstling der Natur, so wollte es scheinen; einer, der jenen Goldenen Schnitten entsprungen war, zu denen sie sich gelegentlich verstand.

Es ergab sich, dass der junge Mann mit Senator Wiechens im Gespräch beieinander stand, und als ich meine Schritte in ihre Nähe lenkte, geschah das, was ich beabsichtigt hatte – nämlich, dass der Senator mir seine Aufmerksamkeit schenkte und mich herbeiwinkte.

»Ich möchte Ihnen Herrn Robert Merlin vorstellen, einer angesehenen rheinländischen Familie entstammend und ein junger Freund von Herrn Beuken. Er begleitete ihn auf einigen seiner zahlreichen Reisen«, erklärte Wiechens und wandte sich zu dem jungen Mann herum. »Herr Fasterling, einer unserer aufstrebenden jungen Advokaten. Er gehört dem Stiftungsrat des Roemer-Museums an, über dessen Ausstattung Sie sich gestern bei unserer Besichtigung so entzückt zeigten.«

Der junge Mann schaute mich freundlich an, und wir schüttelten einander die Hand.

»Es handelt sich bei Ihrem Museum in der Tat um eine ganz ausgezeichnete Einrichtung«, sagte Herr Merlin. »Die wenigsten der größeren Städte verfügen über Säle mit so großartigen fremdländischen Exponaten, wie sie hier in Hildesheim dem gemeinen Volke präsentiert werden.«

»Aufgrund Ihrer Reisen sind Sie gewiss so etwas wie ein Fachmann in diesen Dingen«, vermutete ich. »Wohin haben die Reisen, die Sie gemeinsam mit Kaufmann Beuken unternahmen, Sie geführt?«

»Nun, nicht ohne Grund beeindruckte mich der Ägyptensaal Ihres Hauses ganz besonders«, erwiderte der fast beklemmend schöne Mann. »Dieses Land ist mir besonders ans Herz gewachsen.«

»Ich hörte bereits, dass auch Herr Beuken Ägypten außerordentlich liebte«, erwiderte ich. »Was ist es, was dieses Land so faszinierend macht? Wonach suchte Herr Beuken dort?«

Merlin sah mich merkwürdig an.

»Er suchte das Geheimnis der Unsterblichkeit zu ergründen«, sagte er leise. Dann lächelte er. »Man braucht viele Reisen und einen langen Atem dazu. Und wohl auch mehr als ein Leben.«

Wiechens räusperte sich. »Herr Merlin ist auch mit Herrn Pelizaeus gut bekannt«, gab er zum Besten, »dem bedeutendsten Sohn unserer Stadt.«

Dass Wiechens den Kaufmann und Bankier Pelizaeus erwähnte, kam nicht von ungefähr; war dieser doch der bedeutendste Förderer des von dem verstorbenen Senator Roemer begründeten Museums. Aus Hildesheim gebürtig, besaß Pelizaeus weit über die Grenzen der Stadt hinaus einen ausgezeichneten Ruf. Das Ägyptische Zimmer, von dem Merlin gesprochen hatte, war wesentlich aus jenen Schenkungen hervorgegangen, mit denen Pelizaeus das Haus bei seinen gelegentlichen Besuchen in seiner Heimatstadt bedachte.

»Oh ja, Pelizaeus ist ein ausgezeichneter Mann«, bestätigte Merlin. »Ein Eingeweihter, in vielerlei Hinsicht. Mehrfach hatte ich Gelegenheit, ihn an seinen Wirkungsstätten in Ägypten aufsuchen zu dürfen. Durch ihn lernten Herr Beuken und ich uns kennen.«

Eine Erinnerung griff plötzlich nach mir. Wo war ich Merlin schon einmal begegnet? War er es nicht gewesen, den ich am Abend des Todes von Beuken draußen auf der Straße erblickt hatte? Jener junge Mann von geschmeidiger Gestalt, der mit so federnden Schritten davongegangen war? War Merlin auch der Fremde gewesen, der den Kaufmann am Nachmittage davor besucht hatte? Beukens Diener sollte es wissen, fiel mir ein. Bei ihm konnte ich mich nach dem Manne erkundigen.

Wiechens stellte inzwischen weitere Fragen zu Ägypten, und Merlin erzählte von einer Reise, die ihn auf dem Nil bis zu den südlichsten Königsgräbern geführt hatte. Was er zu berichten hatte, interessierte mich durchaus, aber da sich meine Gedanken zugleich an anderem festgemacht hatten und ich in Merlins Nähe eine gewisse Unruhe spürte, hörte ich nur mit halbem Ohre hin.

»Was wären wir ohne Herrn Pelizaeus«, kam Wiechens noch einmal auf den verehrten Förderer zu sprechen. »Wir alle hier in Hildesheim wünschen ihm noch für viele Jahre ein erfolgreiches Wirken, im Ausland und natürlich bei uns. Mit einem Förderer wie ihm ist unserem Hause eine große Zukunft gewiss.«

»An beidem ist nicht zu zweifeln«, stimmte Merlin zu. »Herr Pelizaeus verfügt in Alexandria über die besten Verbindungen. In seinem Haus sah ich wertvolle Statuen, kostbare Skarabäen und bemalte Mumien.«

Es wäre mir lieber gewesen, wenn ich Merlin nie begegnet wäre, kam es mir in den Sinn, vor allem nicht auf dieser Gesellschaft. Die Empfindung hatte nicht zum Wenigsten mit Merlins Anziehungskraft zu tun, mit seiner augenfälligen Schönheit, die auch weiblichen Augen nicht verborgen bleiben konnte. Irgendwie missfiel mir die Vorstellung, er könne in engeren Kontakt zu der schönen Nichte des verstorbenen Beuken treten.

»Sahen wir uns nicht bereits hier in Hildesheim?«, fragte ich Merlin, nachdem Senator Wiechens sich zu einem anderen Gast gewandt hatte.

Der junge Mann hob die Augenbrauen. »Gewiss während des Begräbnisses.«

»Nein, ich dachte an eine andere Gelegenheit.«

»Wohl schwerlich«, erwiderte Merlin. »Ich bin erst seit ein paar Tagen in der Stadt.«

»Man hat Ihnen telegrafiert?«

»Ich war bereits in Ihrer Stadt, als Herr Beuken verstarb. Ich kam her, um die Einzelheiten einer Ägyptenreise mit ihm zu planen. Am Abend nach unserem nachmittäglichen Gespräch ereilte ihn der Herzschlag. Es ist ein Jammer. Er hatte sich so auf diese Reise gefreut.«

Also hatte ich recht gedacht: Es war Merlin gewesen, den ich im Licht der Laterne vor dem Haus erblickt hatte. Was aber hatte ihn just zu der Stunde, da Herr Beuken verschieden war, zu dessen Anwesen geführt, nachdem er bereits am Nachmittag dort Gast gewesen war? Nur ein Abendspaziergang? Ich bezweifelte es.

»Ich hatte schon seit längerem vor, Ihrer reizenden Stadt einen Besuch abzustatten«, fügte Merlin hinzu. »Es ist bedauerlich und bitter, dass dieses Ereignis, da es nun stattfinden konnte, mit dem Tode meines verehrten Freundes zusammengefallen ist.«

»Wo haben Sie Logis?«, fragte ich Merlin freundlich.

»Im Wiener Hof«, gab er zurück.

»Da trafen Sie eine kluge Wahl. Ein ausgezeichnetes Haus.«

Ich überlegte. Es ließe sich mit einigem Grund annehmen, dass die Erwartung der weiten Reise das Blut des alten Beuken so in Erregung versetzt hatte, dass ein Herzschlag die Folge gewesen war. Andererseits konnte man spekulieren, ob nicht ein Streit zwischen Beuken und dem jungen Manne stattgefunden hatte, über den Beuken so sehr in Erregung geraten war, dass ihn mit der Verzögerung einiger Stunden der Schlag getroffen hatte. Dann böte das schlechte Gewissen, dass der junge Merlin womöglich verspürt hatte, eine Erklärung dafür, dass er zu späterer Stunde noch einmal zu Beukens Haus zurückgekehrt war. Allein, was hatte die von Beuken beabsichtigte Testamentserrichtung mit alledem zu tun?

Merlin und ich gingen unter Höflichkeiten auseinander, doch mein Argwohn blieb, und ich behielt ihn im Auge.

Solange die Gesellschaft andauerte, ereignete sich indessen nichts, was meine Empfindungen ihm gegenüber hätte rechtfertigen können. Ich beobachtete einen kurzen Wortwechsel zwischen Fräulein Amiens und ihm, wobei die junge Dame offenbar das Geplauder über sich ergehen ließ, ohne indessen ein auffälliges Interesse an seiner Person gezeigt zu haben. Wenn ich ihre Reaktion auf Herrn Merlin mit der auf meine eigene Person verglich, schnitt ich durchweg besser ab als er. In ein paar Tagen würde Merlin ohnehin abreisen; dann wäre er aus der Stadt verschwunden.

Jedes Mal, wenn ich das zarte Lächeln und sanfte Erröten registrierte, das Fräulein Liane mir schenkte, wenn unsere Blicke sich zufällig kreuzten, wurde mir warm. Unsere kurze Begegnung im Garten hatte dafür gesorgt, dass zwischen ihr und mir ein Band geknüpft worden war, wie es zu keinem der anderen Gäste bestand.

»Darf ich Ihnen an einem der nächsten Tage meine Aufwartung machen?«, fragte ich das holde Geschöpf, als sich die Gelegenheit ergab. Gewiss war Merlins Anwesenheit nicht ganz unschuldig daran, dass ich mir so schnell ein Herz fasste und über meinen Schatten sprang.

Sie lächelte. »Oh ja, gern! Wo ich doch nun gewissermaßen hier zuhause bin, liegt mir viel daran, die Bekanntschaft von Bewohnern dieser reizenden Stadt zu machen, und auch ...« und nun warf sie mir einen tiefen, holdseligen Blick zu, der mich bis in mein tiefstes Innerstes durchfuhr, »... auch die Bekanntschaft sympathischer junger Herren wie Ihnen.«

Bald kam die Zeit zum Aufbruch, und einer nach dem anderen machten die Gäste sich auf den Weg. Schließlich schieden auch das junge Fräulein Liane und ich voneinander – mit einem Händedruck und einem tiefen Blick in die Augen des anderen.

3

Selten leicht ging mir am nächsten Tage die Arbeit von der Hand. Ich fühlte mich wie beschwingt. Die Mandanten, die ich empfing, erschienen mir liebenswerter als sonst, und über Dinge, die mich an anderen Tagen ärgerlich gestimmt hätten, ging ich mit Nonchalance und nachsichtigem Lächeln hinweg. Die herrliche Hoffnung, die in meinem Herzen aufgegangen war, stimmte mich nicht nur zuversichtlich und froh, sondern beförderte auch meinen Gleichmut. Die Welt war eine andere, bessere geworden.

Die Veränderung, die in mir vorgegangen war, zeigte sich deutlich am Abend, als ich zusammen mit der Mutter speiste. Es war eines ihrer liebsten Themen, über unverheiratete junge Damen aus der Stadt zu sprechen, und meine Reaktion darauf bestand gewöhnlich darin, einen deutlichen Unwillen zu bekunden. Doch an diesem Abend, da die Mutter ihr liebstes Thema anschnitt, ließ ich keinerlei Ärger erkennen. Stattdessen zeigte ich mich leutselig und geradezu unbesorgt, was meine persönliche Zukunft in Hinsicht auf eine Verehelichung anging.

»Nun, warte es einmal ab, Mutter«, sagte ich mit verschmitztem Lächeln. »Mag sein, der Tag ist nicht mehr fern, an dem deine und meine Wünsche in Erfüllung gehen.«

Die Augen der Mutter begannen zu leuchten. »Es gibt also eine junge Dame, die ...«

»Warte es ab, Mutter«, wiederholte ich freundlich und erhob mich, »sei bitte nicht so neugierig. Du wirst es doch ohnehin als erste erfahren.«

Die Mutter strahlte, und ich war zufrieden.

Kurz darauf verließ ich das Haus. Es war Donnerstag, und an diesem Abend fand regelmäßig der Stammtisch der städtischen Juristen im »Goldenen Engel« statt.

Wieder war der Abend wunderschön. Die Sonne glänzte auf dem Pflaster und den Fassaden der vielgeschossigen alten Häuser und schien sich noch lange nicht anschicken zu wollen, hinter den anmutigen Höhen im Westen zu versinken.

Auf der Straße Am Steine ging ich am Roemer-Museum entlang, das so verschiedene Sammlungen heimischer und exotischer Art birgt. Beim Gedanken an das Ägyptenzimmer fielen mir die Figuren tierköpfiger Gottheiten ein, die mich bei einem meiner Besuche so besonders beeindruckt hatten, falken-, hunde- und katzenköpfig; doch gleichzeitig mit dieser Erinnerung kam mir der schöne und katzenhaft geschmeidige Merlin wieder in den Sinn. Mir war plötzlich, als hätte in diesem Manne eine dunkle katzenhafte Gottheit Gestalt angenommen.

Was war es nur, was mich an ihm so störte? Es war nicht seine Schönheit, denn diese war natürlich kein schlechtes Ding, doch an seiner Erscheinung war noch etwas anderes, etwas Ungutes und Unheimliches, und mir fiel ein, dass es gerade diese Verbindung des Unheimlichen mit dem Schönen war, die ich nicht nur in jenen Götterfiguren, sondern auch beim ersten Anblick Merlins wahrgenommen hatte und die ich als verstörend und beunruhigend empfand. Die Tatsache, dass Merlin ein Orientreisender war, der sich ähnlich wie Beuken auf die Suche nach dem Stein der Weisen begeben hatte, passte dazu und ließ einen Zusammenhang aufleuchten, der mir in diesem Moment weniger faszinierend als bedrohlich erschien.

Ich schob den Gedanken beiseite, während ich den Mariendom passierte, der mir wie ein Widerpart zu solcherartigen Bestrebungen erschien, geradezu wie ein Warner vor okkulten Lehren, auf denen man in Abgründe geraten könnte, in denen man sich verlor. Für das eigene Fortkommen, sagte ich mir im Schatten des Domes, war es wohl besser, die verschlungenen Wege okkulter Geheimlehren zu meiden.

Ich gelangte bei der Hinterseite der Domschänke an und stieg die Treppe zum Hückedahl hinunter, einem schmalen Gässchen, an dem sich, wo es mit der Kreuzstraße ein Eck bildete, der »Goldene Engel« befand, ein stattliches, aber behagliches Gasthaus.

Das Lokal war, wie an den meisten Abenden, gut besucht, und es dauerte nicht lange, bis ich mich im Kreise der Juristen, zu der nicht nur einige jüngere Advokaten wie ich selbst, sondern auch einige Beamte gehörten, die im schräg gegenüberliegenden neuen Regierungspräsidium Dienst verrichteten, in feucht-fröhlicher Runde heimisch fühlte.

Die Stunden flogen dahin, während juristische Anekdoten und allerlei Fachsimpeleien hin und her wechselten. Ich war weitaus gesprächiger als sonst. Letzteres hatte weniger mit der Jurisprudenz oder den besprochenen Themen zu tun, sondern mehr damit, dass mein Herz angefüllt war mit frohen Empfindungen, die mir meine Zukunft in einem selten hellen Licht erscheinen ließen. Der gestrige Tag, der eigentlich auch für mich ein Trauertag über den dahingeschiedenen Kaufmann hätte sein sollen, hatte meinem Schicksal eine glückverheißende Wendung gegeben und mir einen Weg gewiesen, auf dem ich nun voranzuschreiten gedachte, um dem beruflichen Erfolg das private Glück hinzuzugesellen.

Es ging auf Mitternacht, als sich die Kneipe leerte, ich als einer der letzten der Runde dem Wirte die Zeche bezahlte und das Gasthaus verließ.

Ich überquerte den Hückedahl, und als ich die Treppe zwischen der zum Dombezirk strebenden Domschänke mit dem Bilde des von fünf Pferden gezogenen Weinwagens an der Gebäudefront und dem Regierungsbau hinaufstieg, registrierte ich, dass es auch in der Domschänke leer geworden war. Der Wirt verabschiedete die letzten Gäste.

Am oberen Ende der Treppe wollte ich mich gerade in Richtung Museum wenden, als ich zu meiner Überraschung zwei bekannte Gestalten erblickte: Senator Wiechens und den katzenhaften Robert Merlin. Unweit des Hintereingangs zur Schänke standen sie im Gespräch beieinander, und das gab mir den Gedanken ein, dass sie wohl zu den letzten Gästen gehört hatten, welche die Schänke eben verlassen hatten.

Es hätte sich geziemt, die beiden Herren zu grüßen, ihnen zumindest eine gute Nacht zu wünschen, doch irgendwie passte mir die Begegnung zu dieser Stunde nicht, und deshalb entschloss ich mich, sie zu ignorieren und so zu tun, als hätte ich sie nicht gesehen.

Wiechens und Merlin hatten mich offenbar nicht bemerkt, sodass ich, ohne aufzufallen, hätte weitergehen können, aber im Licht der Gaslaterne, das die Mienen der beiden Männer beschien, registrierte ich im Vorübergehen, wie sie einander die Hände drückten, wobei in ihren Gesichtern ein Ausdruck von etwas Gewichtigem, Bedeutendem, fast Verschwörerischem lag.

Der letztere Umstand berührte und irritierte mich, und so schritt ich zwar weiter, um Abstand zu gewinnen, blieb dann aber stehen und drückte mich in den Schatten einer Mauer, um von dort den Blick zu ihnen zurückzurichten.

Es verhielt sich so, wie ich vermutet hatte: Der Händedruck hatte ihren Abschied eingeleitet, doch während Wiechens sich nun der Stadt zuwandte, deren größerer Teil östlich und nördlich des Domplatzes lag, gewahrte ich nicht ohne ein Gefühl des Erschreckens, dass Merlin sich in meine Richtung wandte, obwohl dies keineswegs die Richtung war, in die er hätte gehen müssen, um sein weiter stadteinwärts gelegenes Hotel zu erreichen.

Schnell wandte ich das Gesicht ab und zog mich noch weiter in den Schatten des Gemäuers zurück, sodass er im Vorübergehen meiner nicht ansichtig werden konnte. Als ich mich endlich wieder herumwandte, war er mit seinen geschmeidigen Bewegungen bereits an der Stelle vorüber, wo ich mich verborgen hatte, und eilte nun dem Museum entgegen, in die gleiche Richtung also, wo sich ein paar Straßen weiter jenes Fachwerkhäuschen befand, das ich zusammen mit der Mutter bewohnte.

Sein Schatten flog dahin, während ich meine Schritte beschleunigen musste, um ihn nicht aus den Augen zu verlieren. Dass er mitten in der Nacht eine seinem Hotel entgegengesetzte Richtung einschlug, hatte mich argwöhnisch gemacht.

Im Paulustor, der Düsteren Pforte, verschmolz sein Schatten mit der Finsternis, bevor der Schemen seiner Gestalt vor dem Mond, der gerade hinter einer Wolke hervortrat, wieder sichtbar wurde.

Auf den Wegen lag der milde Schimmer des Glühlichts der Gaslaternen. Die Straßen waren leer, die Lokale geschlossen, die Bürger schliefen in ihren Häusern, und wenn sich hie und da noch ein Passant zeigte, war er auf dem Nachhauseweg.

Allein Merlin war es nicht.

Was trieb den fremden Schönling an? Warum begab er sich nicht in sein stadteinwärts gelegenes Hotel, sondern ging in die gegenläufige Richtung?

Um den Alten Markt und mein Haus zu erreichen, hätte ich die Dammstraße in nördlicher Richtung überqueren müssen, doch ich tat es nicht, sondern blieb auf der Spur des unheimlichen Katzenmannes, wodurch ich nun selbst den Nachhauseweg verließ.

Merlin passierte das Museum am Steine und die Senkinger Sparherdfabrik und wandte sich dann auf der Dammstraße nach Süden. Er ließ die beschauliche Kleine Venedig, wie man das neben der Innerste verlaufende und an die Lagunenstadt erinnernde Gässchen nennt, links liegen und überquerte die Brücke, die auf die andere Seite des Flusses führte.

Mein Unbehagen war inzwischen so gewachsen, dass ich mich nicht mehr wunderte, als Merlin nun seine Schritte in die Alfelder Straße lenkte. Die böse Ahnung, die sich meiner längst bemächtigt hatte, bestätigte sich. Es konnte kein Zweifel mehr bestehen: Merlins nächtliches Ziel war die Villa des verstorbenen Kaufmanns Beuken.

Was hatte der Unhold vor? Offenbar führte er Böses im Schilde. Mir fielen die Gesichter der beiden Männer wieder ein, seines und das von Wiechens, wie sie verschwörerisch einander angeblickt hatten, als sie auf der Rückseite der Domschänke voneinander Abschied nahmen. Was ging hier vor? War Wiechens an einem geplanten Frevel beteiligt? Plötzlich erschien mir alles möglich. Mir war, als hätten die beiden einen Plan ausgeheckt oder denselben gar schon erfolgreich zu Ende gebracht. Aber wie dem auch war – vor allem anderen lastete der Eindruck, ja, die Furcht auf mir, es sei ein Plan, dessen Leidtragende die neue Bewohnerin des Beukenschen Anwesens war.

Als der unheimliche Mann das vermutete Ziel beinahe erreicht hatte, blieb er auf der gegenübergelegenen Straßenseite stehen, und ich wich rasch zurück hinter den Stamm eines Baumes. Während Merlin nahe bei der Laterne stand, schien es, dass er die Ohren spitzte, als warte er auf irgendein Zeichen. Dann jedoch trat er vor, ohne dass weiter etwas geschehen war, und überquerte die Straße, um gleich darauf das halb geöffnete Gartentor zu durchschreiten und denselben Weg einzuschlagen, den auch ich bei meinem gestrigen Besuch genommen hatte. Kaum war er neben dem Hause verschwunden, folgte ich ihm.

Alles lag in völliger Finsternis, sodass ich kaum etwas sah, während ich mich durch das Gesträuch vorwärts stahl. Ich schlich nun ebenso katzenhaft wie der andere Mann, um nicht gehört und bemerkt zu werden, was in der Dunkelheit keine leichte Sache war. Zum Glück gab der Mond ein klein wenig Licht, sodass ich nicht völlig im Dunkeln herumstolperte.

Mein Herz schlug heftig, als ich mehr tastend als sehend die Hinterseite des Hauses erreichte. Die Sträucher wuchsen bis an das Gemäuer heran, sodass ich durch sie geschützt war und doch gute Sicht auf den mondbeschienenen Garten hatte, während ich mich an der Hausecke gegen die Mauer drückte.

Merlin war mitten im Garten stehen geblieben, vor dem Gartenhäuschen und der steinernen Bank. Seine Silhouette war ein Schattenriss vor dem Mond. Er schien sich keine Sorgen zu machen, ob man ihn sah, und das verwunderte mich.

Er blieb nicht lange allein. Eine zweite Gestalt trat durch den Hintereingang nach draußen, und ich erschrak, als ich sie im Mondschein erblickte. Es war eine weibliche Gestalt. Es war Fräulein Liane.

»Endlich bist du da, Robert«, hörte ich das schöne Mädchen sagen. »Ist es gelungen?« Sie trat dicht an den nächtlichen Besucher heran.

Sie war barfuß, und ihre bloßen Arme zeichneten helle, schöne Linien in die Dunkelheit. Sie war nur leicht bekleidet, nur mit einem Leibchen und einem halblangen Rock.

»Es hat geklappt«, sagte Merlin. »Der Handel ist zustande gebracht. Wiechens übernimmt den ganzen Import zu dem Preis, den ich ihm nannte. Bei der Villa bin ich ihm etwas entgegen gekommen, aber unter dem Strich ist es ein Vermögen, das uns zufällt. Wir sind für alle Zeit gemachte Leute und können auf Reisen gehen.«

»Oh, Liebster«, jauchzte sie, »das ist wunderbar!«

Sie lehnte sich an ihn und umfing ihn mit ihren Armen.

Merlin erwiderte die Umarmung leidenschaftlich.

»Ist der Bedienstete noch im Hause?«, fragte Merlin, als sie sich wieder voneinander gelöst hatten.

»Ich konnte ihn noch nicht loswerden«, erwiderte das Mädchen. »Aber heute Nacht ist er nicht hier. Er fuhr zu Verwandten, auf ein Dorf in der Umgebung. Jetzt ist es ja auch gleichgültig. Es wird Zeit, dass wir von hier fortkommen! Bevor mich noch mehr Verehrer umschwirren. Dieser gräuliche Advokat stellt mir schon nach.«

»Du hättest ihm keine schönen Augen machen sollen«, sagte Merlin.

»Was blieb mir übrig«, erwiderte sie. »Ich musste ihn mir gewogen stimmen, bis feststand, dass uns nicht doch Gefahr durch ein Testament drohte, dass der Alte noch in letzter Sekunde zusammengeschmiert hat. Man weiß nie, wozu man solche Leute zuweilen braucht! Aber das ist nun endgültig vorbei, wo der Handel mit Wiechens perfekt ist. Falls der Advokat sich hier nochmal blicken lässt, bekommt er eine Abfuhr von mir. Ich mag ihn nicht mehr sehen.«

Die Grillen zirpten, sonst war Stille.

»Wir haben wirklich Glück gehabt«, sagte Merlin. »Beuken hat sich furchtbar aufgeregt, als ich ihm sagte, dass wir Verlobte sind. Er hielt mich für einen Meister der Schwarzkunst.«

Sie lachte. »Bist du das etwa nicht?«

Er lachte auch. »Meine Kunst hat uns schon in vielerlei Hinsicht geholfen.«

»Auch bei dem Oheim, nicht wahr?«

»Ach was! Den Oheim hat der Schlag getroffen; seine Zeit war um. Was sollte ich da noch tun?«

»Steckst du mit dem Teufel im Bunde?«

»Der Teufel ist nicht der finstere Gesell, für den die Leute ihn halten«, antwortete Merlin. »Aber lassen wir das.«

»Mir ist das ganz gleichgültig«, sagte das schöne Mädchen und seufzte. »Ich will dich immer an meiner Seite haben. Doch jetzt wollen wir unsere Kleider ablegen und uns lieben. Ich habe so großes Verlangen danach!«

»Hier draußen? Wegen des Mondenscheins etwa? Wir haben das ganze Haus zu unserer Verfügung.«

»Es ist eine warme Sommernacht.« Sie ließ ein helles, seliges Lachen hören. »Das Gras unter meinen Füßen wäre nicht zu feucht für meinen Rücken.«

»Ist nicht das Gartenhäuschen offen? Da gibt es doch ein Sofa.«

»Gut, so machen wir es da! Auch könnten wir dort die Petroleumlampen anzünden. Mir gefällt es mehr, wenn man einander sehen kann.«

Eng umschlungen entfernten sie sich. Gleich darauf flammte im Häuschen ein Lichtschein auf. Er fiel durch das Fenster nach draußen. Es schien keinen Vorhang zu geben, zumindest war er nicht zugezogen.

Ich stand noch immer wie erstarrt. Mein Mund war trocken, meine Kehle wie ausgedörrt.

Etwas drängte in mir, zu dem Fenster zu schleichen, um dem schamlos lüsternen Treiben der Liebenden zuzusehen, wie sie sich dort entblößt ihrem Vergnügen hingaben; ein peinigendes Gefühlsgemisch aus Neugier und Sehnsucht, Leidenschaft und Begier.

Ich ballte die Fäuste und presste sie gegen die Stirn. Nein, nein, sprach ich zu mir selbst. Wer einen Rest von Anstand und Selbstgefühl hat, tut so etwas nicht, auch wenn es ihn noch so sehr danach verlangt!

Langsam, ganz langsam, zog ich mich von dem Gemäuer und dem Gebüsch zurück und schlich über den finsteren Weg, auf dem ich gekommen war, zurück zur Straße.

Die Straßen lagen still und ruhig, während ich langsam stadteinwärts schritt. Meine Schritte waren mühsam, ohne Schwung und schienen mich nicht voranzubringen. Ich fühlte mich wie ein geprügelter Hund oder wie ein alter Mann, der keine Zukunft mehr hat. Was ich erlebt hatte, war nicht leicht zu tragen.

Was mochte an dem Tage, an dem Kaufmann Beuken verstorben war, geschehen sein? Hatte die Erkenntnis, dass der junge Schwarzkünstler die Nähe zu seiner Nichte und einzigen Erbin gesucht hatte, seine Erregung ausgelöst? Hatte er durchschaut, dass das schöne Mädchen nicht der holde Engel war, als der es der Welt erschien, und hatte er beschlossen, sie zu enterben? Oder war Beukens Tod gar etwas Schlimmeres gewesen als ein Herzanfall? Verstanden sich Eingeweihte, wie Merlin einer war, nicht auf okkulte

Geheimnisse, auf Mittel und Methoden, von deren Wirksamkeit die Ärzte nichts wussten? War Merlin an den Ort der Tat zurückgekehrt, nachdem der Bedienstete mich holen gegangen war, um sich zu vergewissern, dass sein Mittel, worin immer es bestanden hatte, wirksam gewesen war?

An der Innerstebrücke blieb ich stehen und sah hinauf zu dem Mond, der über den Häusern stand.

Das Leben ist nicht leicht, dachte ich; die meisten Träume erfüllen sich nicht. Sie gehen auf wie die Sterne am Himmel, die über den Dächern, Giebeln und Türmen dafür sorgen, dass man den vorgezeichneten Weg nicht ganz aus den Augen verliert. Sie leuchten und glänzen für eine Weile, und dann verschwinden sie wieder in finsterer Nacht. So geht nun auch mein eigener Traum dahin und alles andere, was mit ihm zusammenhängt.

Ich riss mich los aus meinen Träumereien und fasste einen Entschluss: Was immer es mit Beukens Ende auf sich hatte, ich wollte nichts davon wissen. Ich war ein Advokat und kein Polizist. Es würde sich doch nichts beweisen lassen. Der Hergang der Ereignisse, wie der Bedienstete ihn mir geschildert hatte, war klar, und auch dem Arzt war die Todesursache etwas Selbstverständliches gewesen. Was hätte ich davon, mit haltlosen Verdächtigungen Aufsehen zu erregen? Nein! Was immer auch gewesen sein mochte, ich wollte nicht daran rühren. Die Liebenden würden die Stadt verlassen, und ich würde ihre Wege nicht mehr kreuzen. Es war nicht meine Sache, darüber zu befinden, ob sie ihr Glück verdienten oder nicht. Wenn sie ein Verbrechen begangen hatten, würde Nemesis, die Göttin der Vergeltung, es eines Tages rächen. Sollte einstweilen alles Geschehene da bleiben, wo es sich befand.

Im Dunkeln.

Schweren Herzens setzte ich den Weg fort zu meinem einsamen Haus. Am Alten Markt stolperten mir ein paar Trunkenbolde entgegen. Sonst sah ich keine Seele.

Renata Maßberg
WIE DAS HUCKUP-DENKMAL ENTSTAND
(1905)

»Los, Fritz, lauf mal rüber zur Posthilfestelle«, fordert Meister Röder seinen Gehilfen auf, »schau nach, ob wir Post haben!«

Fritz ist fünfzehn und im ersten Lehrjahr bei Carl Röder in Dresden, wohin dieser vor einiger Zeit von seiner Geburtsstadt Greiz übergesiedelt ist. Röder hat an der Dresdner Kunstakademie studiert und danach auf Italienreisen eifrig Studien betrieben. Durch Großskulpturen wie *Adam und Eva* oder *Germania* und Arbeiten an der Brühlschen Terrasse ist er in Deutschland bekannt und berühmt geworden. Ein angesehener Künstler, der bald auch eine Professur an der Akademie erhalten hat. Für Fritz ist es eine Ehre, bei ihm lernen und arbeiten zu dürfen. Er ist für sein Alter noch relativ klein, aber gelehrig und arbeitswillig. So flitzt er schnell hinüber zur Poststelle und kommt freudig mit einem Brief aus Hildesheim zurück.

»Meister, (so lässt Röder sich anreden) wir haben Post! Darf ich die Freimarke mit dem Kaiser darauf haben?«

»Langsam, langsam, mein Junge, ich muss den Brief erst lesen. Feg du erst mal die Werkstatt aus!«

Der Meister öffnet den Brief, liest – und staunt. Er ruft seine Frau herbei.

»Ein Brief vom Verschönerungsverein der Stadt Hildesheim. Was wollen die von mir?« Laut liest er vor.

Hildesheim 1904

Hochverehrter Herr Professor Röder!

Unlängst besuchte ich meine Nichte zur Hochzeit in Greiz. Bei einem Spaziergange daselbst entdeckte ich im schönen Greizer Park und im Schlosse zwei Ihrer wundervollen Skulpturen, »Adam und Eva« und »Germania«. Ich war tief beeindruckt vom Ausdruck des Dargestellten, der feinen Durcharbeitung und der handwerklichen Perfektion. Ich erzählte davon daheim im Rate und in unserem Verein. Wir planen für einen öffentlichen Platz neuerlich ein Denkmal, welches eine hiesige Sagenfigur vorstellen soll. Gleichzeitig soll die

Figur eine Warnung sein für diebische Zeitgenossen. Seit einem Jahr, wie Sie wissen, erfreut die Hildesheimer Bürger die von Ihnen geschaffene »Hildesheimer Jungfrau«. Kurz und gut: Ich nähme gerne mit Ihnen Kontakt auf. Auch würde mich Ihre Werkstatt interessieren, um auch andere Ihrer Arbeiten kennenzulernen. Bei einem Besuch könnten wir alles Weitere besprechen. Wäre Ihnen ein Termin in drei Wochen genehm?

Ihrer freundlichen Antwort entgegensehend,
grüßt Sie hochachtungsvoll
Stadtbaurat und Vorsitzender des Verschönerungsvereins der Stadt Hildesheim
Königlicher Baurat G.S.[2]

»Mein liebes Weib, was sagst du nun? Die melden sich jetzt wieder, die Hildesheimer! Wunderbar!«

Röder erinnert sich sonst eigentlich etwas ungern an den letzten Auftrag aus Hildesheim, obwohl dieser ihm einen Batzen Geld eingebracht hat – doch leider wenig Ruhm. Ihm ist zu Ohren gekommen, dass einige Bürger der Stadt die Skulptur der »Hildesheimer Jungfrau« spöttisch mit »Rebecca mit der Kuh« titulieren. Sie entspricht wohl dem Geschmack der Belle Epoque, nicht aber dem der nüchternen Hildesheimer. Straßennippes, sagt man sogar. Doch das geht nicht auf sein Konto. Röder hat die Figur nach einer Zeichnung des Kollegen Hermann Prell anfertigen müssen, eines protzigen Künstlers, der erst in Berlin, dann in Dresden lehrte und in einer prachtvollen Villa am Elbufer residiert. Prell gestaltet nicht nach der Natur, sondern idealisiert heroische Persönlichkeiten, wie es das Volk, vor allem aber seine Auftraggeber lieben. Diesmal jedoch wird alles in seiner Hand liegen: Entwurf und Ausführung.

»Dieser eitle Prell«, murmelt er in sich hinein.
»Was sagst du da, Carl?«, begehrt seine Frau zu wissen.
»Ach, nichts ...«
»Freu dich doch über den Auftrag! Aber denk auch an die Meißener Porzellanmanufaktur! Die Kleinskulpturen müssen demnächst

---

[2] Diesen Titel erhielt er von Kaiser Wilhelm II., nachdem dieser den Umbau des Hildesheimer Rathauses und anderes gesehen hatte, was vom Stadtbaurat G.S. gestaltet worden war.

fertig sein und hingebracht werden. Das geht vor. Ich will bald die Rechnung schreiben können. Der Vorschuss ist fast aufgebraucht«, gibt seine Frau zu bedenken. Sie ist für die finanzielle Abwicklung und Buchhaltung zuständig. Natürlich nur mit seiner Unterschrift. Außerdem hat sie eine schöne Handschrift.

Sogleich teilt Röder die Nachricht Heinrich und Gotthold mit, den Gesellen. Heinrich arbeitet schon acht Jahre in der Werkstatt. Er ist ein drahtiger Junggeselle, der neben einem kleinen Verdienst auch Kost und Logis bei Röder hat. Er ist geschickt und erfahren in der Nacharbeitung gegossener Bronzen. Gotthold kam bald hinzu. Er war drei Jahre auf Wanderschaft, landete dann bei Röder und blieb. Auf der Wanderschaft erwarb er sich manches Wissen und sammelte viele Erfahrungen. Als Steinmetz wirkt er vor allem an der Arbeit an Grabdenkmälern mit. Das Gravieren von Schrift liegt ihm besonders. Gotthold ist von kräftiger Statur und für das Heben und Tragen schwerer Materialien und Skulpturen nützlich. Auch ist er zuverlässig.

Röder kann mit seinen Gehilfen zufrieden sein. Eine gute Zusammenarbeit ist unverzichtbar für Gelingen und anhaltenden Erfolg. So findet der Meister neben dem Lehramt auch noch Zeit für seine Lithografien, und gelegentlich kommt er sogar zum Malen eines Bildes.

Röder antwortet dem Stadtbaumeister in einer Depesche, dass der Herr Königlicher Baurat zu besagtem Termin willkommen sei. Er wird ihn vom Bahnhof mit der Elektrischen abholen, die auch in der Nähe seines Hauses und der Werkstatt hält. Und er bringt seinen Lehrjungen mit, zum Koffertragen.

Neben der laufenden Arbeit wird nun mit Hochdruck gearbeitet. Die Regale müssen abgestaubt werden, um darauf die Kleinfiguren ins rechte Licht zu rücken. Die schweren Kübel mit der feuchten Tonmasse werden beiseite gerückt und abgedeckt, um Platz zu schaffen. Vor allem die Gipswannen müssen gereinigt werden, die unangenehmste Arbeit. Überall auf dem Boden verteilen sich Gipsspritzer und Staub. Fritz schleppt fleißig vom nahen Brunnen Kübel mit Wasser herbei. Die halbfertigen Unterkonstruktionen für die größeren Gipsarbeiten werden vorsichtig zu zweit beiseitegeschoben.

In einem Extraraum steht die Lithopresse. Hier ordnet der Meister seine Lithographien und Handzeichnungen. Die Landschaften, vorwiegend in Greiz und Umgebung gemalt, stapelt er noch einmal sauber nebeneinander, geordnet nach der Entstehungszeit. An der Wand hängt das Gemälde vom Greizer Park, eine Erinnerung an seine Thüringer Heimat. Die Arbeit geht derweil unverdrossen weiter, auch der Lehrauftrag an der Akademie und die Aufträge für Meißen. Die ungebrannten Kleinskulpturen, als Einzelstücke für Fürstenhäuser bestimmt, sollen in Meißen im Verfahren der verlorenen Form in Porzellan gegossen und dann hochgradig gebrannt werden. Danach werden sie von Künstlerhand bemalt und noch einmal gebrannt – ein aufwändiges Verfahren. Alles wird termingerecht fertig. Weil die Modelle noch ungebrannt sind und leicht zerbrechlich, werden sie in Holzwolle gehüllt und in kleine Kisten gepackt. Die schon Gebrannten sind zum Abgießen in kleiner Auflage gedacht und werden zu der Gießerei Milde und Co. gebracht. Zur Verstärkung heuert Röder einen Studenten an.

Um den heiklen Transport zu sichern, fahren Heinrich und der Student im Postbus mit und behalten die Ladung im Auge. Nachdem sie die Ware in der Manufaktur hoch oben in der Burg abgeliefert haben, lassen sie sich die Produktionsräume zeigen. Besonders beeindrucken sie die Maler, die mit Pinseln aus Marderhaar kunstvoll die gebrannten Skulpturen und Terrinen bemalen. Manchmal haben die Pinsel nur ein Haar, um feinste Linien zu zeichnen. Einige haben Vorlagen, die meisten jedoch nicht. Danach werden die fertig bemalten Teller und Figuren noch einmal gebrannt – in Öfen, die mit Braunkohle geheizt werden. Lediglich den Raum, in dem die Porzellanmasse angerührt wird nach geheimer Mixtur, dürfen sie nicht betreten – Betriebsgeheimnis!

Der Weg zwischen Dresden und Meißen ist nicht allzu weit. So kehren sie spätabends zurück mit dem Postbus, erfüllt von Eindrücken. Der Tag war eine willkommene Abwechslung. Heinrich hatte Gelegenheit, mit anderen Gesellen zusammenzukommen, sich mit ihnen in einer Wirtschaft zu treffen und auszutauschen bei Thüringer Wurst und einem Becher sächsischem Wein. Er hat viel zu erzählen, auch von den Modellen der Künstler und von den Werkstätten. Meister Röders Figuren haben viel Gefallen und Bewunderung gefunden. Das soll er seinem Meister ausrichten.

Dann kommt der Tag des angekündigten Besuches. Frau Röder hat einen Gugelhupf mit Rosinen gebacken. Die stammen aus der Kolonialwarenhandlung schräg gegenüber. Da fällt ihr ein, dass sie dem Besuch nach der langen Reise zur Stärkung und Erquickung erst einmal einen heißen Kakao anbieten sollte.

»Lauf schnell rüber zum Kolonialladen, Fritz, und kauf 250 Gramm Kakao von Übersee! Vielleicht wiegen sie dir den Kakao so ab, sonst musst du halt eine ganze Dose nehmen. Hier hast du ein paar Groschen. Aber vergiss nicht eine Quittung mitzubringen!«

Frau Röder unterhält ein Haushaltsbuch, in dem sie jede Ausgabe peinlich genau festhält. Ein großer Topf mit Leipziger Allerlei und Suppenfleisch kocht schon auf dem Herd, und der Tisch in der Guten Stube ist fein eingedeckt.

Gegen Abend nimmt Meister Röder Fritz mit zur Elektrischen. Das ist für den ein Vergnügen. Der Zug kommt schnaufend mit etwas Verspätung an. Als Erkennungszeichen schwenkt der Stadtbaurat seinen Zylinder. Die Männer begrüßen sich höflich, doch freundlich. Röder erkundigt sich nach dem Ergehen des Gastes, fragt, wie die Reise verlaufen ist.

»Nun, im Ganzen gut. Doch ich bin seit fünf Uhr dreißig auf den Beinen, Röder. Ich musste zweimal die Reichsbahn wechseln, umsteigen auf eine andere Strecke, dazwischen zur Überbrückung den Postbus nehmen. Leider haben wir noch keine durchgehende Strecke nach Dresden. Aber die Anschlüsse gingen ganz gut, und überall waren Kofferträger behilflich. Übrigens soll ich Ihnen eine Empfehlung von Oberbürgermeister Gustav Struckmann ausrichten.«

»Oberbürgermeister?«

»Jawohl, Oberbürgermeister«, bestätigt der Stadtbaurat stolz, »seit unsere Stadt über 40.000 Einwohner hat, können wir uns einen Oberbürgermeister leisten. Und was für einen! Tatkräftig und energisch, dieser Struckmann«, fügt er hinzu.

Sogleich schnappt Fritz sich den Koffer des Herrn und schleppt ihn zur Elektrischen.

»Ich erhole mich bestimmt schnell, besonders hier, in dieser prachtvollen Stadt«, ergänzt der Gast.

»Na, dann herzlich willkommen in Dresden! Mögen Sie sich hier wohlfühlen, Herr Stadtbaurat!«, wünscht Meister Röder.

Zuhause erwartet den Gast ein herzliches Willkommen. Die Gehilfen stehen stramm vor der Tür und verbeugen sich. Der Stadtbaurat drückt Fritz einen Groschen in die Hand. Frau Röder tritt vor die Tür und bittet den Gast einzutreten.

Beim Abendessen tauscht man Neuigkeiten aus Hildesheim und Dresden aus. Mit glänzenden Augen erzählt der Stadtbaurat vom Besuch des Kaisers und seiner Gemahlin in Hildesheim. 1900, zur Einweihung des Reiterdenkmals von Wilhelm I., seinem Großvater, kam er höchstpersönlich in die Sedanallee.

»Ein großes Ereignis«, berichtet er, »am Bahnhof hatte man ihm zu Ehren eine festliche Rampe aufgebaut und am Marktplatz ein Tor aus Holz und Pappe. Nur für diesen einzigen Festtag, an dem auch die Bevölkerung begeistert teilnahm. Die Kinder hatten natürlich schulfrei und schwenkten Fähnchen in den deutschen Nationalfarben: schwarz, weiß, rot. Und es gab Kaiserwetter. Bei der Enthüllung des Denkmals (der Kaiser sitzt darauf in Bronze zu Pferd, und eine junge Germania neben ihm reicht ihm den Siegeskranz) schnappte er die Worte eines Kindes auf: 'Das ist ja der Kaiser mit seiner Tochter!'« So berichtet der Gast und fährt fort: Er und der Oberbürgermeister hätten direkt neben Seiner Majestät gestanden, und der Kaiser habe ihm bei dem Rundgang durch die festlich geschmückte Stadt gesagt, wie schön er Hildesheim finde mit seinen alten Kirchen. Er vermisse jedoch ein wenig die Denkmäler. Ob es da denn gar nichts gäbe?

»Doch, Majestät, gewiss, neben kleineren Werken haben wir den Bismarckturm, das Bischof-Bernward-Denkmal und schließlich die berühmte Christussäule. Und nicht zu vergessen natürlich die berühmten Bernwardtüren des Domes, nördlich der Alpen ohnegleichen und einzigartig! Und als Krönung kommt heute nun das Kaiser-Ehrenmal hinzu, Eure Majestät«, erwidert der Oberbürgermeister nicht ohne Stolz. Dennoch bleibt die Meinung des Kaisers bestehen, Hildesheim hätte zu wenig Heroisches an Denkmälern im Vergleich zu anderen deutschen Städten.

»So kam schließlich der Gedanke auf, ein weiteres prächtiges Denkmal zu schaffen. Aber eines, das zu uns Hildesheimern passt. Eines aus der Hildesheimer Sagenwelt, ein volksnahes, kein heroisch-historisches. Ja, und deshalb bin ich nun hier, um unsere Denkmäler um eines zu vermehren, werter Meister. Das ist mein Anliegen und mein Auftrag!«

Damit beendet der Baurat seine Suade. Doch nach dem Geplauder am Abend kommt man kaum mehr zum eigentlichen Gespräch, dem neuen Auftrag. Der Gast ist einfach zu müde von dem langen Tag und der strapaziösen Reise. So vertagt man das Gespräch auf den nächsten Morgen. Nach einem Gläschen sächsischen Wein bietet die Gastgeberin ein Bett in der Stube zum Übernachten an.

»Besten Dank, gnädige Frau, aber bitte keine Umstände! Ich habe schon ein Zimmer in einer Pension nahe der Frauenkirche gebucht, per Depesche. Die Pension empfahl mir ein Schwager. Für zwei Nächte. Denn ich will mir noch die Frauenkirche, das Albertinum und den Zwinger anschauen. Außerdem natürlich Ihre Arbeiten an der Brühlschen Terrasse, lieber Herr Professor Röder. Und dann noch Ihren *Ruderer* im Stadtmuseum.«

»Nun, dann reichen zwei Tage kaum aus«, gibt Röder zu bedenken.

»Ich komme ja wieder«, erwidert der Gast schmunzelnd und verabschiedet sich. Er lässt sich eine Droschke kommen und fährt zu seinem Quartier. Die Gaslaternen sind schon angezündet.

Am nächsten Morgen steht er frisch ausgeschlafen vor der Tür, eine Rolle Papier unter dem Arm. Das lässt Röder Böses erahnen. Hoffentlich nicht schon wieder, fürchtet er. Beim Gespräch in der Guten Stube unterbreitet der Vorsitzende dann seinen Plan für das neue Denkmal: Die Stadt will ein volkstümliches Denkmal, kein heroisches, eines, das eine Sagenfigur aus dem Hildesheimer Raum darstellen soll. Es soll gleichzeitig Diebe warnen. Und er erzählt die Sage vom Huckup, einem bösen Wicht, einem Kobold, der Dieben auf die Schulter springt und sie schwer drückt, wenn sie etwas gestohlen haben. Dazu gibt es zwei verschiedene Versionen, eine aus Söhre und eine aus dem Itzumer Wald.

»Bei der Geschichte aus Söhre«, erklärt er, »springt ein Kobold einem Mann, der sich am hellichten Tage ins Gras legt, um auszuruhen, auf die Schulter. Der Mann springt auf und läuft und läuft, doch er wird den Hockauf einfach nicht los, bis er endlich die Stadt erreicht. Da springt der Wicht endlich wieder von ihm ab. Es ist einer, der nur ärgern und necken will. Wir bevorzugen die erste Version, die aus dem Itzumer Wald: Hier springt ein böser Kobold einem Dieb auf die Schulter und drückt ihn wie eine Last, bis er sein Diebesgut schließlich fallen lässt, einen Sack mit Äpfeln. So soll unser Huckup werden! Die Figur soll an einem zentralen Ort aufgestellt werden, an dem viele Menschen vorbeikommen, gewissermaßen auch als Mahnung zur Ehrlichkeit.«

Und er entnimmt der Rolle einen Entwurf, den er auf dem großen Empire-Tisch ausbreitet. Und tatsächlich: Es ist wieder ein

Entwurf von Prell, dem Rivalen und Schöntuer. Röders Miene verfinstert sich. Das bemerkt auch der Baurat und rechtfertigt sich, dass es die Entscheidung der Mitglieder des Vereins und des Rates war, wieder Prell zu nehmen. Der hat neben dem Entwurf zur Hildesheimer Jungfrau nämlich auch das große Deckengemälde und die Wände der Hildesheimer Rathaushalle, welche der Stadtbaurat umgebaut hat, in gotisierendem Stil ausgemalt.

Röder ärgert sich. Die konservativen Hildesheimer kommen immer wieder auf Bewährtes zurück, statt einmal etwas Neues auszuprobieren, einen anderen Künstler zu engagieren mit einer anderen Handschrift. Laut sagt er: »Sie können es nicht wissen, dass mir Ihre Sage vertraut ist. Denn ganz ähnlich gibt es sie auch bei uns, in Greiz. Es heißt bei uns das Hupfmännel. Es soll den Greizer Bürgern auf die Schulter springen, wenn sie abends den Greizer Park durchqueren, um den Weg abzukürzen, was verboten ist. Was ich damit sagen will, Herr Stadtbaurat: Entwurf und Ausführung hätten Sie getrost mir überlassen können.«

»Um ehrlich zu sein«, entgegnet der Stadtbaurat, »genau von dieser Sage hörte ich in Greiz bei meinem Besuch. Sie gab mir den Anstoß, Sie als Künstler vorzuschlagen, weil das Hupfmännel so stark unserem Huckup ähnelt. Was für mich eine Überraschung war. Und wie Sie ja wohl gleich bemerkt haben, lässt der vage Entwurf von Prell einige Gestaltungsfreiheit zu.«

In der Tat, es ist nur eine grob angelegte Skizze, ohne Details.

»So bleibt Ihnen gewiss genug Raum für eigene Interpretation, das Motiv nach Ihrer Vorstellung zu gestalten, Professor Röder«, besänftigt er den Meister. »Ich selbst, das kann ich Ihnen guten Gewissens sagen, ohne dass mich ein Hockauf drückt, wurde bei der Abstimmung überstimmt und komme deshalb lieber allein zu Ihnen, ohne Begleitung eines Ratsherren, wie es ursprünglich vorgesehen war. Außerdem führt ein privates Interesse mich hierher. Doch davon später.«

Nun werden die Details der Ausführung besprochen: Welches Material? Wie groß? Mit oder ohne Sockel? Ja, man will gern Bronze, etwa zwei Meter hoch.

»Einverstanden. Wir arbeiten mit einer guten Gießerei in Dresden zusammen, Milde und Co. Und der Sockel? Auch etwa zwei Meter hoch? Für den Sockel hätten wir einen wunderbaren hellen Sandstein aus dem Steinbruch in Wehlen an der Elbe. Mit diesen

Steinen wurde auch die Frauenkirche gebaut. Aber bedenken Sie den Transport. Vielleicht überlegen Sie, ob nicht ein Sandstein aus dem Solling in Frage käme. Der Transport wäre günstiger ...«

»Ja, das können wir uns noch überlegen«, meint der Stadtbaumeister. »Auf jeden Fall soll auf den Sockel eine Inschrift, und zwar diese.« Er zieht ein Papier aus dem Gehrock und liest einen Text vor, der in Niederdeutsch verfasst und anschließend ins Hannöversche Hochdeutsch übersetzt worden ist.

Junge
lat dei Appels stahn
süs packet deck
dei Huckup an
dei Huckup is en starken
wicht
hölt dei Stehldeifs
bös Gericht

»Nun, das geht in Ordnung. Falls Sie sich für einen Solling-Quader entscheiden sollten, könnte mein Geselle Gotthold ihn vor Ort bearbeiten. Und die Schrift in den Sockel gravieren. Sonst eben hier bei uns, in einen Wehlener Stein.«

Und so kommt man gütlich zu einem Vertrag, der aufgesetzt und von beiden im Beisein der Gastgeberin unterschrieben wird, nachdem auch über das Honorar gesprochen worden ist.

Danach sieht der Stadtbaurat sich noch im Werkstattatelier um. Er lässt sich vieles zeigen und erklären. Plötzlich fällt sein Blick auf das Regal mit den kleinen Bronzen. An einer bleibt er besonders hängen.

»Darf ich die mal in die Hand nehmen?«

»Aber gern. Gefällt Sie Ihnen?«

»Ja, wunderbar. Sie würde auch meiner Frau Johanne viel Freude machen.«

Er dreht und wendet die kleine Figur in den Händen. Sie stellt eine lesende Frau dar. Er kann sich gar nicht von ihr lösen und fragt schließlich nach dem Preis. Dieser fällt nach kurzem Überlegen von Röder moderat aus – vielleicht auch, weil er gerade einen Großauftrag mit dem Stadtbaurat abgeschlossen hat.

So zieht dieser zufrieden von dannen mit einem guten Vertrag in der Tasche und einer kleinen Bronze in der Hand, die er sich noch einpacken lässt. Er genießt die restlichen Tage in Dresden und hängt sogar noch einen Tag dran. Und auch Meister Röder kann schließlich zufrieden sein.

Am nächsten Tag begrüßt der Meister die Gesellen, sich frohgemut die Hände reibend.

»Auf, Leute, frisch ans Werk, wir haben den Auftrag! Dafür muss ich aber erst eine Skizze anfertigen!« Er erklärt allen, was zu tun ist und wie er sich die Skulptur vorstellt. »Fritz, du stellst den Huckup dar, und du, Heinrich, den Dieb! Ihr habt dafür beide die passende Figur. Gotthold kann derweil schon einen Gipsblock gießen, zweieinhalb Meter hoch und einen Meter im Quadrat. Also, Fritz, zieh deinen Mantel mit der Zipfelmütze an! Die Sandalen kannst du anlassen. Und du, Heinrich, das Wanderzeug mit den Stiefeln! Für den Kopf nimm meine Kappe. Häng dir die kleine Schultertasche um. Einen Wanderstock werden wir auch noch haben.«

Er fragt seine Frau, ob sie vier Pfund Äpfel kaufen kann, bitte in einem Sack. Nachdem die Modelle ausstaffiert sind, sollen sie sich nach der Skizze von Prell in die gewünschte Position bringen. Fritz springt erst auf den Tisch und von da auf Heinrichs Schulter.

»Au, nicht so heftig, Bursche!«, schreit Heinrich auf.

»Gut so, gut so!«, ruft der Meister begeistert, »so hast du genau den richtigen Ausdruck, Heinrich, den eines ertappten Diebes! Haltet so die Stellung eine Weile, ich will das schnell skizzieren!«

Es dauert nicht allzu lange, denn das gebückte Stehen mit Fritz auf dem Buckel ist beschwerlich. Nach ein paar Minuten hat der Meister eine ordentliche Skizze auf das Papier gebracht, in der die Haltung gut zum Ausdruck kommt. Sie wird die Grundlage für eine bis ins Detail ausgearbeitete Zeichnung des Meisters. Nach der kann und muss exakt gearbeitet werden.

Ein paar Tage später: Der Quader aus Gips ist, ohne Blasen zu bilden, vorsichtig gegossen worden und getrocknet. Auf ihm wird mit wenigen Strichen nun die Zeichnung angebracht. Anschließend wird mit Sägen, Beiteln und Klöppeln grob die Grundform herausgeschlagen. Danach geht der Meister an die Details mit feineren Geräten: Feilen, Bohrer, Messer. Schließlich wird die Oberfläche mit

Sandpapier geglättet. Das gibt viel Staub. Ständig kehrt Fritz Abfälle zusammen.

Die Arbeit benötigt etliche Zeit. Nach Vollendung des Werkes wird es zu der bewährten Gießerei *Milde und Co.* gebracht und dort nach der Urform ausgegossen, sodass die Gipsform erhalten bleibt. Mit der hat Röder noch etwas vor. Nach dem Guss wird die Skulptur wieder zurückgebracht und weiter bearbeitet. Herausragende Teile werden extra gegossen, zum Beispiel der Wanderstock; er wird nachträglich angefügt. Die scharfen Grate, die beim Guss entstehen, werden mit Feilen geglättet und die Oberfläche weiter von Hand bearbeitet, schließlich mit einem schützenden Überzug versehen.

Endlich, Anfang Juni 1905, ist das Werk vollendet. Man kann zufrieden sein. Der Termin der Abholung rückt näher. Nach einem schwierigen Transport nach Hildesheim, der auch einiges kostet, wird die Skulptur am Hohen Weg Ecke Schuhstraße aufgestellt, gegenüber der neumodischen Blankenburg. Am 17. Juni 1905 ist die feierliche Einweihung. Die *Hildesheimer Allgemeine Zeitung und Anzeiger* berichtet am 18. Juni ausführlich davon. Sie schreibt unter anderem: »Im großen Ganzen nimmt sich dieser Straßenschmuck an dieser bezeichneten Stelle allerliebst aus ...«

Ob das Lob Röder wohl gefallen hat?

Anmerkungen:

Die originale Gipsform schenkte Röder später seiner Heimatstadt Greiz, wo sie noch heute im Schloss steht.

Das Kaiserdenkmal wurde für den Krieg eingeschmolzen.

Die Hildesheimer Jungfrau auf dem Bankplatz wurde im Krieg 1945 zerstört.

Altje Hornburg
EIN GESPRÄCH IN HILDESHEIM
(1941)

»Er muss doch etwas an sich gehabt haben ...«

Es ist seltsam: Die Menschen klagen darüber, dass die Zeiten böse sind. Hört auf mit dem Klagen. Bessert euch selber! Denn: nicht die Zeiten sind böse, sondern unser Tun. Wir sind die Zeit.
Aurelius Augustinus, Theologe und Philosoph, 354-430

Wir schreiben das Jahr 2014. Ich bin unterwegs in Hildesheim. Die Stadt ist wie herausgeputzt bei dem schönen Wetter. Sie fordert geradezu auf, sich schon heute auf ihr Jubiläumsjahr 2015 zu freuen: 1200 Jahre Hildesheim.

Mein Weg führt mich durch die Keßlerstraße. Eine Gruppe Touristen schaut sich um und ist entzückt von dem Straßenzug.

»Ah, Erwin, schau mal«, höre ich, »hier würde ich auch gerne wohnen! Da atmet man noch Geschichte! So heimelig! Und die Rosenstöcke erst!«

Die von dem zerstörerischen Bombenangriff im März 1945 nicht bis ins Mark getroffene Keßlerstraße löst bei vielen Menschen ein besonderes Empfinden aus, Sehnsucht vielleicht nach bewahrtem Leben. Mir fallen Geschichten ein, die ich bewahren und weitergeben will an die nächste Generation. Ich bleibe vor dem Elternhaus von Bodo stehen. Wie zufällig ... und auch wieder nicht. Wie hast du mal gesagt, Bodo: ‚Die Hildesheimer sind nicht böse. Sie tun nur so.'

»Alles Geschichte«, sagt ein Mann ein paar Schritte von mir entfernt. Er befreit mich aus meiner melancholischen Rückbesinnung.

»Lebensgeschichte«, sage ich.

Der Mann pariert mit: »Sag ich doch!«

Da ich nicht antworte, runzelt er die Stirn und reibt mit der Schuhsohle auf der Pflastersteinrose Nr. 10 herum.[3] Das tut mir weh, als Rosenliebhaberin.

»Passen Sie auf, die Dornen ruinieren Ihre Sohlen!«, kann ich mir nicht verkneifen.

Er versteht die Ironie, schlägt die Hacken zusammen und grüßt militärisch. Dabei sieht er komisch aus. Ich rette mich in eine Floskel.

»Ja, irgendwie hängt alles mit allem zusammen.«

Er nickt zustimmend. »Führt ein bestimmtes Interesse Sie hierher?« fragt er, neugierig, aber nicht unangenehm.

»Ja, ich suche nach Mitgefühl. Mitgefühl für Bodo. Während des Zweiten Weltkrieges wurde er in der Flut fürchterlicher Ereignisse in eine aussichtslose Lage manövriert. Dagegen konnte er sich nicht wehren – wie viele seiner Leidensgenossen und Genossinnen.«

»Von welchen Ereignissen sprechen Sie? Und wer war dieser Bodo?«

»Sie stellen mir zwei Fragen auf einmal. Haben Sie wirklich so viel Zeit, dass ich versuchen kann, sie zu beantworten?«

»Ja, gern! Da erfahre ich als Tourist doch mal was aus erster Hand. Fangen Sie mit meiner Frage nach Bodo an! Ich höre zu!«

»Ja, womit fange ich am besten an, wenn ich Ihnen Bodo beschreiben soll? Bodo war ein Mensch aus Fleisch und Blut, gebürtiger Hildesheimer, Hildesheimer mit Leib und Seele. Wir waren über viele Jahre Nachbarn in diesen zwei schmucken Häusern hier, vor denen Sie und ich gerade stehen. Bodo war nicht ganz erwachsen geworden. Ein Stück davon hatte sich bei ihm einfach nicht einstellen wollen. Er lebte noch immer zusammen mit seinen alten Eltern.«

»War er geistig behindert?«

»Nicht so schnell! Hören Sie doch erst mal. Für die damalige Zeit, die dreißiger Jahre, war Bodo mit 1,90 Metern Größe ein Riese. Er war von kräftiger Statur, und seine groben Knochen standen ihm selbst immer im Weg. Können Sie sich vorstellen, wie es ihm in dem niedrigen Fachwerkhäuschen erging? Immer den Kopf einziehen! Das musste er auch aus anderen Gründen. Bodo war seinen

---

3 Durch Hildesheim führt die Rosenroute zu geschichtlich bedeutsamen Plätzen und Kulturgütern. Sie ist durch nummerierte Pflasterreinrosen gekennzeichnet.

Eltern lästig und peinlich. Obwohl er ihnen keine Arbeit machte und sogar zum Unterhalt beisteuerte, durch Arbeit auf einem Gut außerhalb von Hildesheim. Seine naive Art und seine, nun ja, Begriffsstutzigkeit in theoretischen Dingen führte von Kindheit an zu Streit und Handgreiflichkeiten zwischen ihm und seinem Vater. In der Schule zog man ihn so eben mit durch, aber ohne Abschluss. Die Nachbarn in der Keßlerstraße sagten 'Was er da oben nicht reingelassen hat' (dabei klopften sie sich an ihre Stirn) 'hat er in seine Länge gesteckt ... und in seine Muckis.' Aber sie meinten es nicht gehässig. Doch Bodos Eltern fühlten sich blamiert, wenn er sich nach dem Gottesdienst in den menschenleeren Kirchen versteckte und mit Inbrunst sang. Man hörte ihn draußen. Das 'Heideröslein' in der Fassung von Schubert hielt man für angemessen, nicht jedoch Bodos frivole Trinklieder! Der Küster von St. Lamberti in der Neustadt jagte ihn dann nach Hause. Bodo rechtfertigte sich damit, seine Stimme höre sich in den Kirchen an wie Caruso und meinte wörtlich: 'Das Singen schmiert meine Seele.'

»So feinfühlig konnte er sich über sich selbst äußern? Erstaunlich!«

»Ja, konnte er. Bodo spürte die Abwertung seiner Person zu Hause schmerzhaft, und er suchte seelischen Ausgleich dafür. Ich möchte es so sagen: Während er sang, fühlte er sich gehoben, als sänge der große Enrico Caruso selbst mit ihm – sein Vorbild. Ich sprach mit dem Küster, versuchte eine Lösung. Er schüttelte nur den Kopf über mein Ansinnen. Da ich ihm als Mitglied des Kirchenchores aber vertrauenswürdig erschien, gab er mir schließlich den Schlüssel. Ich nahm an, er tat es heimlich sogar gern, denn er sagte zu mir: 'Singen kann der Kerl ja, das muss man ihm lassen!' So oft ich nun Zeit hatte, begleitete ich Bodo in die St. Lamberti-Kirche am Neustädter Markt. Und hörte ihm zu, wenn er sang. Die derben Trinklieder allerdings ließ ich nicht zu. Und Bodo gehorchte mir.«

»Sie müssen eine sehr persönliche Beziehung zu ihm gehabt haben.«

»Ich war ihm eine Freundin geworden. Obwohl ich altersmäßig fast seine Tochter hätte sein können. Die Leute in der Neustadt sagten uns bald ehrenrührige Dinge nach, weil Bodo mich gern umarmte und auf die Wange küsste. Mehr nicht! Er sagte gern: 'Ich küsse Sie nicht auf den Mund, das steht mir nicht zu'. Dabei siezte er mich. Er war galant. Wir gingen gern in den romantischen Dyes-Park, einst der Klostergarten von St. Godehard. Dort, in der Nähe der Basilika, unter den mächtigen Bäumen und neben dem lieblichen Mühlengraben, fühlte Bodo sich wie ein Troubadour. Unter freiem Himmel sang er die volkstümliche Fassung von ‚Sah ein Knab ein Röslein stehn' von Heinrich Werner. Leute blieben stehen und hörten ihm zu. Mit Tränen in den Augen.«

»Ich kann mir gut vorstellen, dass die Menschen sich nach etwas Schönem sehnten in der unromantischen Zeit.«

»Ja, und einer wie Bodo schenkte es ihnen. Sozusagen im Vorbeigehen.«

»Wie war er, wenn er nicht sang?«

»Bodo nahm das Leben atmosphärisch wahr, jenseits des rationalen Denkens, über symbolische innere Bilder. Kinder bezeichnete er als ‚Wolken' und seine Ängste als ‚Stacheldrahtzäune', das Leben als ‚Schlamassel'. 'Ich hatte wieder Stacheldrahtzaun', keuchte er, wenn er in die Nähe politischer Krawalle geraten war und es nach Hause geschafft hatte. Die NSDAP und die SS-Häscher hatten in Hildesheim schon für ein angespanntes politisches Klima gesorgt. Bodo hatte stets sein Fahrrad dabei, trödelte gern herum und schaute und hörte sich alles an. In meiner Erinnerung empfinde ich es fast stärker als damals: Bodo war ein kreativer und gefühlvoller Mensch. Auf besondere Weise.«

»Kreative, gefühlsbetonte Menschen sind besonders verletzliche Menschen ... zumindest trifft das oft auf sie zu.«

»Ja, Bodo war ein äußerst verletzlicher Mensch. Nur besaß er keine Vorstellung davon, dass Menschen ihn verletzen könnten. Wenn es geschah, lief er ins offene Messer, ohne darauf gefasst gewesen zu sein. Er war arglos.«

»Von welcher Flut der Ereignisse in Hildesheim sprachen Sie vorhin? Leider war es doch immer so: Im Krieg spielen zivile Opfer keine Rolle. Das ist zwangsläufig so.«

»Ich zweifle ein wenig am Begriff Zwangsläufigkeit. Es klingt, als lägen die Untaten in der Natur der Sache oder in der Natur des Menschen – ob im Krieg oder Frieden. Es führt zu einem bloßen Achselzucken. Je länger ich mich mit Bodos Lebensgeschichte befasst habe, umso mehr widerstrebt es mir, sie im Nachhinein als zwangsläufigen Ablauf einer Kette von Ereignissen zu sehen, als hätte es keine handelnden Akteure gegeben ... Akteure mit Absichten, Einstellungen, Gefühlen. Und mit Entscheidungsgewalt: Befehl und Gehorsam. Letzterer oft vorauseilend oder überflüssig.«

»Nun, im Grunde sehe ich das auch so. Nur konnte das keiner bislang verhindern.«

»Oder hätte es ernsthaft gewollt! Ich meine die Untaten, die vor und während des Krieges in Nazideutschland am eigenen Volk verübt wurden - auch in Hildesheim. Dazu müssen Sie wissen, wie es hier damals aussah. Die Adolf-Hitler-Partei NSDAP verdrängte die liberalen und demokratischen Kräfte lautstark aus ihren Ämtern. Sie war es, die einen spürbaren Rückgang der Arbeitslosigkeit verbuchen konnte und sichere soziale Verhältnisse in Aussicht stellte. Dafür war man – etliche wohl oder übel, andere »mit fliegenden Fahnen« – in die NSDAP eingetreten. Nach den politisch unsicheren Zeiten der Weimarer Republik und der Weltwirtschaftskrise war das kein Wunder, und nach der Machtergreifung Hitlers am 31. Januar 1933 ließ der Führerkult nicht mehr lange auf sich warten. Der 'Hildesheimer Beobachter' (eine seit 1932 von der NSDAP unterhaltene Zeitung mit rasant steigender Auflage) überzog die Bevölkerung täglich mit rasse- und gesundheitspolitischer Propaganda: Sie forderte, unverblümt und in der groben Kampfsprache des Diktators, die 'Säuberung' von allem 'arbeitsscheuen' und 'erbbiologisch kranken Ungcziefcr' – und zielte dabei vor allem ab auf die in Hildesheim lebenden Juden. Wohl niemandem blieb mehr verborgen, dass mit der Machtergreifung des Diktators am 31. Januar 1933 die physische und mentale 'Aufrüstung' der Deutschen und die militärische Aufrüstung für den Angriffskrieg begonnen hatte.«

»Ich war gestern am Lappenbergdenkmal. Das Schicksal der jüdischen Hildesheimer ist ein unseliges Kapitel. Auch sie hatten sich offenbar nicht vorstellen können, dass man ihnen so übel mitspielen würde – mit tödlichem Ausgang.

»Ja, und sie haben die große Gefahr unterschätzt. Nur ein Teil von ihnen floh rechtzeitig ins Ausland.«

Doch zurück zu Bodo. Ich erinnere mich an sein komödiantisches Talent. Er stellte es hier, in der Keßlerstraße, unter Beweis. Sein Vater und meine Eltern hatten ihn ein einziges Mal mit nach Berlin genommen, und zwar zur Sportpalastrede Hitlers im Februar 1933. Da hatte Bodo ihm sehr genau aufs Maul geschaut und hingehört. Seither konnte er den Diktator frappierend echt imitieren – nicht mit dessen Worten (die hätte Bodo kaum behalten), sondern er erfand, während er den Despoten mimte, eine Art Fantasiesprache mit dem berühmten rollenden R. Nie wieder habe ich das typische Gebaren Hitlers so komisch und zugleich so monströs nachgestellt gesehen – und keineswegs lächerlich, wie man es heute manchmal in Comedys sieht! Bodo brauchte sich nur hinzustellen, eine frische Hildesheimer Rose im Knopfloch (im Winter eine künstliche) und den Schirm seiner Mütze über das rechte Ohr drehen … und alle Augenblicke mit dem rechten Zeigefinger einen Wischer unter der Nase machen, schon war er Hitler.«

»Wieso das denn?«

»Die Haarsträhne und das Schnurrbärtchen des Despoten, verstehen Sie? Symbolisch verfremdet! Alles Weitere erreichte er mit Gestik, Mimik und Stimme. Die Nachbarn luchsten durch die Gardinen und belustigten sich heimlich. Ich sage mal etwas despektierlich: lauter kleine Geister, Spießbürger (von Ausnahmen abgesehen), wie der Diktator sie in seinen beschwörenden Reden immer verteufelte. Ich versuchte, Bodo da wegzuziehen, denn ich spürte, dass sie ihn zum Narren machten. Bodo war ja nicht nur komisch, sondern er hielt ihnen auch den Spiegel vor. Er zeigte mit seinem überzeichneten Spiel die groteske Wahrheit: So einem seid Ihr auf den Leim gegangen und geht Ihr täglich mehr auf den Leim! Und ich hatte den Eindruck, dass der Narr Bodo ihnen zugleich ermöglichte, die uneingestandene Wahrheit als närrisches Getue abzutun: Das da ist doch nur Bodo, der arme Sonderbare, den kennt man ja.«

»Interpretieren Sie da nicht etwas zu viel hinein?«

»Ich denke nicht. Über den Auftritt herrschte ein ungewohntes, geradezu unheimliches Schweigen. Sonst wurde doch gern über alles Mögliche getratscht – bis weit über die Keßlerstraße hinaus.«

»Haben nicht kritisches Kabarett und Satire heute noch dieselbe hintergründige Funktion?«

»Ja, nur wer heute ins Kabarett geht, weiß in der Regel, dass beide Seiten, Narr und Volk, die Spielregeln durchschauen. Allerdings, bei Hofe im Mittelalter durfte der Narr nicht zu direkt werden, dann wurde es für ihn gefährlich.«

»War es für Bodo gefährlich?«

»Nun ja, einmal fragte mich eine befreundete Pflegerin aus der Heil- und Pflegeanstalt Hildesheim, die ein Zimmer im Haus gegenüber zur Untermiete bewohnte, ob ich Bodo nicht davon abhalten könnte. Sie fügte hinzu: 'Bei uns sieht's nämlich nicht rosig aus, wenn du weißt, was ich meine.'«

»Und? Wussten Sie, was sie meinte?«

»Ja, aber ich vermied es, daran zu denken. Jedenfalls blieb Bodos Eltern das Herz stehen vor Angst, das Ganze würde der Gestapo-Dienststelle in der Gartenstraße 20, Ecke Zingel zugetragen. Allerdings glaube ich, sie hatten mehr Angst um sich als um ihren Sohn. Denunziert zu werden war eine begründete Angst damals, und Bodos Eskapade hätte leicht jemanden zu vorauseilendem Gehorsam verführen können, um selbst gut dazustehen. Die Gestapo war personifizierte Gewalt. Sie hätten bei der Identifizierung und Bekämpfung regimefeindlicher Tendenzen keinen Willkommeneren finden können als Bodo. Seine Arglosigkeit hätte sie gereizt, und bei einem so harmlosen Vertreter hätten sie kein Pardon gekannt und ihn zum potentiellen Feind des NS-Regimes erklärt. Das Wenigste, was ihn erwartet hätte, wäre Schutzhaft gewesen. Aber nicht auszudenken, wie es ihm ergangen wäre, hätte man ihn in eine Einzelzelle oder Gemeinschaftszelle im Hermann-Göring-Haus[4] gesteckt! Bodo hätte es nicht verstanden und nicht überstanden, wenn man ihn unter Gewaltanwendung zu Aussagen hätte bewegen wollen.«

»Konnte er das Risiko wirklich nicht einschätzen?«

»Nein. Die Fähigkeit zur Selbstzensur hatte er nicht. Aber er konnte es einfach nicht lassen. Doch wie ich schon sagte: Niemand denunzierte ihn.«

»Ja, aber was ist mit Bodo passiert? Sie deuteten es nur an. Er muss doch etwas an sich gehabt haben, was ihn in eine missliche Lage gebracht hat!«

»Nein, hatte er nicht. Sie formulieren im Moment unbewusst zynisch, wie es Menschen immer noch tun, wenn die Rede auf die erbarmungslose Verfolgung der Juden in Nazideutschland kommt. Es hört nicht auf mit Bemerkungen wie: Sie müssen doch irgendetwas an sich gehabt haben, dass sie immer wieder angeeckt sind … Dabei scheint es, als hegten sie unterschwellig den Verdacht, die Juden seien doch irgendwie selbst schuld gewesen – irgendwie.«

---

[4] Damals Polizeidienstgebäude in der Kaiserstraße, wurde von der Gestapo zur Unterbringung von Häftlingen mitbenutzt.

»Nein, nein. So habe ich es nicht gemeint. Für so dumm halten Sie mich doch nicht, oder? Sie sind aber empfindlich, wenn es um Ihren Bodo geht, um nicht zu sagen: pingelig!«

»Mag sein. Ich bin nur einfach nicht davon zu überzeugen, dass Menschen etwas an sich haben, was sie aus sich selbst heraus in eine tödliche Lage bringt.«

»Gut, dann frage ich besser so: Was passte den anderen an Bodo, salopp ausgedrückt, nicht in den Kram? Was hatten sie an ihm auszusetzen?«

»Ich habe in den letzten Monaten viel darüber nachgedacht, wie es dazu kommen konnte, dass das Klima von Ausgrenzung und Säuberung sogenannter Ballastexistenzen auch in der normalen Bevölkerung um sich griff. Ich kann Ihnen nur von den Menschen erzählen, mit denen ich dreißig Jahre in der Keßlerstraße, in der Hildesheimer Neustadt, zusammen lebte.«

»Und? Was sind Ihre Schlüsse?«

»Nun, ich erinnere mich mit Schrecken an die handfeste Nacht- und Nebelaktion, der Bodo zum Opfer fiel. Wer damals die Polizei in der Hauptwache im Hermann-Göring-Haus verständigte und wie diese dann so schnell einen Einsatzwagen mit rigoros vorgehenden Wärtern aus der Heil- und Pflegeanstalt organisierte, fand ich nie heraus. Die Umstehenden wussten angeblich von nichts. Ich nehme an, die der NSDAP unterstellten Beamten niederen Ranges machten sich gar nicht erst die Mühe, Bodo in einer der sechzehn Einzelzellen unterzubringen, sondern schoben ihn gleich ab in die sogenannte Irrenanstalt.«

»Sie glaubten an ein Komplott gegen ihn?«

»Ja, wenigstens von einigen Anwohnern in der Kesslerstraße.«

»Gab es irgendeinen Anlass für diese Art der Verhaftung Bodos?«

»Nach Aussage seiner Eltern soll Bodo in der Nacht seinen alten, 83jährigen Vater mit einem Messer bedroht haben. Nachdem die Mutter einen Nachbarn zu Hilfe holte, soll Bodo getobt, wie ein wildes Tier geschnaubt und auch ihn mit dem Messer bedroht haben.«

»Nach allem, was Sie mir bislang von ihm erzählt haben, ist das kaum zu glauben.«

»Ich würde gerne mit Ihnen zum Michaeliskloster gehen? Mögen Sie? Ein schöner Ort. Auf dem Weg dorthin können wir weiter reden und einen Kaffee trinken im *Michaelis Weltcafé*, direkt vor dem Weltkulturerbe St. Michaelis-Kirche. Da liegt dann auch wieder eine Pflastersteinrose auf der Rosenroute durch Hildesheim, Nr. 18.«

»Auf der rumzutreten ich mich hüten werde, sonst bin ich bald unten durch bei Ihnen oder?«

»Allerdings.«

*

»Hätten Sie gedacht, dass wir hier vor dem Gebäude der einst größten und angesehensten Heil- und Pflegeanstalt Deutschlands für Geist- und Gemütskranke stehen? Hier, im Michaeliskloster, wurde sie am 30. Mai 1827 eröffnet!«

»Und heute ist es das weithin bekannte und angesehene Evangelische Zentrum für Gottesdienst und Kirchenmusik, was für ein Kontrast! Unvorstellbar, dass einmal psychisch Kranke hinter diesen Mauern untergebracht waren. Was war das für eine Anstalt?«

»Die Heilanstalt Hildesheim galt nach damaligem medizinisch-wissenschaftlichem Standard als führend in der Behandlung psychisch Kranker und geistig Behinderter. Zu Ihrer Orientierung: Das in unmittelbarer Nachbarschaft liegende Magdalenenkloster kam bald hinzu, 1849 dann auch das Stift Bartholomäi zur Sülte und schließlich eine Ackerbaukolonie in Einum. Die Heilanstalt war 1933 mit 530 Männern und 502 Frauen bereits überbelegt, 1940 mussten 1.370 Patienten betreut und versorgt werden.«

«1.370 Kranke aber auch! Wie hatte man sie in Kriegszeiten noch anständig versorgen können? Hitlers militärische Erfolge in Polen und Frankreich täuschten doch nicht darüber hinweg, dass der Krieg ungeheure Ressourcen verschlang? Es sollte ja noch weitergehen, gegen Russland.«

»Doch, die Hildesheimer wussten: Wer in die Heil- und Pflegeanstalt kommt, der hat nichts mehr zu lachen und zu beißen – wie mir die Pflegerin andeutete. Schon in der späten Weimarer Republik, in der Zeit der Wirtschaftskrise, litten die Patienten, vor allem die unheilbaren Langzeitpatienten, unter der stetigen Reduzierung finanzieller Mittel. Der sogenannte Verpflegungssatz wurde 1932 von 3. Klasse – 3,50 Reichsmark – bis zum Beginn des Zweiten Weltkrieges auf 1,80 Reichsmark reduziert. Die Patienten wurden regelrecht ausgehungert. Zunehmend nahm man sie als nutzlos oder minderwertig wahr.«

»Was haben Sie damals getan? Wovon lebten Sie?«

»Ich arbeitete als Schreibkraft und Mädchen für alles im Amtsgericht Hildesheim. Da bekam ich mit, dass gehäuft Anzeigen von Angehörigen eingingen, wegen Misshandlungen und Überdosierung der Patienten mit Medikamenten zur Ruhigstellung. Die Anzeigen verliefen alle im Sande. Und die Besuchszeiten in der Anstalt wurden mehr und mehr eingeschränkt. Bodo wurde 1936, mit 58 Jahren, hierher verschleppt. Von da an lebte er gefährlich.«

»Sie sagen verschleppt?«

»Ja, das kann ich so sagen, denn ich sah darin eine überfallartige Attacke, bei der es bloß der Dringlichkeit nach Augenschein der beiden Wärter bedurfte.«

»Warum lebte Bodo dort von da an gefährlich?«

»Weil die 1935 gegründete *Gesellschaft Deutscher Neurologen und Psychiater* Bodo im Zuge der sogenannten gesundheitspolitischen Maßnahmen des Naziregimes das Menschsein absprach. Unter Ausschluss jeglichen Mitgefühls wurde er zu *wertlosem Menschenmaterial* erklärt. Bodo war eine von (nach dem Sprachgebrauch der Diktatur) 1.370 *Ballastexistenzen*.«

»Und Sie wollen sagen, wer von Ballast spricht, der will ihn loswerden?«

»Ja, der Diktator und seine Schergen nahmen kein Blatt vor den Mund. Allein die Bezeichnung *Ballastexistenzen* hätte mich hellhörig werden lassen müssen.«

»Ich habe von der ideologischen Seite des Naziregimes nur ungenaue Kenntnis und könnte Bodos Schicksal besser nachvollziehen, wenn ich mehr davon wüsste. Mögen Sie darüber sprechen?«

»Ja, deshalb habe ich mich auch damit auseinandergesetzt. Erst die Broschüre *Die Freigabe der Vernichtung lebensunwerten Lebens*, machte mir einiges klar: Die Autoren Karl Binding, Psychiater, und Erich Hoche, Jurist, hielten schon 1920 sogenannte 'Vollidioten' für die größte Belastung der Allgemeinheit. Sie entzögen dem Nationalvermögen Kapitalmengen, die dringend für die große Aufgabe einer erbbiologischen Erneuerung Deutschlands benötigt würden. Mit abwertenden Begriffen wie *Menschenhülsen, unheilbar Blödsinnige, Defektmenschen, Gegenbild echter Menschen, geistig Tote,* forderten sie die Tötung unwerten Lebens.«

»Noch deutlicher konnten die es nicht sagen! Warum äußerten sich ausgerechnet Psychiater zu volkswirtschaftlichen Problemen? Nun, der eine als Jurist ...«

»Der Zeitgeist war schon vor 1900 von Sorge um einen Kulturverfall Deutschlands durchzogen. Begriffe wie Lebensschwäche und Entartung grassierten in den Köpfen der führenden politischen und medizinischen Eliten. Die biologistische Auffassung, dass körperliche Behinderungen, Geisteskrankheiten und schlechter Charakter ausschließlich auf Vererbung degenerierter (untüchtiger) Gene beruhen, galt als fortschrittlich. Beides zusammen beflügelte ideologische Bestrebungen der Psychiatrie, an einer erbbiologisch kontrollierten und gesteuerten Reproduktion einer gesunden deutschen Gesellschaft mitzuwirken.«

»Und wie sollte das praktisch gehen? Kontrolle und Steuerung heißt doch: Die guten ins Töpfchen, die schlechten ins Kröpfchen? Und eine hochwertige Nachkommenschaft heranzüchten? Es bedurfte also nur noch der politischen Umsetzung, der Tat.«

»Ja. Hitler hielt sich, wie man weiß, für *den* Mann der Tat. Er lieferte die völkische Ideologie: Durch die Tat einer unverzüglichen Aussonderung und Ausmerzung alles Schwachen, Kranken und Volksfremden einen »reinrassigen Volkskörper« germanisch- arischen Ursprungs heranzuzüchten. Der ökonomische Zweck war nicht zu überhören: Gesundheit ist gleich Leistungsfähigkeit. Begriffe wie *Überleben nur der Stärksten*, *Selbstbehauptung* und *Rasseninstinkt* sind nur einige, die hier immer wieder fielen.«

»Er scheint für sein Projekt, so möchte ich es nennen, die Akzeptanz führender Medizineliten gefunden zu haben!«

»Ja, die Reichweite seiner Ideologie war hier nur kurz. Sie traf auf den Psychiater Dr. Ernst Rüdin, der dann als Kommissar des Reichsinnenministeriums für Rassenhygiene und Volksgesundheit dafür sorgte, dass ab 1933 die biologistische Auffassung von Binding und Hoche die Legitimation für alle Euthanasie-Befürworter und Durchführende in der Gesundheits- und Sozialpolitik der NS-Zeit wurde. Die Leistungsmedizin war etabliert. Rudolf Hess, Stellvertreter Hitlers, ließ 1934 ungeniert verlauten: 'Nationalsozialismus ist nichts anderes als angewandte Biologie.'[5]

---

5 Zit. n. Lifton 1988, S. 36.

»Nur frage ich mich: Wo blieb das Mitgefühl für das Leiden der betroffenen Kranken, geschweige denn die ethische Verantwortung für sie?«

»Der Begriff *Euthanasie*, also der schöne Tod, verschleierte die unmenschliche Gewaltsamkeit ihres Vorhabens und untergrub moralische Skrupel. Ich denke auch, dass ihnen Mitgefühl im Verhältnis zu ihrem übermächtigen und anonymen Gefühl für das Ganze und viel Größere, nichtig erschien. «

»Es hätte sie in ihren hehren Ambitionen und Visionen nur gebremst?«

»Ja, Hitler gelingt es in seinem unsäglichen Buch *Mein Kampf*, Mitgefühl in Sentimentalität zu verkehren. Er gibt dort zur Kenntnis: 'Der Protest dagegen aus sogenannten humanen Gründen steht besonders der Zeit verflucht schlecht an …'[6] Er meinte damit, dass die Maßnahmen heute zwar hart erscheinen mögen, aber sie würden 'Deutschland von einem unermesslichen Unglück befreien und zu einer Gesundung beitragen, die heute kaum fassbar erscheint.'«[7]

»So, wie Sie mir das alles schildern, habe ich den Eindruck, dass Hitlers Ideologie dazu verlockte, sich aus dem Gang der Geschichte auszuklinken und eine noch nie dagewesene zu erschaffen. Und für die normalen Menschen hieß das, in ihrem Leben fortan zwischen wertvollem Leben (sprich: Menschen) und nicht wertvollem Leben (sprich: Menschen) zu unterscheiden, koste es, was es wolle? Man konnte sich seines Wertes ohne Ansehen seiner Person offenbar nicht mehr sicher sein. Und Ihr armer Bodo schon gar nicht!«

»Ich beurteile heute all diese Dinge mit dem Blick auf Bodos Leiden in der Heil- und Pflegeanstalt Hildesheim und darüber hinaus. Schon in Hitlers Sportpalastrede von 1933 scheint Bodo den ganzen 'Schlamassel' geahnt zu haben, der ihn erwartete. Vielleicht war ihm deshalb die Figur des Diktators im wahrsten Sinne des Wortes auf den Leib geschrieben? Ich habe die Rede kürzlich nachgelesen. Hitler stellt den Deutschen darin seine Ziele in greifbare Aussicht. Das dreckige Geschäft wird von ihm sprachlich sauber eliminiert, klingt dennoch unmissverständlich durch. Reichweite: die unterschiedlichen sozialen Milieus in der Bevölkerung. Reichweite: Rüstungs- und Industriebetriebe. Reichweite: Verwaltungsbeam-

---

6 Hitler, A., Mein Kampf, S. 445

7 Vgl. ders., S. 448

ten, Polizeibeamten, Gestapo, Regierungs- und Justizbeamten, Lehrer, Fürsorger/innen, Pastoren, Kirchenleitungen, Hochschulprofessoren, Geschäftsleute, Künstler. Reichweite: Psychiater und Neurologen, Naturwissenschaftler, Humanwissenschaftler. Reichweite: Anstaltsleitungen, Schwestern, Pfleger, Wärter und Hilfspersonal in den Tötungsanstalten und Krematorien. Reichweite Hildesheim, Reichweite Keßlerstraße ... «

»Genug ... ich verstehe schon: Jede dieser, wie soll ich sie nennen, Zielgruppen verflocht die Anforderungen der nationalsozialistischen Ideologie mit ihren eigenen Interessen. Unbewusst oder berechnend?«

»Ja, ich denke, so war es, je nach gesellschaftlichem Status, Funktion und Einfluss.«

»Und wie kam es zu Bodos Einlieferung in die Heil- und Pflegeanstalt? Sie waren dabei stehengeblieben, dass er wie ein wildes Tier geschnaubt und seine Eltern und den Nachbarn mit dem Messer bedroht haben soll. Hatte er zu aggressiven Tätlichkeiten geneigt?«

»Nein, gewiss nicht. Bodo konnte ärgerlich werden oder zornig, wie andere auch – besonders gegenüber seinen verständnislosen Eltern. Dann fühlte er sich gekränkt und ohnmächtig. Obwohl er alle überragte und kräftig war, wehrte er sich nie. Bodo, sagte ich manchmal zu ihm, wehr dich doch bloß mal! Nimm sie alle in den Schwitzkasten, bringe sie zum lieblichen Flüsschen Innerste und tauch sie mal kurz unter! Stark genug bist du doch! Er konnte es einfach nicht. 'Meinen Vater auch?', fragte er verschmitzt. 'Ja, den auch', antwortete ich, und das blieb unter uns. Ich gebe zu, dass die Innerste zu jener Zeit hoch mit Schwermetall belastet war ... mit Blei und Zink von den Bergwerken aus dem Harz.«

»In diesem Fall waren wohl eher Sie die Aggressive. Und so ironisch konnte Bodo sich über seinen Vater äußern? Das hätte ich ihm nicht zugtraut.«

»Ironisch? Das ist zu hoch gegriffen bei Bodo. Er war spontan. Mit solchen Bemerkungen über seinen Vater entlastete er sich einen Moment lang von dem familiären Druck.«

»Was war die Vorgeschichte?«

»In den letzten zwei Jahren vor seiner Einlieferung in die Heil- und Pflegeanstalt, 1934 (Hitler war seit einem Jahr an der Macht), war Bodo vergesslich geworden, ohne dass dies seine Selbständigkeit schon sehr beeinträchtigte. Dennoch suchte er mehr und mehr meine Nähe, um mit mir in den Dyes-Park zu gehen, unseren geliebten Fluchtpunkt. Er sprach weniger und führte Sätze nicht zu Ende. Manchmal erzählte er merkwürdige Dinge von Tod und Teufel. Seine Lieder aber sang er umso inbrünstiger. Er hatte sein unbekümmertes Wesen verloren und ... er imitierte den Despoten nicht mehr. Zu unserer Erleichterung. Ein paar Monate vor seiner Einlieferung in die Heil- und Pflegeanstalt vertrödelte er sich ab und zu auf dem Weg zur Arbeit. Der Vorarbeiter vom Gut musste ihn dann suchen. Und es sprach sich herum, dass er bei Bäcker Heinrich Lenz in der Wollenweberstraße morgens manchmal den Laden betrat und ohne Brötchen mitzunehmen wieder verließ. Er stand draußen ratlos herum und erzählte den Anwohnern, die ihn ansprachen, er warte auf den Zug. Dann pfiff er durch die Lippen, wie eine Trillerpfeife.«

»Oh, dann stand es schon schlimm um ihn ...«

»So sagten es viele Leute damals. Manche blieben stehen, schüttelten bedauernd ihren Kopf und gingen schnell weiter. Auch ich war besorgt. Damals brachte ich für Bodos Verhalten nur gefühlsmäßig Verständnis auf, heute verstehe ich: Er hatte in diesem Augenblick einfach vergessen, was er tun sollte und wo er sich befand. Er hatte den Faden verloren. Da er sich seine Situation nicht mehr erklären konnte, half sein Gedächtnis ihm aus mit vor langer Zeit gespeicherten Bildern: der Bürgersteig in der Wollenweberstraße nahm die Gestalt des Bahnsteigs an, die vorbeieilenden Passanten mit Taschen die der Reisenden, der Bahnhofsvorsteher mit der Trillerpfeife. Für ihn war das alles real.«

»Also, so, wie Sie das eben erklärt haben, habe ich das noch nie gesehen. Wir haben einen Erinnerungsspeicher, auf den wir unwillkürlich zurückgreifen, wenn der Verstand nicht mehr funktioniert?«

»Ja, das ist meine Theorie.«

»Aber diese Erkenntnis allein hätte ihm nicht weitergeholfen.«

»Natürlich nicht. Er benötigte Verständnis und Mitgefühl. Es hätte ihm geholfen, wenn die Leute gesagt hätten: 'Oh ja, na klar, Bodo!', und wenn sie ihn bis zur Ecke Keßlerstraße gebracht hätten. Dann kannte er sich meistens wieder aus. Je verwirrter er wurde, umso mehr nutzten seine Eltern jede Gelegenheit, ihren Sohn schlecht zu machen und zu klagen, dass es ihnen ohne ihn besser ginge. 'Er bringt uns noch um', sagten sie, nach Mitleid für sich heischend. Die Güte, die ich Bodo entgegenbrachte, konnten sie gar nicht gut mit ansehen.«

»Hätte er nicht ohnehin bald in die Heil- und Pflegeanstalt gemusst? Ich nehme an, dass er an Demenz erkrankt war. Alzheimer Demenz vielleicht? Ein großes Angstthema heute.«

»Das meinen Sie nicht im Ernst, oder? Es lohnt nicht mehr, sich um dich zu kümmern, du kommst ja sowieso da hin? Pass solange gut auf dich selber auf?«

»Nein, hören Sie, das war so nicht gemeint!«

»Schon gut, Sie brauchen sich nicht zu entschuldigen. Nach Bodos Verschleppung in die Heilanstalt sagten die Leute, die ihn länger nicht gesehen hatten, sinngemäß das Gleiche wie Sie. Aber es geht mir um etwas anderes. Die meisten Nachbarn, die mich als Bodos Vertraute kannten, trugen mir plötzlich zu, er lungere neuerdings herum, stehe vor dem Bäckerladen im Weg und gaffe die Leute an. Es fehlte nur noch, dass er sie belästigte. Für die Kinder sei das auch nicht gut. Ob ich nicht dafür sorgen könne, dass das aufhöre, in der heutigen Zeit? 'Wir sagen es wirklich nicht gern, wirklich nicht', fügten sie immer hinzu. Immer häufiger sagten sie: 'In der heutigen Zeit'.«

»War denn das so neu, dass er herumlungerte?«

»Nein, Bodo war von jeher ums Kesselflickerviertel (daher noch der Name Keßlerstraße!) und die Neustadt gestrichen, ohne dass jemand Anstoß daran genommen hätte. Er war gern gesehen, hatte bis zu seiner psychischen Veränderung hier und da sogar ausgeholfen, wo es was zu reparieren gab, am liebsten Fahrräder. Die brauchte man nötig.«

»Man schob nun Ihnen die Verantwortung für Bodos Verhalten zu?«

»Sarkastisch ausgedrückt: Ich avancierte von 'heimlicher Geliebten' zur 'Erziehungsberechtigten'. Doch im Ernst: In Hildesheim war das bereits im Januar 1934 in Kraft getretene *Gesetz zur Verhütung erbkranken Nachwuchses*[8] in der Bevölkerung nicht wirkungslos geblieben.«

»Wozu diente es?«

»In erster Linie dazu, Zwangssterilisationen von nicht Erbgesunden durchzusetzen, die allein im städtischen Krankenhaus Hil-

---

8 GzVeN.

desheim von 1935 bis 1938 an 3.200 Menschen durchgeführt wurden, und 600 bis 700 kamen aus der Heil- und Pflegeanstalt Hildesheim. In ganz Deutschland traf es 300.000 als erbkrank definierte Menschen.«

»Fiel Bodo unter diese Doktrin?«

»Bodo hatte Merkmale, die es ihnen jetzt leicht machten. Negative Äußerungen fielen immer mal über ihn, weil er keine Familie gegründet hatte. Man traute es ihm zugleich jedoch nicht zu. Meine Eltern tuschelten, das sei nur gut, denn er habe Krampfanfälle, und das sei eben schädlich fürs völkische Erbgut – falls er überhaupt in der Lage sei und so weiter. Dann schwiegen sie.«

»Sie sagten, es waren sogenannte kleine Leute. Woher hatten sie so genaue Informationen über Krankheits- und Persönlichkeitsmerkmale von erbbiologischer Bedeutung, mit denen sie Bodo einfach so in die Irrenanstalt abschieben konnten?«

»Dass angeborener Schwachsinn, Epilepsie und Schizophrenie in der Liste der Erbkrankheiten ganz oben angesiedelt war, hatte sich längst herumgesprochen. Schon wegen der erbbiologischen Bestandsaufnahme der Bevölkerung mit ärztlicher Anzeigepflicht von Erbkrankheiten war man auf der Hut. Der leiseste Verdacht auf geistige Störung, auch nur nach Annahme und Glauben, war meldepflichtig. Meldepflichtig auch von Pflegepersonal, Anstaltsleitungen, Hebammen, Fürsorger/innen und Staatsbeamten. Aber ob kleine Leute oder große: Ich war skeptisch, ob sie das propagierte rasse- und erbbiologische Bewusstsein wirklich so verinnerlicht hatten, dass sie sich ihrer Überzeugung nach als vollwertige Mitglieder der Volksgemeinschaft fühlten, wie die NS-Propaganda es ihnen einimpfte.«

»Was war es dann?«

»Lassen Sie mich erst mal von der besagten Nacht weitererzählen. Der brummende Motor des Mercedes-Busses von der Anstalt und das Stimmengewirr der Anwohner holten mich aus dem Schlaf, und ich eilte hinzu. Da waren zwei kräftige Wärter, die nicht lange fackelten und bei Bodo ihre Spezialgriffe anwandten. Das schloss Knochenbruch nicht aus. Ihnen bot sich ein eindeutiges Bild: Der riesige kräftige Bodo, gebeugt stehend in der Mitte des niedrigen Raumes, seine mickerigen Eltern, aneinander geklammert sich in eine Ecke drängend und herumstehende Leute in Schlappen und Bademänteln – gespenstisch. Ich wunderte mich, wie die Wärter den langen Bodo mit einer Zwangsjacke gefesselt hatten: auf nackter Haut. Ich war mir sicher, dass er es sich ohne Gegenwehr hatte gefallen lassen. Auf meine Frage, warum die Zwangsjacke nötig sei, ermahnte mich der eine der Wärter, offensichtlich ein Berliner, in bedrohlichem Ton: 'Zwangsjacke wollte ick nu man ja nich jehört ham, dat is und bleibt ne Schutzjacke, verstan'n? Oder ob se'n gleich nach de Gestapo schleppen solln ... und dann weeste ja, Kind!' Bodo war völlig eingeschüchtert. Seine runden Augen hingen angstvoll und verstört an mir und riefen verzweifelt um Hilfe. Er brachte acht Worte heraus: 'Haben sie mich gekachelt, da und da mich', und ich sah, wie seine starken Muskeln unter der Zwangsjacke zuckten. Ich sagte: 'Ja, Bodo, haben sie dich gekachelt, mein Ärmster.' Man ließ mich nicht zu ihm und ermahnte mich, mit dem Verrückten nicht so albern zu reden. Doch Bodo fühlte sich durch meine Antwort beruhigt. Rational betonte Antworten hätte er nicht verstanden – zum Beispiel, dass alles nur ein Irrtum sei oder ähnliches. Die Wärter fragten mich abschätzig, ob ich mich für so einen ollen Arbeitsbummelanten denn wirklich noch verwenden wolle.«

»Arbeitsbummelant? Nicht möglich! Den Ausdruck kenne ich noch aus der früheren DDR: Arbeitsverweigerer.«

»Sie sind in der ehemaligen DDR aufgewachsen? Und das sagen Sie erst jetzt?«

»Warum hätte ich es eher sagen sollen? Hätte es unserem Gespräch eine andere Wendung gegeben?«

»Nein ... oder doch, ich weiß es nicht. Ich bin nur überrascht. Ja, Bodo passte ins Bild des Arbeitsbummelanten. Die Fürsprache seines Gutsherrn, ihn nicht entbehren zu können (er schaffe für zwei mit seinen Bärenkräften) hatte ihm erspart, an der *Heimatfront Hildesheim zur Behebung der Not von Volk und Reich* mitarbeiten zu müssen. Es handelte sich um den Vierjahresplan des Despoten, binnen vier Jahren Wirtschaft und Armee kriegstüchtig zu machen.«

»Sie hatten den Eindruck, man wollte ihn loswerden?«

»Ja. Seine Eltern bestimmt. Die Umherstehenden ... ich weiß nicht. Ich konnte mich des Gefühls nicht erwehren, dass sie ein Ergebnis wollten. Nun waren sie schon einmal da versammelt, und so einer wie der verrückte Bodo war in ihren Augen der Aggressor. Es musste etwas geschehen, koste es, was es wolle. Man sagte kein Wort zu Bodos Vorteil. Die falschen Aussagen der Eltern und des angeblich zu Hilfe geeilten Nachbarn über Bodos Verhalten und Wesen taten ihr Übriges.«

»Falsche Aussagen? Sagten seine Eltern bewusst die Unwahrheit?«

»Ja, sie antworteten sehr beflissen auf die Fragen – doch zum Nachteil ihres Sohnes. Ich traute meinen Ohren kaum, als Bodos Vater betonte, in seinem Sohn seien Schwachsinn und Wahnsinn gleich angelegt, und der Wahnsinn breche sich nun, wie bei einem wild gewordenen Stier, Bahn. Er müsse gebändigt werden, sonst würde er sie noch alle umbringen. Bändigen stand unmissverständlich für einen rigorosen Umgang mit Nervenkranken in der Irrenanstalt. Bodos Mutter bestätigte diese Aussagen, wenn auch zögerlich und kleinlaut. Sie wagte es nicht, mir dabei in die Augen zu sehen. Der angeblich zu dem Vorfall hinzugekommene Nachbar berichtete den Wärtern, er habe Bodo das Messer nur mit Gewalt abnehmen können. Und dann sprach er unverhohlen aus, man habe Bodo nachts vor dem Haus schon oft krampfen gesehen. Da ging mir ein Licht auf: Bodo legte sich manchmal, in sternklaren Nächten, wenn er mit dem Fahrrad vom Gut nach Hause kam, mitten auf die Keßlerstraße. Dann schaute er in den Himmel. Er zählte die Sterne und verkündete am nächsten Tag, er sei kurz vor der Endzahl vom lieben Gott gestoppt worden, weil niemand wissen dürfe, wie viele Sterne es gäbe, das brächte Unglück über die Welt. Diese Geschichte kannte jeder, und sie stimmte gewöhnlich einfach nur heiter. 'Na, Bodo, wie viele Sterne hast du denn heute Nacht wieder gezählt?', hieß es dann. Nun drehte man ihm einen Strick daraus.«

»Sie nehmen an, die Leute konnten sich nun verhalten, wie sie es eigentlich schon immer heimlich gewollt hatten?«

»Nein, das wäre zu einfach und zu schlecht von den Leuten gedacht, obwohl es auch mir damals so schien. Bodo gehörte ins liebenswerte Bild der Neustadt, wie der Tausendjährige Rosenstock zum St. Mariendom ... 'Ach, der Bodo', hieß es, 'der muss hier sein, sonst fehlt uns was!' Was aber nicht bedeutete, dass man keine Vorurteile gegen ihn gehegt hätte. Aber die bestanden eher aus Gefühlen und Annahmen; sie hatten keine schädliche Konsequenz. Erst in der Folge des Gesetzes zur *Verhütung erbkranken Nachwuchses* wandelte sich die Stimmung. Ich höre die Propaganda, als wäre es heute. Sinngemäß hieß es, man dürfe nicht vergessen, dass Verbrecher und arbeitsscheue asoziale Menschen zu dreißig bis fünfzig Prozent aus der Zahl der Schwachsinnigen und geistig Minderwertigen sich rekrutieren. Darauf reagierten meine Eltern mit den Worten: 'Na ja, da wird der verrückte Bodo sich jetzt aber bald umgucken müssen!' Ich war starr vor Entsetzen. Und mein Vater kraulte unsere Katze, bis sie schnurrte. Ich erlebte es auch mit Arbeitskollegen und Chorschwestern. Nie zuvor hatten sie mich derart angesprochen: 'Du wirst ihn doch nicht dein Leben lang beschützen wollen? Die Zeiten haben sich geändert ... aber na ja, du musst es wissen!' Die Verlockung der NS-Propaganda, das spürte ich damals, bestand für die Leute darin, sich mit der Aufforderung zum unverhohlenen Vorurteil anzufreunden ... Anders gesagt: sie gingen der Aufforderung dazu auf den Leim – so wie Bodo es ihnen mit der Imitation des Despoten auf naive Art vor Augen geführt hatte.«

»Und Sie sind der Meinung, es war immer noch gut gemeint?«

»Ja, in einem bestimmten Sinn durchaus. Zumindest drückten die Worte der Leute aus, dass sie sich neuerdings verantwortlich fühlten. Folglich fühlten sie sich auch berechtigt.«

»Und das hatte es vor der nationalsozialistischen Propaganda nicht gegeben?«

»Nicht so, nein. Die Propaganda ging ja einher mit einer enorm verbesserten Lebenssituation und einem neuen deutschen Selbstverständnis. Mein Vater zum Beispiel hatte 1934 Arbeit in den Metallwerken am Römerring bekommen, die für die Luftwaffe produzierten. Der wirtschaftliche Aufschwung wirkte wie Medizin, wie eine Droge. Auch ich war angetan davon, wie ich zugebe: Neue Liebe, neues Glück ... nein ... Aber ich kannte Menschen, die Hitler regelrecht liebten.«

»Sie glauben, sie hätten alles getan, um nicht zurückzufallen in die unsicheren Zeiten? Nach der Devise Alles oder nichts, jenseits ihres guten Gewissens?«

»Nein. Ich glaube, dass man die wirtschaftlichen Vorteile hier überschätzt, als machten sie uns per se zu unmoralischen Monstern. Ich denke eher, dass den Leuten mit dem Erbkrankheitsgesetz etwas an die Hand gegeben worden war, das über die Einhaltung tradierter Regeln des Anständigen hinausging. Die neue Unterscheidung von wertvoll und unwert im täglichen Umgang brachte es mit sich, dass sie an etwas seiner Natur nach Wertvolles glauben konnten, etwas, an dem sie mitwirken konnten und wofür es sich zu leben lohnte. Dadurch entstand wohl das Gefühl einer freiwilligen Verpflichtung, sich von Abweichlern, Arbeitsbummelanten und Erbkranken qualitativ unterscheiden zu wollen. Bodo gehörte nun zu dieser Kategorie. Er war in ihren Augen plötzlich weniger wert.«

»Sie meinen, er wurde jetzt unter dem Aspekt der Nützlichkeit für die Allgemeinheit betrachtet?«

»Ja. Sie fragten ... *jenseits ihres guten Gewissens?*... Ich denke, das sogenannte gute Gewissen erfuhr eine Art Abänderung, eine Kursänderung. Sie besaßen jetzt im wahrsten Sinn des Wortes etwas Handgreifliches, das ihr Verhalten rechtfertigte, es legalisierte.«

»Etwas, das ihnen wiederum ein gutes Gewissen verschaffte! Jetzt verstehe ich: Erst ihre veränderte Einstellung und somit ihr anderer Blick auf Bodo ermöglichte es ihnen, an Bodos Wesen und Verhalten Anstoß zu nehmen. Plötzlich hatte er in ihren Augen etwas an sich, womit sie ihn in eine missliche Lage brachten.«

»Ja. Sie schadeten Bodo, ohne es bewusst beabsichtigt zu haben. Ohne Bosheit.«

»Glauben Sie, die tradierten Formen der Mitmenschlichkeit und des kritischen Denkens waren überhaupt nicht mehr vorhanden? Auch nicht mehr das Mitgefühl?«

»Vorhanden schon. Auch Mitgefühl und Gewissen verschwinden ja nicht einfach ohne Weiteres. Heute sehe ich es so: Wir Hildesheimer Bürger waren mit der Propaganda für die rasse- und gesundheitspolitischen Ziele des Naziregimes gewissermaßen schon überversorgt. Ich fragte mich oft, wohin im Kopf bloß mit all diesem Zeug im Kriegsalltag?«

»Es stumpfte die Menschen ab.«

»Ja. Es verfehlte andererseits nicht eine starke emotionale Wirkung. Ich erinnere mich bitter, dass meine Eltern fast in den Volksempfänger hineinkrochen, wenn Hitler seine Hassreden hielt. Und dass sie den *Hildesheimer Beobachter*, das üble Naziblatt, geradezu verschlangen und sich darum stritten, wer von ihnen als erster lesen durfte. Ich denke, die Menschen vereinfachten sich so den komplizierten Anspruch der Naziideologie. Hierin sah ich das eigentlich Bedrohliche für Bodo: Das Vorurteil nahm einen gefährlichen Charakter an. Es stiftete an zu Untaten bzw. ließ sie zu ... und verführte zur bedenkenlosen Willkür.«

»Was in der Nacht von Bodos Einlieferung ja offenbar auch geschah! Meiner Ansicht nach gehen Sie sehr nachsichtig mit den Leuten um.«

»Vereinfachungen verdrängen kritisches Denken und Mitgefühl.«
»Vielleicht. Aber ich finde, Sie nehmen den Leuten die Aufgabe ab, sich selbst zu erklären. Ich weiß, dass die es nicht mehr können. Aber Sie leisten nachträglich deren Arbeit.«

»Nein, es ist meine Arbeit, und Sie helfen mir dabei, sie zu bewältigen. Bodo sagte einmal zu mir, nachdem der Küster ihn wieder mal aus der Lamberti-Kirche nach Hause gejagt hatte: 'Die Leute in Hildesheim sind nicht böse, sie tun nur so.'«

»So konnte er reden?«

»Ja. Ich trage diesen Satz wie einen Schatz mit mir herum ...«

»Wie dürfen wir ihn verstehen?«

»Vielleicht so, dass Verteufelungen nicht weiterhelfen. Die Hildesheimer waren für Bodo die ganze Menschheit. Bestimmt wollte er es sich mit dieser Feststellung nicht bequem machen und sich fein heraushalten aus allem ‚Schlamassel'. Bodo wollte einfach nur leben – mit allem Schlamassel in Hildesheim.«

»Sie müssen mir noch erzählen, wie es weiterging in jener Nacht. Oder fällt Ihnen das zu schwer?«

»Nein, ich muss es. Und bin froh, dass ich in Ihnen jemanden gefunden habe, der etwas darüber hören will. Bodo wurde von den Wärtern gepackt, in den grauen Bus verfrachtet und mit Gurten festgeschnallt. Einer von unten um seine Genitalien herum und hinten festgezurrt an einem metallenen Rahmen. Bodo heulte einmal kurz auf. Ich werde das nie vergessen. Ich bat die Wärter, ihm noch zu trinken geben zu dürfen, ich sah den Durst in seinen Augen. 'Na, wolln wa mal nich so sein, der tut ja keen' mehr wat, könn' se uns ok gleich wat geben.' Plötzlich liefen sie alle los. Jetzt, da sie sicher waren, Bodo loszuwerden, holten sie Becher, boten den Wärtern Platz an und redeten, dass es nun ja endlich wieder aufwärts ginge mit Deutschland, und so etwas wie dies hier bei uns bald nicht mehr vorkäme. Ich durfte in den Bus und gab Bodo Wasser aus der frisch gefüllten Gießkanne für die Rosenstöcke. Ich steckte ihm ein Röschen unter das Band der Zwangsjacke. Er trank und trank. Zwischen seinen gierigen Schlucken stimmte er sein Lied an, jammernd, klagend und nach Luft ringend: *Sah ... ein Knab ein ... Röslein stehen.* 'Bodo', flüsterte ich ihm zu, 'sing, sing so laut und schön, wie du nur kannst!' Und Bodo sang, seine Stimme klang aus dem Bus, über die Keßlerstraße hinweg und über Hildesheim hinaus. Mich wunderte, dass die Wärter innehielten. Bodo sang alle Strophen, die volkstümliche Fassung von Heinrich Werner. 'Nu is aber jenuch jeträllert', sagte schließlich ein Wärter. Die Anwohner hatten sich während des Gesangs einer nach dem anderen in ihre Häuser verkrümelt. Sie standen hinter einen Spalt breit geöffneten Fenstern und spähten durch die Gardinen. Bodo küsste mich auf die Wange. »Ich hab' so Stacheldrahtzaun', sagte er noch. Dann setzte sich der Bus in Bewegung Richtung Heil- und Pflegeanstalt.«

»Das muss hart für Sie gewesen sein. Was mögen Sie nur empfunden haben.«

»Ohnmacht und Trauer ... noch in diesem Moment empfinde ich sie. Ich frage mich heute, ob ich etwas hätte verhindern können. Nicht selbstquälerisch, nein, das nicht...nur legt sich über meine Erinnerungen an Bodo eine Melancholie der Vergeblichkeit. Es ist, als mache man den Leuten hier weis, ihre Rosenstöcke blühten ohne Liebe noch üppiger und schöner. Und sie brauchten nur mit reinem Wasser zu ihren Rosen zu halten. Wenn die Rosen ihre Köpfe hängen lassen, beteuern die Leute, sie blühten üppiger und schöner als zuvor. Die Bitte der Rosen nach Liebe bleibt vergeblich.«

»Darüber muss ich nachdenken. Was geschah mit Bodo in der Heil- und Pflegeanstalt?«

»Im Herbst 1939 unterzeichnete Hitler auf seinem privaten Briefpapier ein Ermächtigungsschreiben, in dem er die Erlaubnis erteilte, dass 'unheilbar Kranken, bei kritischster Beurteilung ihres Krankheitszustandes der Gnadentod gewährt werden kann', Reichsgeheimsache. Bodo war einer jener 430 Patienten, die vom 7. März 1941 bis April 1941 gewaltsam aus der Heil- und Pflegeanstalt verschleppt und schließlich ermordet wurden ... von ihren SS-Ärzten dazu bestimmt. Bis 1943 wurden noch ca. 500 weitere hilflose Menschen aus der Anstalt von ihren Tätern eigenhändig umgebracht, und zwar durch eine dezentralisierte Medikamenten-Euthanasie und gezielte Unterernährung und Gift.«

»Das macht mich nun wirklich betroffen!«

» Haben Sie schon einmal die Bezeichnung »Aktion T4« gehört?«

»Nein. Was heißt T4?«

»Tiergartenstraße 4, in Berlin.«

»Nein aber auch! Auf so etwas Profanes kommt man nicht!«

»Die Begrifflichkeit von ‚T4' war eher inoffiziell. Die Eingeweihten sprachen von ‚Euthanasie' oder ‚Aktion Gnadentod'. Tiergartenstraße 4 lieferte dem mörderischen Euthanasie- Programm den

Decknamen T4-Aktion. Von dieser Zentrale aus plante und organisierte das Naziregime von Januar 1940 bis August 1941 die systematische Tötung von mindestens 72 000 Psychiatriepatienten aus deutschen Heil- und Pflegeanstalten – darunter auch geschätzte 5.000 bis 8.000 Kinder und Jugendliche. Sie wurden in sechs über Deutschland verteilte Tötungsanstalten transportiert, mit Gas ermordet und anschließend in den zugehörigen Krematorien verbrannt – vernichtet. Bodo und seine Leidensgenossen waren 1941 für das Naziregime vor dem Hintergrund immenser Ausgaben für die Aufrüstung der Wehrmacht ein kriegswirtschaftliches Problem geworden. Für die Psychiatrie stellte sich nach meiner Ansicht ein ähnlich gelagertes Problem….«

»Was vermuten Sie?«

»Bei knappen finanziellen Mitteln standen nicht mehr genug Ressourcen für alle Patienten zur Verfügung. Ein drohender Kollaps. Die Ärzte konnten mit der erlaubten Tötung der unheilbaren Patienten Ressourcen für diejenigen freischaufeln, die sie für die Erprobung von Therapien und Medikamenten noch für geeignet hielten.«

»Ein ungeheuerlicher Gedanke!«

»Bodo wurde im April 1941 in die Tötungsanstalt Hadamar in Hessen verschleppt und ermordet. Aus Bodo wurde ein wertloses Ding, zuletzt nur noch Müll, den es zu entsorgen galt. Pseudowissenschaftliche Theorien, Diagnosen und Behandlungsmethoden traten an die Stelle seiner Persönlichkeit, Seele und menschlichen Würde. Was blieb? Ein bloßes Achselzucken.«

»Darf ich Ihnen noch eine persönliche Frage stellen?«

»Ja, gern. Fragen Sie nur.«

»Konnten Sie die falschen Aussagen des Nachbarn nicht entkräften, ihn der Lüge bzw. Verleumdung bezichtigen? Haben Sie es versucht?«

»Sie treffen einen wunden Punkt. Nein, ich versuchte es nicht. Ich war zu feige … und allzu rasch davon überzeugt, es habe sowieso keinen Zweck. Ich weiß noch, dass der Lügner mich während seiner falschen Aussage provozierend anschaute. Plötzlich durchfuhr mich Angst, er könne meine freundschaftliche Beziehung zu Bodo gegen mich verwenden. Begriffe wie Erbschande und Rassenschande wirbelten durch meinen Kopf und dass sogar mir wohlgesinnte Leute unter den Herumstehenden mich dann gewiss nicht unterstützen würden. Ich malte mir vernichtende Konsequenzen aus. Nein, ich war feige. Ich ließ es geschehen, und es hatte für Bodo die schlimmsten Folgen: die Lüge wurde zur Wahrheit.«

»Das geht Ihnen heute noch unter die Haut.«

»Das Unerträglichste für mich war, dass ich mich am Morgen nach Bodos Abtransport nicht einen Deut besser fühlen durfte als die anderen, die ich kritisierte. Ich hatte mich im selben Maße einschüchtern lassen wie die anderen frecher geworden waren. Bodo hatte sich immer auf mein Mitgefühl verlassen können. Im Augenblick seiner größten Not aber blieb es auf der Strecke. Ich hätte mich für ihn einsetzen müssen ...

»Mitgefühl und Handeln gehören unbedingt zusammen?«

»Unser Gespräch bringt es zutage.«

»Ihr Bodo würde vielleicht zu Ihnen gesagt haben: ‚Du stecktest im Schlamassel!'

»Sie schaffen es, mich ein wenig heiter zu stimmen.«

»Nicht ich, sondern Ihr Bodo!«

»Es tut mir gut, und ich danke Ihnen. Lassen Sie uns zurückgehen in die Neustadt von Hildesheim, in mein und Bodos Viertel, und im »*Kafenion*« in der Wollenweberstraße noch einen Kaffee zum Abschied trinken. Die Rosenroute führt uns dorthin.«

Quellen:

Hitler, Adolf, Mein Kampf, Verlag Franz Eher Nachfolger, München 1938, 58. Auflage

Lifton, Robert Jay, Ärzte im 3. Reich, Stuttgart, Klett-Cotta, 1988

Reiter, Raimond, Psychiatrie im Dritten Reich in Niedersachsen. Hannover 1997

www.dasdenkmaldergrauenbusse.de, Thomas Stöckle, M.A., Krankenmord im Nationalsozialismus

www.documentarchiv.de, Gesetz zu Verhütung erbkranken Nachwuchses

vernetztes-erinnern-hildesheim.de, Vernetztes Erinnern, NS - Gewaltherrschaft in Stadt und Landkreis Hildesheim

www.hildesheim.de, Stadt Hildesheim – Stadtgeschichte, Neuzeit www.hilfsschule-im-nationalsozialismus.de, Kirsten Knaack, Die Institutionalisierung der Rassenhygiene

Maria Marhauer
EIN HILDESHEIMER IN STALINGRAD
(1944)

Erzählung nach einer wahren Geschichte
(aufgezeichnet nach einem Manuskript)

»Entschuldigung, darf ich mich zu Ihnen setzen?«

Baumann öffnete nur ungern die Augen, die er vor den blendenden Sonnenstrahlen geschlossen hatte, und schaute vor sich hin. Der hagere, nicht zu groß gewachsene Mann in der schon ziemlich abgetragenen Wehrmachtsuniform eines Offiziers stand vor ihm und schaute mit höflichem Blick, jedoch unverschleierter Neugier auf den Sitzenden. Baumann war wenige Minuten zuvor an dieser Stelle angekommen und wollte einen Moment allein und in Ruhe die Wärme des Augusttages genießen. Jetzt ein Gespräch zu führen, passte ihm gar nicht, zu weit waren seine Gedanken entflohen und hatten eine heilsame Wirkung in seinem Inneren entfaltet. Eben noch hatte er bildlich seine Mutter vor sich gesehen, die so liebevoll mit ihm sprach – dort, wo alles schön und vertraut war und wo er schon seit fast zwei Jahren nicht mehr gewesen war. Ihn dieser Momente des Glücks in der Tristesse der Gegenwart zu berauben, empfand er als besonders lästig.

»Bitte schön, wenn Sie mögen!«, antwortete er dennoch höflich und rutschte ein wenig zur Seite auf dem schmalen Absatz, der das Fundament von der Wand der Baracke trennte.

Baumann schloss wieder die Augen zum Zeichen seines Bedarfs an Ruhe.

»Sie sind hier neu?«, fragte ihn nach einigen Minuten Schweigen der Abgemagerte freundlich.

»Ja, wir trafen hier in Krasnogorsk vor zwei Tagen ein. Eigentlich wollten wir ja schon seit zwei Jahren in Moskau regieren, aber da muss wohl leider einiges schief gelaufen sein«, antwortete Baumann mit seinem ihm eigenen Humor.

»Und wir 'Stalingrader', beziehungsweise der verbliebene Rest von uns, weilen hier schon länger.« Plötzlich erinnerte sich der Hagere, was er eigentlich sagen wollte. »Aber erlauben Sie mir, mich Ihnen vorzustellen – Richter, Johannes Richter. In den letzten Tagen in Stalingrad befördert zum Oberstleutnant.«

»Wilhelm Baumann. Auf dem Wege nach Moskau ebenfalls zum Oberstleutnant ernannt. Und von wo haben Sie ihren beschwerlichen Weg nach Stalingrad angetreten, Herr Richter?«, fragte Baumann, jetzt schon etwas angeregter.

»Von Goslar im Harz.«

»Nein, das ist ja eine Überraschung! Und ich bin Hildesheimer!«, kam es wie aus der Pistole geschossen von Baumann.

»Da ist meine Einheit zu Hause – die 71. Infanterie-Division!«

Die beiden Offiziere standen auf und schüttelten sich kameradschaftlich die Hände.

»Verzeihung, Herr Baumann«, fuhr Richter nach einer kleinen Pause, die die vorhergegangene Aufregung etwas abkühlte, fort (die beiden hatten sich wieder gesetzt), »welcher Jahrgang sind Sie?«

»Einundzwanzig!« antwortete Baumann. »Und jetzt schon drei Jahre im Krieg, gleich nach dem Abitur.«

»Und ich bin Lehrer von Beruf, Jahrgang 1915. Habe in Hildesheim studiert und mich acht Tage nach meiner Heirat freiwillig an die Front gemeldet. Heute frage ich mich, was um alles in der Welt mich dazu bewogen hat!« Richter senkte den Blick, wobei die tiefliegenden Augen in dem abgemagerten Gesicht wie hohle Schatten wirkten.

»Sie waren im Mittelabschnitt, Herr Baumann? Muss sicher schlimm gewesen sein während der Gefangennahme, nicht wahr?« fragte er sichtlich interessiert.

»Nun ja. Das eigentlich Schlimme war, als wir mitten im Feldzug, Herbst 1941, den ersten Frost bekamen. Stellen Sie sich vor, mit unserer ganzen Technik (ich diente in der Artillerie) saßen wir - es hatte zuvor Tag und Nacht geregnet - im Schlamm fest, nass von Kopf bis Fuß! Ich konnte meine Stiefel nicht ausziehen, so sehr klebten sie an meinen Beinen. Zwischendurch schien plötzlich wieder kurz die Sonne, so dass die Kleidung ein bisschen trocknete, was ich kaum für möglich gehalten hatte. Der größte Schreck kam jedoch über Nacht, denn am nächsten Morgen traute ich meinen Augen nicht: Das Thermometer war auf minus 40 Grad gefallen! Mein Pferd, das tags zuvor noch im tiefen Schlamm versunken war, konnte sich nicht mehr fortbewegen, so sehr waren seine Beine festgefroren. Nur mit einem mühsam entfachten Feuer und letzter Kraftanstrengung bekam ich es schließlich wieder frei.« Bei diesen

Erinnerungen hielt Baumann plötzlich inne, und Richter spürte, wie er am ganzen Körper zitterte.

»Später jedoch«, fuhr Baumann fort, »hatten wir teilweise unglaublich ruhige Situationen und mochten kaum glauben, dass wir uns im Krieg befanden. Nur vereinzelt fielen Schüsse von beiden Seiten. Dann, 1944, wir lagen einige Kilometer von Minsk, in Borisow, kam das Unfassbare: der Befehl zum Rückzug! Die Parole lautete nun: Frontbegradigung! Unglaublich, dachten wir, wie kann man nur einen solchen Befehl erteilen? Mit unserer gesamten technischen Ausrüstung einschließlich der Munition war es uns unmöglich, alles mitzunehmen. So blieb ich zunächst mit meiner Truppe von etwa zehn Leuten im Wald, bis wir auf ein leerstehendes Bauernhäuschen stießen. In diesem deponierten wir unsere Munition und verminten den Eingangsbereich. Sollte nun, so unser Plan, `der Russe` kommen, würde er mitsamt dem Häuschen in die Luft fliegen. Selbst zogen wir weiter auf dem Weg zu unserer Einheit. Plötzlich, mitten in einem wunderschönen Wäldchen mit einer breiten Allee, sah einer meiner Soldaten einen Russen. Sofort legte er mit dem Gewehr auf ihn an. `Nicht schießen, nicht schießen!`, schrie ich. In diesem Moment bemerkte uns der Russe und schlug, mit den Händen wild gestikulierend, Alarm: `Nemzy, Nemzy!`, also `Deutsche, Deutsche!` Und im Nu waren wir von einer großen Truppe russischer Soldaten umringt, die uns mit Gewehren im Anschlag unmissverständlich unsere Lage verdeutlichten. Im ersten Moment hob ich meine Pistole und richtete sie an meine Schläfe, doch im nächsten Augenblick erschien vor meinem geistigen Auge das Bild meiner Mutter ... und ich senkte die schon erhobene Hand. Nur eine halbe Stunde später war der Spuk endgültig vorbei. Der Krieg war, zumindest für uns, aus. Wir saßen zusammen im grünen Gras, entwaffnet und von russischen Soldaten bewacht. Diese Gefangenschaft, dieses Politlager, die Baracke, die Schlafpritsche aus einfachen Brettern, das aus einer Kelle flüssigem, laschen Brei bestehende Essen – all das raubte mir den Mut zum Leben!«, schloss Baumann seine Erzählung sichtlich entmutigt ab.

Die beiden schweigen eine Weile. Die Sonnenstrahlen wechselten unter den leicht vorbeiziehenden weißen Wölkchen zwischen Licht und Schatten, als ob der Himmel sich blinzelnd in die Unterhaltung der beiden Männer zu mischen versuchte.

»Mein lieber Baumann«, fuhr Richter nach einigen Minuten Schweigen mit gesenktem Blick fort, »Sie haben bislang viel Glück gehabt und sollten Ihre Situation nicht so trübsinnig betrachten. Begreifen Sie Ihre Lage als Chance zum Überleben! Viele werden in den letzten Tagen des Krieges noch sterben müssen. Ihnen jedoch fiel das Privileg zu, hier an der Sonne auf ein Wiedersehen mit Ihrer Mutter hoffen und warten zu können. Und was den Tod betrifft: Den habe ich gesehen und gerochen, und glauben Sie mir: Er kann grausam sein und schrecklich.«

Baumann hörte bei den letzten Worten Richters ein tiefes Seufzen aus dessen Brust. Beim Blick auf Baumann spürte Richter das Bedürfnis, seinem Gegenüber – einem ihm bis dahin völlig fremden Menschen – von seinen Kriegserlebnissen zu berichten.

»Ich habe auch Schreckliches erlebt«, begann Richter, tief Luft holend. »Obwohl ich schon zweimal verwundet worden war, das erste Mal in Frankreich, ein zweites Mal bei Kiew, glaubte ich, dieser Krieg sei unsere rechtmäßige und legitime Sache und nicht etwas Schicksalhaftes. Doch wahrscheinlich wurde ich gleich zweimal vom Himmel gewarnt, dass jeder weitere Schritt in diesem Krieg mein letzter sein könnte.«

Baumann hatte gespannt zugehört und sich dabei den schmächtigen, bis auf die Haut abgemagerten Mann, seine Hände, an denen man jeden Knochen durch die fast durchsichtige Haut zählen konnte und die er im Schoß gefaltet hielt, betrachtet. Seine Hose war notdürftig mit einem Bindfaden geschnürt, um nicht vom Körper zu rutschen, und im Sitzen zeichneten sich die Kniegelenke scharf ab. Zum ersten Mal hörte Baumann Worte, die den Glauben an den Sieg des Vaterlandes in Zweifel zogen und beim Anblick dieses Kriegskameraden durchaus glaubwürdig erschienen. Bislang hatte er nur an eine vorübergehende Ablenkung auf dem Weg hin zum Endsieg geglaubt.

»Wissen Sie, Baumann, hier im Kopf habe ich alles genau dokumentiert. Und meine Dokumentation hat mich wahrscheinlich auch bislang am Leben erhalten. Also: Am 12. August war ich zurückgekehrt zu meinem Regiment und wurde dem III. Bataillon I.R. 194, 71. Infanterie-Division (die Glückhafte) zugeteilt als Ordonnanz-Offizier. Ich kannte weder Offiziere noch Unteroffiziere. Vor meiner Verwundung 1941 vor Kiew gehörte ich seit Kriegsbeginn zum II. Jägerbataillon aus Goslar«. Richter sagte es mit fester Stimme, als ob er lange auf eine solche Möglichkeit gewartet hatte, die eigenen Notizen im Geiste zu überprüfen. Baumann staunte, wie genau Richter sich an alle Situationen mit Datum, Uhrzeit und Details erinnerte und diese ebenso genau beschreiben konnte: den Vormarsch auf Stalingrad, die gnaden- und pausenlose Bombardierung der Stadt durch die deutsche Luftwaffe und schließlich die Besetzung der zerstörten Stadt durch die deutsche Infanterie.

Nach einer kurzen Pause (Richter hatte den Kopf noch weiter gesenkt und tief durchgeatmet) fuhr er fort, wobei seine Stimme noch tiefer klang: »Kurz vor Weihnachten kehrten wir zurück in unsere alten Stellungen vor der Wolga, blieben in Reserve. So konnten wir in Ruhe noch einmal Weihnachten feiern mit einem guten Essen aus den Resten der Panzerverpflegung, die man uns zugeteilt hatte. Es gab Kassler mit Erbspüree, das weiß ich noch genau. Mein Melder, Gefreiter Kraus, wurde am Kopf verwundet und konnte nicht mehr sehen. Ich hatte einen Steckschuss im rechten Oberarm. Kraus wurde zurückgebracht zum Hauptverbandsplatz und konnte schon bald darauf ausfliegen: Augenverletzungen wurden bevorzugt ausgeflogen. Den Hauptverbandsplatz habe ich ganz schnell wieder verlassen: schreckliche Bilder, Massen von Verwundeten und Halberfrorenen, dazwischen Ärzte und Sanitäter, die es meist nicht mehr schafften, zu helfen. Der Flugplatz Pitomnik war am 16. Januar aufgegeben worden; es herrschte Chaos. Als die Front von Westen her durch die Stadt auf uns zukam, wurde zum Schutz des Armeegefechtsstandes mit Feldmarschall Paulus und dem Armeestab sowie dem Divisionsstab der 71. unter Generalmajor Roske, meinem Regimentskommandeur, die im Kaufhaus in unserer unmittelbaren Nähe lagen, der Verteidigungsriegel aufgebaut. Er sollte den Gefechtsstand im Kaufhaus, unsere letzte Bastion nach Norden und Westen, absichern ... In den letzten Tagen geschah Entsetzliches. Viele starben in Kellern an ihren Verwundungen, andere nahmen sich aus Verzweiflung das Leben. In einem Keller neben uns sprengten sich fünf Offiziere mit Handgranaten in die Luft. Dann war es vorbei. Wir warteten nur noch auf den Russen. Einen Unterarzt, der sich bei mir befand, hatte ich gebeten, seine Rot-Kreuz-Binde anzulegen und ein weißes Tuch bereitzuhalten.

Dann kamen sie: Ein »T-34« rasselte auf den Hof und hielt vor dem Kellereingang. Ich trat vor und der Unterarzt dolmetschte in tschechischer Sprache, dass sich in dem Keller 150 Verwundete und

Kranke befänden und wir uns ergeben würden. Ein Major stieg aus, lächelte und sagte etwas, was auch der Unterarzt nicht verstand. Dann griff er in die Tasche und reichte mir eine Mandarine. Aus seinen beruhigenden Worten und Gesten entnahm ich, dass er ebenso froh war wie wir, dass die Schlacht um Stalingrad vorbei war. Wir wurden dann sofort von unseren Männern getrennt und zu einer Gruppe gefangener Offiziere geführt, und der lange Marsch durch den Schnee begann. Am Westrand der Stadt wurden wir bei einem höheren Stab verhört und registriert. Unser Steckbrief sollte uns durch die Jahre der Gefangenschaft begleiten. Dann ging es weiter Richtung Kalatsch, bei 30 Grad Kälte, aber unter strahlender Sonne. Sehr weit waren wir am 2. Februar noch nicht gekommen; im Nordosten sahen wir am Horizont die Silhouette von Stalingrad und hörten die russische Artillerie. Der Nordkessel kämpfte noch. Es ging weiter nach Westen, dann, in einem großen Bogen, zurück in die Stadt, Marschzeit: etwa sechs Tage. Verpflegung gab es anfangs nicht, dann ab und zu etwas Trockenfisch, der von vorbeifahrenden Fahrzeugen in die marschierende Kolonne geworfen wurde. Überall die steifgefrorenen Leichen unserer Soldaten, die einfach liegen blieben und erfroren. Ich habe nie gesehen, dass Liegengebliebene von den russischen Begleitposten erschossen wurden. Ich vermute, dass meist in die Luft geschossen wurde; vielleicht war es nur mein persönliches Glück, nicht mitansehen zu müssen, wie ein Halbtoter erschossen wurde. Noch einige Tage durch die Stadt nach Süden, dann waren wir am Ziel: Beketowka, ein riesiges Barackenlager südlich von Stalingrad, an der Wolga. Offiziere wurden getrennt untergebracht. Mit dreißig Offizieren bewohnten wir eine Baracke, die sogar zweistöckige Schlafpritschen hatte. Endlich ein Dach über dem Kopf, und warm war es auch! Die ersten Tage gab es noch nichts zu essen, die Küche war noch nicht fertig eingerichtet, aber die Russen trösteten: »budit, budit'! (bald, bald). Nach drei Tagen gab es die erste Suppe: heißes Wasser mit ein paar Hirsekörnern. Aber wir waren froh, endlich etwas Warmes im Magen zu haben. Später kam ein Kapitan (Hauptmann), las uns die Lagerordnung vor und befahl uns, einen Starschi (Stubenältesten) zu wählen. Wir waren nur Leutnante, ich war mit 28 Jahren der älteste Oberleutnant, aber Reservist, und wollte nicht. Deshalb schlug ich vor, einen aktiven Oberleutnant zu wählen. Der wollte aber auf keinen Fall. Es war der Oberleutnant Jesco von Puttkamer. Später erfuhr ich, dass sein Vater, General von Puttkamer, die Kriegsgefangenenverwaltung befehligte. Kurze Zeit danach war von Puttkamer verschwunden; die Russen erfuhren das bald«.

Richter schwieg plötzlich, um dann, tief Luft holend, mit fast bebender Stimme fortzufahren: »Und dann ..., dann begann das große Sterben!

Wenn wir vor die Baracke traten, sahen wir die Toten aufgereiht nebeneinander, nur noch mit Unterwäsche bekleidet, und auf der Unterwäsche wimmelte es von Läusen. Die Körper waren erstarrt, und die Läuse strebten nach oben. Ich habe die Toten nicht gezählt, aber die Barackenstraße war lang, und da lagen immer noch Tote. Manche Berichte sprachen von 40.000, der russische Kommandant von 27.000 Toten. Weitere Lager waren in Krasnoarmeisk, in Frolow und in Dubowka, nördlich von Stalingrad ... Mitte März wurde ich zur Kommandantur gebracht, auf einen LKW gesetzt und auf einen kurzen Transport geschickt. Wir fuhren über die Wolga, kamen nach Krasnodar Swoboda, ein Dorf am Ostufer. Bei einem russischen Stab wurde ich informiert, weshalb ich hierher gebracht worden war: Ich sollte eine Kompanie Gefangener beaufsichtigen, die sich freiwillig gemeldet hatte – ein Minenräumkommando in der Stadt. Der Russe wusste, dass ich zur 71. ID gehört hatte und deshalb den Kampfbereich Stalingrad Mitte besonders gut kennen musste. Mein Einwand und Hinweis auf die Genfer Konvention wurde von einem Major mit einem russischen Schimpfwort beantwortet, das ich schon kannte, aber nicht wiedergeben will. Dann schaltete sich ein weiterer Offizier ein und ließ mir sagen, wir hätten die Stadt vermint, wir müssten die Minen auch wieder entfernen. Ich wurde wieder über die Wolga gebracht und zur Erdbunkeranlage im Steilhang des Ufers geführt, wo schon Gruppen von Kriegsgefangenen warteten. Die gut ausgebauten und mit vielen Schlafpritschen versehenen Räume waren jetzt unser Domizil. Wir waren bei einer Pionierbrigade gelandet.

Am nächsten Tag kam ein Oberleutnant, der sehr gut Deutsch sprach. Er unterrichtete uns über unsere Arbeit und wies mich anhand von Karten, deutsche und russische Minenpläne, in die vorgesehenen Gebiete ein – meist waren es russische Minenfelder, die wir räumen mussten. Es blieb nicht nur beim Aufnehmen von Minen. Die Blindgänger unserer Stuka-Angriffe lagen in den Kellern von Häusern und vor allem in zerstörten Fabrikhallen. Dazu kamen versteckte Munitionslager mit deutscher Granatwerfermunition und anderes. Die aufgefundenen Sprengkörper wurden in Körben gesammelt, aus den Gebäuden gebracht und in Erdtrichtern abgelegt. Dann wurde an einem Geschoß eine etwa 30 cm lange Zündschnur befestigt, angezündet, »volle Deckung« genommen und lange gewartet, denn oft wurden Werfergranaten hochgeschleudert und krepierten erst in der Luft.

Mit dem Oberleutnant streifte ich öfter durch die verwüstete Stadt und sah vieles, was ich früher gar nicht oder nur von einer Seite gesehen hatte. Unsere Gespräche drehten sich um Dinge, die nichts mit unseren Pflichten zu tun hatten. Er unterrichtete in Rostow Mathematik und Physik, aber hier, bei mir, schwärmte er nur von Beethoven und Robert Schumann und brachte mich mit Fragen über die beiden oft in Verlegenheit.

Nur wenig später war die Zeit bei der Roten Armee zu Ende. Morgens entdeckte ich auf meiner Brust kleine rote Flecken, wie von Mückenstichen, die aber nicht juckten. Mittags wurde ich nach Krasnojar Swoboda gebracht und dem russischen Militärarzt vorgestellt. Als er mich anschaute, hieß es nur lakonisch: 'Typh'. Ich konnte mir nichts darunter vorstellen; ich hatte weder Bauchschmerzen noch Durchfall, vielleicht Krätze, dachte ich mir. Ich kam nicht mehr zurück in die Unterkunft, ohne Abschied von den Kameraden wurde ich von einem Lkw zurückgebracht nach Beketowka. Dann begann eine Zeit, von der ich so gut wie nichts mehr weiß: Das Fleckfieber hatte begonnen. Bei einer kurzen Untersuchung schaute sich eine Lagerärztin nur meinen Rücken an und bestätigte: 'Typh'. Ich trug unter meinem Tarnanzug eine gute Reithose mit Lederbesatz, die wollte die Ärztin gern haben – mein erstes Tauschgeschäft, Hose gegen eine runde Dauerwurst!

Einige Tage lang, in denen meine Sinne noch funktionierten, schnitt ich mir jeden Tag ein kleines Stückchen ab. In der Isolierbaracke, in die man mich gesteckt hatte, gab es weder Pritschen noch Decken und vor allem nichts zu essen. Wir lagen auf alten Militärmänteln. Von da an lag ich meist im Fieber, phantasierte und träumte immer dasselbe: Ein Flieger kreist über mir, ich rufe, er landet. Meine Frau steigt aus, sucht mich. Ich schreie, aber sie kann mich nicht hören. Dann steigt sie wieder ein, und das Flugzeug startet und verschwindet in der Nacht.

Als es später täglich etwas Brot und Suppe für uns »Ausgestoßene« gab (nur bis vor die Barackentür wurde sie gebracht und dann von einigen Beherzten an uns gereicht) konnten sie unser Essen gleich wieder mitnehmen. Wir wollten nur trinken – Wasser. Ich schlief meist, phantasierte, träumte und war nur manchmal wach. Mein Zeitgefühl war verloren gegangen. Ich wusste auch nicht, was um mich herum vorging. Einmal erkannte ich einen Feldwebel, der neben mir kniete und mir ein Kochgeschirr Wasser reichte. Ich trank und trank und war dann wohl wieder ohne Bewusstsein. Es muss Mitte April gewesen sein, als ich in die Isolierbaracke kam, aber ich weiß nicht mehr, wie lange ich dort blieb. Es muss schon Juni gewesen sein, als ich immer wieder wach wurde und aufzustehen versuchte. Ich kam aber nicht hoch, war zum Skelett abgemagert und befand mich von da an in einer Art von Trunkenheitszustand. Ich konnte aber wieder denken und sprechen und aß mein Brot.

Dann begann der Durchfall. Alle Gefangenen litten darunter und, wie ich später erfuhr, oft mit Todesfolge. Ich wurde wieder in eine 'Normalkrankenbaracke' verlegt, bekam eine Unterpritsche mit Strohsack und Decke. Ich musste unten liegen, damit über mir ein Schlaufengriff befestigt werden konnte, an dem ich mich hochzog, um im Sitzen meine Suppe löffeln zu können, oder in der ersten Zeit auf allen Vieren in die benachbarte Latrine kriechen zu können. Aber immerhin: Ich fühlte mich erst einmal wie von den Toten auferstanden. Ich blieb so schwach, dass ich auch niedrige Stufen von 5 cm nicht schaffte. Deshalb der Kriechgang und die (sicher nicht böse gemeinten) spöttischen Bemerkungen, die ich kaum wahrnahm. Es war die Ironie des Lebenwollens, dass der kranke Darm mich zu körperlicher Bewegung zwang und damit, wenn auch unter Qualen, dazu beitrug, dass ich nicht in Apathie verfiel.

Wir lagen mit fünf Offizieren in der Krankenstube: Oberst von Below, Stabsarzt Dr. Kreipe aus Hannover (Baumkuchen-Café-Kreipe), ein rumänischer Oberleutnant, Leutnant Mack und ich. Mack war nur kurze Zeit bei uns. Er erzählte viel von seiner Heimatstadt Ulm, dass seine Eltern dort ein Fahrradgeschäft hatten und dass er ihnen nicht mehr hatte schreiben können, dass er ganz zuletzt noch das EK I erhalten habe. Seine Erzählungen gingen dann immer öfter über in wirre Sätze, so dass wir das Schlimmste befürchteten. Einen Tag später war er für immer eingeschlafen. Ende

August wurde ich in die Krankenstube gebracht. Der Steckschuss in meinem Oberarm eiterte, und der Arm war geschwollen. Die Stelle wurde mit Alkohol gereinigt, mit einer Rasierklinge aufgeschnitten und ein 4 cm langer Splitter entfernt. Die Wunde wurde geklammert und heilte unerwartet schnell.

Dann ging alles ganz schnell: Mitte September kam eine hochrangige Kommission zu uns, und eine Ärztin untersuchte mich. Ich musste meine wenigen Habseligkeiten zusammenpacken und wurde gegen Abend mit anderen zusammen auf einem Lkw zum Bahnhof gefahren. Ein richtiger Lazarettzug stand vor uns. Zuerst dachten wir, er würde zur Front fahren, aber der Zug war für uns. Ich wurde hineingetragen und bekam ein richtiges Bett mit Bettwäsche, eine Decke und freundliche Gesichter um mich herum. Da kamen noch weitere Schwestern, die mich neugierig betrachteten; sie hatten meinen Uniformrock gesehen, die Schulterstücke und auch die Orden erkannt. Vor allem: In dem Waggon gab es viele Soldaten, aber nur einen Offizier, und den wollte man sich unbedingt mal angucken. Die Schwestern, frische, junge Gesichter mit Stoppelfrisur (geschorenes Haar) behandelten mich nicht wie einen verhassten Feind; sie waren einfach gut zu mir.

Der Zug fuhr nach Norden. Später erfuhren wir, dass wir bis Kirow fahren würden. Fahren, schlafen, aus dem Fenster schauen, wie herrlich – ich lebte! In Kirow ausgeladen, wechselte ich den Lazarettzug mit einem kleinen Panjewagen, auf dem ich mit vielen anderen Gefangenen unserem endgültigen Ziel entgegenfuhr. Unterwegs bat ich darum, zu Fuß gehen zu dürfen, so wie die anderen auch, ich musste aber immer wieder aufgeladen werden, war zu schwach. Unser Ziel, ein großes Holzhaus (früher eine Schule, jetzt ein Lazarett), war fast erreicht, als in unserer Marschkolonne gesungen wurde: Italiener, die ihren Lebensmut wiedergewonnen hatten. Unvergesslich die Aufnahme: Ich wurde registriert, kurz untersucht, dann von einer alten Frau auf dem Arm in den Keller getragen zur 'banja'. Ich wurde ausgezogen und vom schlimmsten Schmutz befreit; Darm und Blase waren durch die Anstrengungen des langen Marsches außer Kontrolle geraten. Dann wurde ich in einen Holzbottich gestellt und von oben bis unten abgewaschen. Ein weißes Hemd, eine Art Morgenmantel, ein Paar Pantoffeln, und ab ging es. Wieder auf den Armen der Frau schwebte ich nach oben in den zweiten Stock.

Dort, im Palato 12 (Krankensaal), kam ich in ein eigenes Bett. »Spassiba« (danke) hatte ich ja schon gelernt. Heute denke ich mit Wehmut und tiefer Dankbarkeit zurück an diese Tage und an die alte Frau.«

Richter hob bei diesen Worten den Kopf und schaute Baumann in die Augen. Dann lächelte er ihn milde an und sagte freundlich: »Jetzt kennen Sie, Baumann, die wahre Geschichte über die 'Eroberung Stalingrads im Namen des Führers und des Vaterlands'«.

30.05.2014, Hildesheim

Hans-Jürgen Fischer
VERWIRRENDES, HILFREICHES HILDESHEIM
(1960)

Planloses Durcheinander von Einbahnstraßen und verwinkelten Gassen. Eine weibliche Stimme aus dem Navi, die sich nie aus der Ruhe bringen lässt, obwohl auf dem Display die Richtungspfeile wild durcheinander springen. Dieser Polizeiwagen, der frontal und direkt auf meinen Wagen zuhält und mich so zum Halten zwingt. Der Beamte in Zivil, dem seine Pistolentasche in Wild-West-Manier tief an der Hüfte baumelt, als er sich nach betont langsamen Schritten endlich zu mir herunterbeugt. Sein zugleich besorgter und missbilligender Blick, als er in strengem Ton sagt: »Sie fahren in verkehrter Richtung in einer Einbahnstraße.«

All dies führt bei mir zu einer akuten Denkblockade. »Ich wollte … mein Navi hat mir doch angezeigt … ach, du dicke Scheiße! So was ist mir noch nie passiert!«

Ich kann nur stammeln, zusammenhängende Äußerungen wollen mir nicht gelingen. Blackout! Er scheint das zu bemerken. Nach intensivem Prüfen der Papiere und einem mitleidigen Blick auf das Nummernschild meines Wagens, das mich für alle Gaffer als Nicht-Hildesheimer outet, belässt er es bei einer Ermahnung und sperrt per Handzeichen den fließenden Verkehr, damit ich den Wagen in die vorgeschriebene Fahrtrichtung lenken kann.

Nach einer erneuten Ehrenrunde durch das Einbahnstraßengewirr biege ich wieder an der kritischen Stelle ab, nur diesmal richtig. Nach weiteren zwanzig Metern fahre ich entnervt in eine Tiefgarage, die sich mir wie eine Rettungsinsel anbietet. Nur raus aus dieser Geisterbahn, deren Umsäumung nicht die üblichen Gruselgestalten, sondern unscheinbare, einstöckige Häuser aus den fünfziger Jahren bilden.

Der Wagen ist nun abgestellt. Ich beruhige mich etwas, nehme meine Tasche aus dem Kofferraum und mache mich auf den Weg. Zu meiner Überraschung bin ich direkt unter meinem Ziel gelandet, dem *Knochenhauer Amtshaus*. Mehr als pünktlich treffe ich ein und frage mich durch. Ich finde die Leute, bei denen ich künftig mitzumachen gedenke: die *Hildesheimlichen Autoren*. Die Mitgliederversammlung verläuft für mich ohne besondere Überraschung. Wie so oft bei Zusammenkünften von Menschen, die sich für eine Sache besonders engagieren, wird viel durcheinandergeredet. Das kommt mir vertraut vor. Alles nette Typen, denke ich und fühle mich bald heimisch. Irgendwann trete ich zufrieden den Heimweg an. Ich werde wiederkommen, beschließe ich unterwegs, sehr gern sogar.

Zuhause komme ich nicht zur Ruhe. Ich starte den PC und rufe *Google Earth* auf, um Hildesheim einmal etwas übersichtlicher aus der Vogelperspektive betrachten zu können. Doch damit versuche ich vergeblich, meinen Fahrtweg in diese Einbahnstraßenfalle zu rekonstruieren. Alles Wildwuchs, denke ich, in mehr als zwölfhundert Jahren gewuchert. Entstanden aus willkürlichen Trampelpfaden, die einstmals um protzig gebaute Kirchen herumführten, mit danach langsam gewachsenen Stadtstrukturen, die im März 1945 mit einem Luftschlag zerstört wurden. Und nun stehen hier diese in schlichter Bauweise wiederaufgebauten Häuserzeilen, die man ohne Änderung der Straßenführung auf die Trümmer gepfropft hat. In diesem Gassengewirr breitet sich später auch noch der ausufernde Individualverkehr aus. Alle wollen mit ihren Blechbüchsen an ihr Ziel gelangen und obendrein auch noch einen Parkplatz finden. Zwei Systeme prallen aufeinander, und keines kommt zu seinem Recht.

Ich zoome mir das *Knochenhauer Amtshaus* näher heran und finde ganz in seiner Nähe, keine hundert Meter Luftlinie dürften das sein, einen mir bekannten Straßennamen. So nah ist also die Gerberstraße vom Marktplatz entfernt, denke ich. Obwohl von einer Straße im eigentlichen Sinne keine Rede mehr sein kann. Sie führt tunnelartig zwischen einem Kaufhaus und dem darangebauten Parkhaus hindurch. Niemand scheint dort noch zu wohnen. In meinem Kopf torkeln die Gedanken unkoordiniert durcheinander, und ich beginne, sie zu entwirren.

* * *

Über die Mitgliedschaft bei den *Hildesheimlichen Autoren* sehe ich mich zum dritten Mal in meinem Leben veranlasst, regelmäßig in diese Stadt zu fahren, die etwa dreißig Kilometer von meinem Wohnort entfernt liegt. Seit mehr als drei Jahrzehnten habe ich Hildesheim bei meinen Autobahnfahrten in südlicher Richtung rechts liegen lassen. So lange schon liegt der zweite Anlass zurück. Um 1980 studierte ich an der Fachhochschule Hildesheim. Auch damals schon hatte ich die dreißig Kilometer zurückzulegen, aber mein Weg führte mich fast immer über die ausgebauten breiten Straßen nach

Ochtersum, wo mein Fachbereich untergebracht war. Die Innenstadt habe ich in dieser Zeit nur selten aufgesucht. Ich kann also heute nicht beurteilen, ob die Innenstadt mit ihrer unmöglichen Straßenführung mich und meine Fahrkünste schon vor fünfunddreißig Jahren überfordert hätte. Bei meinem ersten Anlass, mich nach Hildesheim zu begeben, war dies eindeutig noch nicht der Fall. Darüber will ich erzählen.

Meine Großmutter, die eigentlich bei uns in der hannoverschen Nordstadt wohnte, besuchte an jedem Wochenende ihren Partner – sie sprach stets von ihrem Freund – in Hildesheim. Als ich gerade in die erste Klasse ging, nahm sie mich erstmals mit. Zu der Zeit konnte man mit der *Roten Elf*, einer Straßenbahn, die sogar einen Speisewagen mitführte, der heiße Würstchen, Getränke und Süßwaren anbot, direkt vom Klagesmarkt in Hannover bis zum Hauptbahnhof in Hildesheim fahren. Erwachsene zahlten zwei Mark für eine solche Fahrt, Kinder entsprechend weniger. Ich fuhr also aufgeregt mit meiner Großmutter in der *Roten Elf* über Sarstedt und unzählige Dörfer nach Hildesheim, und unterwegs gab es sogar eine Brause für mich. Am Zielort wurden wir von Martin abgeholt, Omas Freund.

Der wohnte in der Gerberstraße. Zwischen normalen Wohnhäusern, auf einem Trümmergrundstück, lag seine Behausung. Es war der nur zufällig verschonte Rest eines ausgebombten Hauses. Über eine steile Stiege kam man in die erste Etage, die lediglich aus einem Raum bestand, der spärlich mit Kohlenherd, Bett, Tisch und Schrank ausgestattet war. Martin war stolz darauf, über elektrisches Licht und fließend Wasser zu verfügen. Bei meinem ersten Besuch roch es für mich sehr muffig, und der Ofen rußte gewaltig. Diese Geruchsmischung hatte Martin schon bei seinem ersten Besuch in Hannover verströmt, und Oma roch genauso, wenn sie aus Hildesheim zurückkam. Und nun erkannte ich die Ursache dieser besonderen Duftmischung. Bei späteren Hildesheimfahrten – bald fuhr ich eigenständig mit der *Roten Elf* zu Oma und Martin – nahm ich diese besondere Geruchsmischung dann nicht mehr wahr. Wahrscheinlich roch ich für die anderen ebenso, wenn ich wieder nach Hause kam.

Ich fuhr gern nach Hildesheim, schon, weil Martin und ich uns mochten. Er war ein kräftiger, sehniger Kerl, dem die Arbeit im Tiefbau wohl nichts ausmachte, so um die fünfzig, mit einer energisch hervorstehenden Kinnlade und einer blauen Schirmmütze, ohne die er nie seine Behausung verließ. Schlagartig konnte er sein schelmisches Grinsen verändern, indem er es auf einer Gesichtshälfte einfach ausknipste; wozu ich ihn oft aufforderte, weil es mich faszinierte. Er war ein gutmütiger Kerl, von dem ich alles bekam, was ich mir wünschte: Abenteuer, väterliche Zuwendung und Süßigkeiten. Alles konnte ich ihn fragen, und auf alle meine Fragen wusste er gescheit zu antworten. Ich liebte es, am Samstag mit Oma und Martin in ein nahegelegenes Kaufhaus zu gehen. Wir gingen dann nach kleineren Einkäufen ins Kaufhausrestaurant, und Martin gab Jägerschnitzel mit Pommes frites aus.

Meine Mutter erzählte, Martin habe im KZ gesessen, weil er Kommunist gewesen sei. Damit konnte ich damals noch wenig anfangen, aber ihrem Tonfall entnahm ich, dass sie an seinem Schicksal Anteil nahm und seine Lebenshaltung ihr zu imponieren schien. Auf mein ständiges Nachfragen erzählte sie mir schließlich, dass auch mein Vater als Zwangsarbeiter unter der Naziherrschaft gelitten hatte, sie selbst aus ihrer Heimat vertrieben worden war und wir drei wegen solcher Umstände staatenlos seien – auch ich, obwohl sie vorher Deutsche war und ich in Hannover geboren wurde. Martin erzählte nie von seiner Vergangenheit, und ich traute mich nicht, ihn danach zu fragen. Trotz seiner Fähigkeit, anderen stundenlang zuzuhören und selbst zu schweigen, brach aber manchmal seine Einstellung zu gesellschaftlichen Problemen durch und entlud sich dann in heftigen, oft witzigen Reaktionen.

So etwa an dem Tag, als er mich zu diesem Panzerkorso mitnahm. In der Zeitung war angekündigt worden, dass die neu aufgestellte und in Hildesheim stationierte Panzergrenadierbrigade ihre Panzer der Öffentlichkeit vorstellen werde. Mit meinen gerade acht Jahren hatte ich schon mitbekommen, dass die Frage der Wiederbewaffnung die Gemüter erhitzte und aus meinem vertrauten Umkreis alle dagegen waren. Wir standen also am Straßenrand, eingezwängt zwischen Leuten, die entweder stumm und erschrocken die Panzer an sich vorbeirasseln ließen oder protestierten oder laut jubelten. Da hob Martin seine geballte Faust und rief laut: »Bravo! Jawoll! Endlich! Soll der Russe doch kommen, dem werden wir es schon zeigen!«

Eine gut angezogene Dame drehte sich entrüstet um und giftete ihn an, diesen vermeintlichen Kriegstreiber. Nur wenige Anwesende begriffen, dass es Sarkasmus, eine Provokation und eine klare Absage an die neue Bundeswehr war. Ich verstand es damals, trotz meiner sonstigen Unbedarftheit, denn ich wusste ja etwas über seine Vergangenheit.

Meine Fahrten nach Hildesheim genoss ich so über eine geraume Zeit meiner Kindheit. Eines Tages, ich muss so um die elf Jahre alt gewesen sein, wurde ich mutig. Seit mehreren Wochen war ich nicht mehr nach Hildesheim gefahren. Weshalb, weiß ich nicht mehr. Jedenfalls hatte ich in der Schule plötzlich die Idee, mit dem Fahrrad zu Oma und Martin zu fahren, um die beiden zu überraschen. Also schnappte ich mein 24er-Knabenrad und trampelte erst einmal von der hannoverschen Nordstadt bis zum Aegidientorplatz. Dort begann nämlich die Hildesheimer Straße, und ich wusste, dass mich die Straßenbahnschienen von dort aus direkt zum Hauptbahnhof in Hildesheim führen würden. Dazu musste ich ihnen einfach nur folgen. Dies tat ich dann auch, mutig, voller Elan und in kindlicher Selbstüberschätzung. Nach über drei Stunden unermüdlichen Tretens kam ich schließlich an der Endhaltestelle der *Roten Elf* an. Dort kannte ich mich ja aus, und bis zur Gerberstraße brauchte ich nur noch wenige Minuten, um an Martins Bruchbude anklopfen zu können. Das Gesicht meiner Großmutter, wie sie mich da so anblickte, diesen Bengel, der abgekämpft und stolz neben seinem Knabenfahrrad stand, werde ich für alle Zeit in Erinnerung behalten. Sie und Martin taten erbost, aber ihr verschmitztes Grinsen über meine Heldentat entging mir nicht. Sie tuschelten miteinander. Während ich eine Riesenportion Kartoffelpuffer verschlang, die Oma extra für mich briet, verständigte Martin meine Eltern. Dazu musste er eine Telefonkette aufbauen, die von einem Schreibwarengeschäft an der Ecke zu einer Bäckerei in Hannover führte. Dort holte man meine Mutter an die Leitung, und alles Nötige wurde geregelt.

Völlig überfressen von den vielen Kartoffelpuffern, wurde ich dann von Martin und Oma am Theatergarten in den nächsten Bus nach Hannover gesetzt. Ich sah sie noch solange aufgeregt winken, bis der Blickkontakt abriss, weil der Bus um eine Ecke bog. Mein Fahrrad sandten sie mir per Express nach Hannover zurück. Die gesamte Aufregung, sowohl die in Hildesheim als auch die in Hannover, konnte ich überhaupt nicht nachvollziehen. Es war doch gar nichts passiert.

Auch nach diesem denkwürdigen Ereignis fuhr ich noch oft nach Hildesheim, und es wurde mir stets gestattet und finanziert, wenn mir wieder danach war. Dies ist wohl auch vor dem Hintergrund der Befürchtung meiner Eltern zu sehen, ich könne irgendwann einfach wieder losradeln.

Das letzte Mal war ich am 5. August 1962 dort. Ich erinnere mich deshalb so genau an diesen Tag, weil ich zwei Tage zuvor gerade meinen 13. Geburtstag gefeiert hatte und im Radio die Nachricht zu hören war, Marilyn Monroe sei tot aufgefunden worden. An diesem Tag spielte ich vor dem Haus auf dem Trümmergrundstück mit meinem Ball. Irgendwann kam ein etwa gleichaltriger Junge dazu, der in einem der *richtigen* Häuser gegenüber wohnen musste. Wir sprachen wenig, kickten und köpften eine Weile mit dem Ball, bis eine große, dicke Frau aus einer Haustür stapfte und erzürnt herüberblickte. So laut, dass es bestimmt auch in den Nebenstraßen gehört werden konnte, rief sie dem anderen Jungen zu: »Komm sofort ins Haus! Wie oft habe ich dir eingeschärft, dich nicht mit diesen Leuten abzugeben!«

Der Gescholtene folgte brav dem Ruf seiner Mutter und ließ mich erschrocken und ratlos zurück. Ohne mit Martin und Oma über das Ereignis zu sprechen, verabschiedete ich mich bald und fuhr zurück nach Hannover. Die Erfahrung, als Schmuddelkind behandelt und abgelehnt zu werden, schockierte mich und erschütterte mein Selbstwertgefühl nachhaltig. Wohl deshalb mied ich künftig Hildesheim. Den Nachfragen in meiner Familie wich ich aus. Knapp ein Jahr später starb Martin, ohne dass ich seinen unbeugsamen Geist noch einmal erleben durfte, und Oma kehrte nach Hannover zurück. Sie nahm sich dort eine eigene Wohnung. Bis zu ihrem Tode hatte ich engen Kontakt zu ihr, aber über Hildesheim, die Gerberstraße und Martin haben wir nie wieder gesprochen.

* * *

Das Leben geht seltsame, unerwartete, niemals berechenbare Wege. Vor fünfunddreißig Jahren, als ich hier studierte, die Erinnerung noch frischer war und mein Selbstwertgefühl noch nicht so gefestigt, nutzte ich eine naheliegende Vermeidungsstrategie, um meine quälenden Gedanken zu dieser Geschichte zu verdrängen. Ja, es war eine lange Zeit der Verdrängung, bis neulich, als ich *Google Earth* für eine unscheinbare Recherche aufrief. Über fünfzig Jahre nach einem Ereignis, das die Seele beschädigt hat, waren diese

Schäden gnädig vergessen, vernarbt, vielleicht sogar verheilt. Inzwischen hatte ich Wege gefunden, mein Selbstwertgefühl auf andere Weise aufzurichten und zu stärken. Einer dieser Wege führte über die wichtigste Entdeckung meines Lebens: dass ich jederzeit in der Lage bin, mir Belastungen von der Seele zu schreiben. Sehr oft nutze ich diese Methode, um nach Turbulenzen wieder zu mir zu finden, zur Ruhe zu kommen. Ja, und dies ist schließlich auch der Grund, weshalb ich Anschluss an eine Autorengruppe suchte.

Ein für mich belastendes Ereignis, das jahrzehntelang verschüttet war und über das ich nicht nachzudenken wagte, habe ich nun, mit diesem Text, in die Erinnerung zurückholen können. Der Gedanke an dieses Ereignis ist dadurch erträglicher geworden.

Und ausgerechnet diese Geschichte schreibe ich nun als Beitrag für eine Anthologie über Hildesheim. Diese Stadt scheint mir näher zu sein, als ich es mir selbst bisher eingestehen mochte. Ist es nur Zufall, dass ich ausgerechnet an die *Hildesheimlichen Autoren* geriet?

Egbert Brandt
DIE ARNEKENSTRASSE
ERINNERUNGEN AN EINE STRASSE
(1965)

Als Zeitzeuge, der über fünfzig Jahre in der Arnekenstraße gewohnt hat, möchte ich hier einige persönliche Erinnerungen an meine Straße mitteilen.

Die Arnekenstraße entstand durch Abtragung des Walls zwischen Hagentor und Almstor in den Jahren 1860 bis 1865. Am 10. Oktober 1865 benannte der Rat der Stadt die neue Straße nach Bürgermeister Henni Arneken (1539 – 1602). 1587 bereits hatte er das nach ihm benannte Arneken-Hospital gestiftet, das von der Almsstraße in die Arnekenstraße hineinragte. Sein Familienwappen ist noch heute über dem Hauseingang der Arnekenstraße 5 zu bewundern.

Zum Kriegsende stellt die Arnekenstraße sich dar als Trümmerwüste. Kein einziges Haus hat den Bombenangriff vom 22. März 1945 überstanden. Von den Gebäuden stehen nur noch Skelette; gespenstisch ragen die Mauern in den Himmel. Straßen und Fußwege sind nur durch meterhohe Schutthalden begehbar. Nach einigen Wochen und Monaten beginnen Eigentümer, Anwohner und Betriebsangehörige schließlich mit der Beseitigung des Schutts. Auf Schienen installierte Loren und die ersten LKWs helfen mit, die Straße von Trümmern zu befreien.

In den Herzen und Köpfen der Anwohner zeigen sich Mut und Kraft beim Wiederaufbau. Die ersten Unternehmen produzieren in Behelfsräumen. Handelsunternehmen beginnen damit, die Anwohner zu versorgen – wenn auch nur notdürftig. Oft sind in der Arnekenstraße Architekten, Bauunternehmer und Handwerker zu sehen. Der Wiederaufbau ist in aller Munde. Bagger, Rammen, Maurer, Kräne und Baufahrzeuge prägen das Straßenbild. Aus Nachkriegsdeutschland wird ein Aufbauland! Auch in Hildesheim, in der Arnekenstraße, ist der Geist des Wiederaufbaus spürbar. Jahr für Jahr entstehen Neubauten. Die Arnekenstraße bekommt langsam ihr heutiges Gesicht.

Wen wundert es nicht, dass man in der Wiederaufbauphase in den Baugruben der Arnekenstraße auf historischen Boden stößt? Allen voran auf das Wasser der Treibe und deren Adern – und auf schlammigen Untergrund. Archäologische Funde in den Baugruben erzählen vom ehemaligen Flussverlauf in Richtung Almstor. Stadtmauer, Verteidigungsanlagen und alte Uferbefestigungen mit gut erhaltenen Pfahlpfosten werden gefunden. Wegen der Treibe und des Sumpfbodens wird beim Wiederaufbau ein aufwendiges Bauverfahren benutzt. Mitunter sind tiefgründende Fundamente mit Bohr- oder Rammpfählen aus Stahl oder Beton (Betonwanne) notwendig, und nicht selten werden im Fundamentbereich automatische Pumpen eingebaut, die im Bedarfsfall das steigende Treibe-Wasser an die Kanalisation abführen sollen. Treibe-Erfordernisse!

Wohn- und Geschäftshäuser, Handwerksbetriebe und Handelsunternehmen entstehen. In der Rückschau zählen dazu folgende Unternehmen: Elektro-Amelung, Busunternehmen Take, Haus- und Grundbesitzerverein, Busunternehmen Bente, Wohn- und Geschäftshäuser von Hagemann-Druck, Blusenfabrik Rothkirch, Molkerei-Produkte Steib, Tischlerei Gehrz, Fahrschule Busche, Uhren-Brinkop, Kerner-Herrenkleidung, Amelung- Lampen. Auch die Rückfronten der Almsstraße gehören dazu: Schaffhausen, Feinkost-Simon, Schlosserei Werner, die Kinos Roxy und Capitol, Friedrich-Blusen, die zur Almsstraße führende Peemöller-Passage mit Peemöller-Eisenkurzwaren, Möbel-Schierenberg, Fortmüller-Konfektion und Düwel Büroartikel. Ferner die Schluckspecht-Bierbar, die Schlachterei Helmke, Sanitärhandwerk Schmidt & Sohn, die Autowerkstatt Rink ... und viele weitere Unternehmen.

In den folgenden Jahren bekommt die Arnekenstraße mit dem Bau des großen Parkplatzes ihr endgültiges Gesicht. Die Mittelstraße wird für die Durchfahrt zur Kaiserstraße geschlossen.

Nun erlebt die Arnekenstraße Jahre des Aufschwungs, der Normalität und auch der Veränderungen. Die größte ist der Neubau der Kreissparkasse in den Jahren 1987 bis 1991, die in ihrer Bauphase erneut das »Treibe-Problem« (nennen wir es so) zu spüren bekommt. Das Verhalten der Bauunternehmen ist entsprechend. Nach Fertigstellung präsentiert sich die Kreissparkasse in einem beachtlichen, nicht zu übersehenden Baukomplex.

Doch das ist nicht die letzte Superlative, die die Arnekenstraße erlebt. Nur wenige Jahre vergehen. In den Köpfen der Vorstandsetage der Sparkasse wird eine neue, noch größere Superlative geboren, Bezeichnung: Shopping-Center Arnekengalerie.

Bald findet sich ein Finanzkonzern, der Mitinteresse an einem solchen Jahrhundertprojekt in Hildesheim zeigt: die Multi Development Germany und die Sparkasse. Hildesheim wagt sich an ein Projekt, das die Grenze von 130 Millionen Euro überschreitet. Ein zentrales Shopping-Center entsteht, das alle ähnlichen Bauprojekte seit dem Wiederaufbau nach dem Zweiten Weltkrieg in den Schatten stellt. Das Projekt erstreckt sich zu beiden Seiten der Arnekenstraße auf etwa 200 Metern. Die angrenzende Innenstadt wird durch die integrierte Stadtplanung und Stadtentwicklung mit neuen, interessanten Platz- und Straßenräumen einschließlich Passagen aufgewertet. Stadtplaner und Investoren arbeiten im optimalen Einklang.

Langwierige Kaufverhandlungen mit den bisherigen Grundstückseigentümern sind vorausgegangen, bis im Herbst 2009 endlich mit den Abriss- und Bauarbeiten im größeren nördlichen Grundstücksbereich begonnen werden kann. Die beiden südlicheren Projektteile und die sogenannte »Pee«-Passage folgen im Herbst 2010.

Anliegern und Bewohnern der Arnekenstraße und der angrenzenden Innenstadt wird in den kommenden Wochen und Monaten manches abverlangt: Lärm, Staub, Absperrungen. Im Gegenzug erleben sie Monat für Monat Veränderungen und verfolgen interessiert und diszipliniert, was hier Neues entsteht. Die Bürger zeigen Neugier und Freude an den Informationen der historischen Akteure und Archäologen. Die ungewöhnlich große Baufläche und Bodentiefe fördert viel Hildesheimer Stadtgeschichte um 1600 zutage. Die Treibe ist immer zugegen. Das Fundament des Hagentors wird entdeckt. Zu den bedeutendsten Fundstücken der Stadtarchäologen gehören die Stadtmauer und die Verteidigungsanlage mit einem auf 30 Metern Länge erhaltenen Meldegang für den Torwächter, der wohl einst zum Rathaus führte. Mauern und Türme finden sich. Der Stadtgraben ist immer gegenwärtig. Schließlich bestätigt sich, dass die Arnekenstraße direkt auf dem alten inneren Stadtgraben angelegt wurde. Fundstücke, unter anderem Geschirr, erzählen davon, dass erst um 1650 – etwa zwei Jahre nach Ende des Dreißigjährigen Krieges – das Hildesheimer Handwerk, Handel und Wandel, wiedererblühten. Die Stadt errang wieder ihre alte beachtliche Bedeutung und ihren Reichtum. Mit Fachbeiträgen informiert das Hildesheimer Stadtarchiv ausführlich über diese historischen Funde und das Zeitgeschehen.

Es vergehen Monate um Monate, Jahre um Jahre. Aus der Bauwüste und Ruinenlandschaft ist ein umfangreicher Baukomplex geworden, der in der Endphase von Woche zu Woche, von Monat zu Monat anwächst. Eine gewaltige Schar von Handwerkern und Technikern treibt den Komplex Arnekengalerie innen und außen zur Vollendung.

Mit dem neuen Shopping-Center, verteilt auf drei Ebenen und mit mehr als 90 Ladeneinheiten, bricht für den Hildesheimer Einzelhandel eine neue Zeit an. Die Arnekengalerie wird die Bedürfnisse der Hildesheimer Bürger, aber auch die aus dem Umland, zufriedenstellen.

Nach mehr als zweijähriger Bauzeit wird die Arnekengalerie am 29. März 2012 mit dem symbolischen Durchschneiden des Roten Bandes durch Peter Block, Dr. Dirk Fittkau und Oberbürgermeister Kurt Machens eröffnet. Hier, auf historischem Grund, ist mit tausendjähriger Geschichte etwas völlig Neues herangewachsen. Möge die Arnekengalerie unserer Stadt Freude und Lebendigkeit bringen!

Die neue Arnekenstraße ist schöner geworden. Auch ohne Kopfsteinpflaster bleibt sie eine historische Straße.

Sie bleibt meine Straße.

Sonja Klima
DIE MEHRERIN
(2011)

Der Wind heulte ums Haus, als ich am Morgen erwachte ...
Telefon: »Andy, kannst du mal ...?«
Oh Shit, wie oft hatte ich das schon gehört die letzten Jahre!
Alle wussten, dass ich Zeit hatte. Es war ein offenes Geheimnis, dass ich allein lebte, meine Familie gegangen war. Ich hatte für das Verlassenwerden Verständnis, trotz meiner Trauer und Wut. Selbst ich konnte es kaum ertragen, mit mir zu leben.

Mein Beruf war der Journalismus. Keine Berufung, eher etwas Notwendiges, um meine Miete zu bezahlen. Essen war unwichtig, daran hatte ich noch nie einen Gedanken verschwendet, was man mir auch ansah. Mein Körper war ausgemergelt, ich nervös und meistens schlecht gelaunt. Freude und Glück gab es in meinem Leben nicht.

»Andy, kannst du mal für mich ein Interview übernehmen? Du hast doch bestimmt nichts vor ... Tina hat heute frei, und wir wollen ein bisschen entspannen: Sauna, Massage und so ... du verstehst?«

Oh ja, ich verstand, hatte ich es mir doch auch schon lange einmal vorgenommen, einen Samstag in der Rosentherme zu verbringen, nur einfach so, zum Relaxen, hatte es aber nie geschafft. Also wischte ich mir kurz die Müdigkeit aus dem Gesicht.

»Na klar, mach ich ...«

Es war nicht mein Bereich. Mit Kultur hatte ich nichts am Hut. Ich war eher der harte Realist. Schrieb über Kriegswirren und hörte gerade im Radio, dass es wieder so ein Idiot geschafft hatte, neunzig Menschen einfach so wegzupusten. Zu erschießen.

Und nun musste ich auch noch ein Interview führen, das mir zuwider war. Die Straße, auf der ich fuhr, war gerade und grau. Sie passte zu meinem Leben, das mittlerweile genauso aussah. Nun befand ich mich im nördlichen Teil der Stadt. Unweit der Innerste, in der Nähe der Mündung des Kupferstranges.

Ich fuhr auf den unbefestigten Hof eines Hauses, das die Farbe des Sommers trug und so gar nicht zum heutigen Wetter passte. Ein warmer Gelbton, der mich an Vanilleeis erinnerte.

Als ich aus dem Auto stieg, sah ich nur Bäume, Weiden und eine alte Burg. Erinnerungen an meine Kindheit kamen hoch. Wie oft hatte ich hier mit Jan gespielt! Wir waren Eroberer im Dreißigjährigen Krieg und Gefängniswärter im Bergfried, dem 26 Meter hohen Torturm. Ein Schmunzeln umspielte meinen Mund, als ich daran dachte, wie Jan einmal als Bischof Heinrich II. von Woldenberg, der 1310 die Schutz- und Trutzburg gegen die Hildesheimer Bürger erbauen ließ, verkleidet um die Ecke kam. Sein Bischofsmantel war ein alter Sack, die Mitra ein verbeulter Blecheimer und der Lituus ein langer, am Ende nach unten gebogener Ast. Seine Pektorale bestand aus zwei übereinander zusammengebundenen Eisennägeln, die an einem Stück dickem Seil um seinen Hals hingen. Die Umgebung der Burg war eine wahre Schatzkammer für uns, und mit unserer schier unendlichen kindlichen Fantasie kreierten wir die tollsten Dinge.

Burg Steuerwald hatte sich seitdem verändert. Ich ließ meinen Blick über die nun vom Reit- und Fahrverein Hildesheim genutzte Anlage schweifen. Meine Augen suchten die kleine Kapelle, St. Magdalenen. Der Ort ließ mich an meine Frau denken. 1990 lernte ich Gabi kennen. In diesem Jahr wurde die Kapelle restauriert, und als sie 2001 für Trauungen genutzt wurde, gaben wir uns hier das Ja-Wort. Es war eine bescheidene Hochzeit, von den fünfundfünfzig Sitzplätzen wurden nur zehn genutzt.

Gabi liebte Burg Steuerwald und historische Romane. Abends las sie mir im Bett daraus vor, und ich schlief selig und entspannt ein und lebte in meinen Träumen die Szenen weiter. Nach der Trennung lernte ich, meine Träume zu ignorieren.

Ich drückte den Klingelknopf, und als mir nach einer kurzen Weile die Tür geöffnet wurde, ahnte ich, dass mich hier nicht etwas Normales erwartete. Diese Frau hatte ich schon mal irgendwo gesehen. Sie war mir nicht fremd, obwohl ich sie nicht kannte.

Heute Abend sollte hier eine Gründungsfeier stattfinden, und ich sollte darüber schreiben. Dann fiel es mir wie Schuppen von den Augen: Ja, ich hatte vor kurzem einen Artikel im *Huckup* über sie gelesen. In Gedanken sah ich sie auf dem roten Sofa sitzen, die Beine locker übereinander geschlagen, die rechte Hand leicht auf der Lehne des Sofas abgelegt. Es lag ein Lächeln auf ihren Lippen, das dem der Mona Lisa glich. Ein Zitat von ihr war mir noch im Kopf: »Leben ist lernen ... Stillstand der Tod«. Vielleicht war es ein unbestimmter Drang in ihr oder diese Lebenslust, die sie zur Mitgründung dieses Vereines veranlasste.

Es waren sieben Menschen, die mich im Wohnzimmer erwarteten. Sieben – eine besondere Zahl, so außergewöhnlich wie diese Menschen. Letztendlich ist ja jeder Mensch außergewöhnlich. Bei diesen Menschen löste sich jedoch das Alter auf und damit die Zeit.

Ich durfte teilhaben an ihrer Feier. Ihre Gedanken und Ideen flossen in besonderer Weise aus ihnen heraus. Es war so, als ob sich verschiedene Flüsse zusammenfanden, um sich in einem Meer zu vereinigen. Ich bekam eine Gänsehaut und es war, als ob elektrische Ströme mich durchfluteten. An diesem Abend sollte ein Fundament geschaffen werden. Dazu legten sie Texte mit eigenen Worten in einen buntbemalten Karton. Kräuter, ein Stift, eine Feder und die Borke einer Kiefer wurden als Zugabe hineingelegt. Am Ende war er gut gefüllt.

Aus einem Holzschrank, der auf der Terrasse stand, wurde ein Spaten mit der Aufschrift »Britta« hervorgeholt. Einer sagte: »Ich dachte, es wäre ein Beichtstuhl, der Schrank ...« Ihre Mundwinkel zogen sich bei der Bemerkung steil nach oben, als wollten sie die Ohren küssen.

Mit Britta unter dem Arm zogen sie los ins Feld. Ich hatte Mühe hinterherzukommen, so untrainiert und starr, wie ich die letzten Jahre geworden war.

Ich weiß nicht mehr, wie lange wir an der Innerste unterwegs waren, doch plötzlich stand eine mächtige Trauerweide vor uns. Ihre langen, rutenförmig überhängenden Zweige reckten sich in den Himmel, um sich dann wieder dem Boden zuzuneigen. Sie war sicher mehr als hundert Jahre alt.

Wir hatten unser Ziel erreicht. Ich war außer Atem und steckte mir erstmal eine Zigarette an. Ein tiefer Atemzug, der Rauch brannte im Hals. Vielleicht lag es an der vielen frischen Luft? Ich konnte mich nicht mehr daran erinnern, wann ich das letzte Mal joggen oder spazieren gegangen war.

Mit Hilfe von Brittas scharfer Klinge wurde in kurzer Zeit ein tiefes Loch gegraben. Sie wechselten sich dabei ab, sodass jeder einmal dran war.

Vor seiner Versenkung in die Erde wurde der Karton mit einem uralten japanischen Zeichen gesegnet. So wie das Loch entstand, wurde es auch wieder geschlossen: Jeder war einmal dran, die Erde aufzufüllen.

Ich stand abseits, fühlte mich verloren. Mir wurde bewusst, wie sehr mir in meiner selbst gewählten Einsamkeit die Menschen abhanden gekommen waren.

Als wir wieder zurück im Wohnzimmer waren, füllte sich der Raum mit einer heiteren Stimmung. Sophie – so nannte sie sich, keiner wusste, ob es ihr wahrer Name war, nur ihre Eltern hätten es sagen können, doch die waren schon lange tot – Sophie also sagte an diesem Abend: »Ich hab Lotto gespielt … Mit dem Gewinn kaufen wir einen Resthof, gründen eine WG, eröffnen ein Kaffee und eine Bücherei. Wir werden ein schönes Leben führen und alle viel Zeit zum Schreiben haben!«

Es klang so selbstverständlich aus ihrem Mund, als ob der Gewinn bereits ihr Konto gefüllt hätte. Auf den Gesichtern der anderen lag freundliche Zufriedenheit und in ihren Augen ein heller Glanz, der zeigte, dass sie einverstanden waren.

An diesem Abend unter diesen friedvollen Menschen fühlte ich mein Elend umso mehr.

Als ich den Schlüssel meiner Haustür im Schloss drehte und sich die Tür öffnete, erwartete mich meine Vergangenheit. Ich hatte schon lange nicht mehr den Müll runter gebracht. Schmeißfliegen mit metallisch glänzenden Körpern labten sich an ihm. Ihre Flügel machten schwere Brummgeräusche. Voller Ekel verzog ich den Mund.

Die Fenster waren seit langem nicht mehr geputzt und schwächten das Tageslicht. Mein Bett war ungemacht, und der Gestank abgestandenen Nikotins empfing mich. Ein überfüllter Aschenbecher stand auf dem Nachttisch. Dunkle Ränder zwischen dem Staub zeugten von Bierflaschen, die hier gestanden hatten. Wie lange hatte ich schon nicht mehr für mich gesorgt?

Scham stieg in mir empor, Wut, Ohnmacht. Ich schmiss die ungewaschene Wäsche vom Stuhl und setzte mich, besah mir mein Dilemma, bis mein Blick am offenen Laptop hängen blieb. Sophie hatte mir von ihrer Homepage erzählt. Also ging ich hinüber, bewegte die Maus und gab ihren Namen in die Suchmaske ein. Gleich ganz oben fand ich sie. Noch ein Klick, und ich war auf Sophies Homepage. Mir fiel ein Gedicht ins Auge:

die pläne meines verstandes
du hast sie vernichtet
treibjagd abgesagt
NICHTS – ist wichtig
die mauer meines herzens
rücksichtslos zerbrochen
trümmer meines lebens
alle im licht
sehe schwarz – weiß
ohne angst – nur vertrauen
geliebte seele
deine hand – sie hält mich

du – bist ich

Als ich es las, war es so, als hätte sie das Gedicht für mich geschrieben. Tränen überschwemmten mein Gesicht, und danach schlief ich nach langer Zeit die Nacht einmal wieder durch. Ich wollte, nein, ich musste diese Frau wiedersehen.

Am nächsten Tag rief ich sie an. Es war alles ganz einfach. Sie lud mich zu sich nach Hause ein. Ich war gespannt; die Neu-Gier hatte mich fest im Griff.

Diesmal sollte ich sie mit anderen Augen sehen. Mein Blick war klarer geworden.

Sie hatte ihre eigene Sprache, die Fähigkeit, mit wenigen Worten jenen Punkt zu treffen, um den andere Stunden herumredeten, ohne etwas zu sagen. Ihre Aussagen waren stets präzise, ohne Schnörkel und Tamtam.

Als wir auf ihre Terrasse gingen, musste ich an den Beichtstuhl denken. Ich fragte nach, warum sie so gelacht hatte.

Sie erklärte kurz, beichten, nein, beichten müsste sie nicht mehr ... Sie hatte schon vor langer Zeit ihr Leben in Ordnung gebracht, das Unglück aus ihrem Leben entfernt und mit ihm die Männer. Nicht, dass sie keinen Kontakt mehr zu Männern hatte. Nein, im Gegenteil, es gab viele von ihnen. Doch nur als Bekannte oder Kumpels. Und wenn einer mal mehr wollte, dann zückte ihr Krafttier die Krallen.

Sophie liebte Magie und Schamanismus. Spiritualität, das war ihre Welt. Und so hatte sie vor einigen Jahren ihr Krafttier wiedergefunden, einen Adler.

»Er hatte einen lahmen Flügel … es brauchte viel Pflege, damit wir wieder fliegen konnten«, erklärte sie.

Die Flügel hatte sie sich damals von Männern stutzen lassen, und umso größer war nun ihre Angst, sich wieder einem Mann zu öffnen. Gegenüber Männern blieb ihr Herz verschlossen. Worunter ihre Leidenschaft jedoch nicht litt. Obwohl sie seit vielen Jahren keinen Sex mehr hatte, was sie mir freizügig und unverhohlen erzählte. Sie lebte ihre Leidenschaft anders aus. Vielleicht war es ihre Vergangenheit, die ihr über diese Durststrecke hinweghalf. In ihrem alten Leben hatte sie fast alle Möglichkeiten auf sexuellem Gebiet ausgekostet. Diese Zeit war nun vorbei – dachte sie.

Ich konnte das alles nur schwer verstehen. Sex war das Einzige, was mich noch am Leben hielt. Sex konnte ich überall haben, wenn ich wollte. Gleich bei mir um die Ecke, im Friesenviertel, zog ich abends von Kneipe zu Kneipe. Ich hatte gute Chancen, denn heute fragte man in den Bars nicht mehr: Wie geht es dir? Nein, heute fragte man: Was machst du so? Tja, und mit meinem festen Job und dem guten Gehalt war die Nummer schon fast gelaufen. Die Szene war heiß, genau so, wie ich es brauchte. Beim Orgasmus verlor ich alle Gedanken, und mein Serotoninspiegel hielt mich bis zum nächsten Mal über Wasser.

Liebe spielte dabei keine Rolle, und das war mir auch recht so. Liebe war mir schon lange abhanden gekommen. Vielleicht hatte ich sie auch noch nie wirklich gehabt und wenn, dann hatte ich es vergessen.

Sophie zeigte mir ihr ganzes Zuhause.

»Hab´ nen Steingarten – komm – hier, guck«.

Sie zeigte mir ein kleines Vogelhäuschen mit bepflanztem Dach. Winzige Ableger von fetter Henne und Hauswurzen, gepflanzt zwischen selbstgesuchten vielfarbigen Steinen, zierten die Oberfläche.

Vor ihrer Terrasse wuchs Rasen, die Fläche nicht größer als ein Wohnzimmer. Sie hatte ihn nicht ganz gemäht, sondern ließ Inseln aus Wildblumen darauf stehen: Klee mit halbrunden, beigebraunen Dolden, leuchtendroter Mohn, vom warmen Wind bewegt. Und Disteln, die ihre stachelig gezackten Blätter in alle Himmelsrichtungen streckten.

»Insekten wollen auch leben«, war Sophies kurze und alles sagende Antwort auf meine Frage, warum sie den Rasen nicht ganz gemäht hatte.

Ihre Terrasse war mit Blumen gefüllt, dort sparte sie nicht. Blumen schienen ihre Leidenschaft zu sein. Die Luft schien zu vibrieren von Hummelsummen, Vogelgezwitscher und süßem, schwerem Blütenduft. Von weitem hörte ich den nicht enden wollenden Ruf eines Kuckucks.

»Schön bunt.« Ich fing an, im Zusammensein mit ihr auch meine Worte aufs Wesentliche zu reduzieren.

»Ja.«

Mehr brauchte es nicht. Damit war der Raum frei zu weiteren Entdeckungen. Die Knappheit der Kommunikation zwischen uns gab mir Zeit, meine eigenen Gedanken zu denken. Was ich als angenehm empfand, ja beflügelnd.

Ich musste schmunzeln. Sie schwieg. Nur das kleine, unscheinbare Verziehen ihres linken Mundwinkels verriet Aufmerksamkeit. Ich begrenzte meine Aussagen auf das, was mir ins Auge fiel. Anderes ließ ich einfach sein und fühlte dabei eine ungewöhnliche Freude und Befreitheit.

Zwischen den Blumentöpfen fielen mir Knochenfragmente verschiedener Tiere auf: Schädel, Ober- und Unterkiefer mit großen Zähnen. Noch bevor ich fragen konnte, sagte sie: »Vergänglichkeit – Tod ... betrifft uns alle...«

Da hatte sie Recht; ich dachte an meinen vor drei Jahren gestorbenen Vater und meine vor zwei Jahren gestorbene Schwester. Sie fehlten mir.

Mein Blick schweifte in eine Ecke mit hohen Brennnesseln, an deren Blüten sich Schmetterlinge labten.

»Metamorphose – Nahrung – Raupe – Verpuppung – Schmetterling ...«, sagte Sophie wie nebenbei.

Konnte sie jetzt auch noch Gedanken lesen? Ich schaute sie erstaunt an. Sie hielt meinem Blick stand und sah mir fest in die Augen. Meine Gefühle spalteten sich. Auf der einen Seite war da Angst vor dem Unbekannten, auf der anderen eine tiefe Berührung. Da gab es jemanden, der mich ohne Worte verstand. In der Mitte meines Körpers breitete sich ein wohlig warmes Etwas aus. Etwas Reines, Helles, das mir Kraft verlieh. Die Zeit verging, ohne dass ich sie vernahm.

An diesem Nachmittag wurde mir bewusst, dass ich noch fähig war, Glück zu empfinden.

Ohne Ende

Jonas-Philipp Dallmann
LETZTE STADT
(2029)

Diese Stadt ist die Letzte, weiter geht es nicht. Viele sagen, sie liegt an der Grenze, aber das ist falsch. Von hier aus geht es nirgendwohin. Ich harre aus. Ich bin kein Bewohner, aber auskommen kann ich der Letzten Stadt auch nicht, dazu bin ich schon zu lange hier. Ankömmlinge beobachte ich misstrauisch, Abreisenden winke ich zu. Wer hier abreist, will nirgendwohin, will vielleicht nicht einmal fort. Grenzstadt. Wie das schon klingt. Als sei das, was hier geschieht, nicht mehr wichtig, gehöre schon zur anderen Seite. Der wir unser Ohr leihen, so viel gebe ich zu. Die andere Seite lockt, wirrt, gurrt. Viele verfallen ihr. Noch halte ich stand. Noch bin ich der Letzten Stadt treu, hänge ihren spröden Reizen an. Viel bietet sie nicht, manche stößt sie ab. Widerständig muss man sein in ihr, so viel habe ich gelernt, widerständig und halsbrecherisch, erfahren im Guten und im Bösen.

Martha ist fort. Sie hat die Letzte Stadt und mich verlassen, endgültig. Das wäre kaum der Rede wert, denn ein Paar waren wir ja doch nicht, nicht einmal Freunde, denn dies hat Martha zu verhindern gewusst. Red nicht, sagte sie immer, wenn ich versuchte, meine Gefühle zu ihr in Worte zu fassen, ihnen eine Form zu geben. Ich sollte schweigen, damit Martha umso mehr reden konnte. Reden vom Öl der Maschinen, von den Locksprüchen der Kumpel, vom Bleiatem der Hunde. Sie werden immer nervöser, sagte sie und meinte, dass auch die Hunde der Stadt in letzter Minute auszukommen versuchen. Martha war, anders als ich, freiwillig hier, ein Kind der ersten Jahre, Eingeborene, zugehörig. Darauf war sie stolz, auch wenn sie es nicht zugab. Im Grunde haben wir uns gut gehalten. Wir versorgten uns mit Abwehr, Skepsis, Zweifeln, wo andere sich blind hingaben. Wir kochten unser Süppchen, bitter zwar, aber gut abgeschmeckt. Dass wir dabei im Trüben fischten, nahmen wir hin. Dass man uns die Jahre zunehmend ansah, auch. Gesund ist die Letzte Stadt nicht. Die Luft schneidet, das Wasser brennt, die Erde kocht. Wer etwas in sie zu senken versucht, erntet nichts. Was halbwegs genießbar ist, kommt von außen, muss mühsam herangeschafft werden, ist schon halb verdorben. Dass Martha ununterbrochen redete, sich im Reden verlor, verstärkte meine Müdigkeit. Müde war ich hier von Anfang an, müde und zugleich voll Tatendrang. Hab dich doch nicht so, konnte Martha sagen, während sie eine tote Fliege vom Tisch wischte. Dann tischte sie mir auf, was im Haus war: Bücklinge, halbgare Pasteten, angebissenes Brot. Dazu Ingwerwasser, das trinkt man doch nur an heißen Tagen, aber wann wäre es in der Letzten Stadt je heiß gewesen. Lau ist es, ein oder zwei Grade kälter als mild, nicht warm und nicht kalt. Auch nicht hell und nicht dunkel, nicht laut und nicht leise. Weder schleichen die Bewohner, noch rennen sie, weder ist ihre Rede jaja noch neinnein. Sackgassen sind verboten, ebenso Spiegel. Alles soll in Bewegung bleiben, nichts in sich zurückkehren. Wer aufmuckt, wird niedergehalten, wer mittut, hat seine Ruhe. Lieder enden auf der zweiten Strophe. Manche stimmen Instrumente, stellen Uhren, lassen Kompasse kreisen. Martha und ich haben die Wanduhr seit Wochen nicht mehr aufgezogen. Das Ticken war so geschmacklos, und was ist Zeit.

Manchmal gehe ich auf den Wall. Noch immer überwältigt mich der Blick von dort in die Ebene. Ich halte die Hände vor den Bauch, schiebe die Mütze zurück, grüße Entgegenkommende. Die Ferne schmerzt. Dass der Horizont zunehmend besetzt ist mit Masten, Leitungen, Kabeln, beschäftigt mich. So viel Aufwand, nur um uns einen Blick zu verschaffen, denke ich und beiße in meinen Apfel. Manchmal riskiere ich es, nach Osten vorzudringen bis in die Zone, wo der Wall schadhaft wird, durchdringlich. Dort, im alten Zollhaus mit den vernagelten Fenstern, wohnt Cordula, Marthas Freundin. Meist ist sie schon am Vormittag hinüber, aber immer hat sie einen Blick für mich. Während ich die Backsteinmauer passiere, ein Fenster nach dem anderen sich in meinen Blick schiebt, hat sie mich schon gerochen, schlägt den Fensterladen auf, schüttelt Wäsche. Immer ist ihr Haar nass, immer stecken ihre Hände in Gummihandschuhen. Ich winke ihr zu, posiere, nehme die Mütze ab, ergründe unter Seitenblicken, ob sie in Stimmung ist. Ein gutes Zeichen ist es, wenn sie den Kater schlägt, dann darf ich kommen. Wenn sie dagegen an den Begonien zupft, brauche ich mir gar nichts einzubilden, dann kann ich gleich wieder gehen. Martha bleibt bei alldem außen vor, obwohl wir natürlich über sie reden. Sie müsste viel mehr für sich tun, sagt Cordula, etwas aus sich machen, kein Wunder, dass du so viel über die Wälle gehst. Dabei tritt sie dem Kater in die Flanken. Das mit den Wällen will ich nicht gelten lassen, es klingt nach

Streunerei, und ein Streuner bin ich nicht. So viel spaziere ich ja gar nicht, sage ich. Dann kannst du ja wieder gehen, sagt Cordula und zieht sich die Bluse über den Kopf, dann bin ich dir ja egal. Ich werfe den Apfelgriebsch weg, ziehe Cordula an den Haaren, bringe ihre Hände zur Ruhe, schiebe sie in einen Winkel, wo sie mir nicht auskommt. Im Grunde sind es die Sommersprossen auf ihren Schultern, warum ich über den Wall gehe.

Cordula ist tapfer. Seit sieben Jahren hält sie es aus im Zollhaus, erträgt die schadhaften Leitungen, das Wasser im Keller, das Pfeifen in der Nacht. Fred war weniger zäh, er hat die Letzte Stadt schon nach einem Jahr verlassen und Linus mitgenommen. Natürlich schreiben sie ihr nicht, und natürlich klagt Cordula darüber, doch im Grunde ist sie froh, dass Fred und Linus weg sind.

Nach unseren Spielchen, die wir selten länger als eine halbe Stunde treiben, greift Cordula nach der Flasche, die sie bei meinem Ankommen unter dem Tisch versteckt hat. Sie setzt sie an die Lippen, lehnt sich zurück, hebt sie an und trinkt, dabei schielt sie schon wieder nach dem Kater. Wenn ihr Blick glasig wird und sie davon zu sprechen beginnt, dass wir reden müssen, so geht es nicht weiter, ist es Zeit für mich zu gehen. Manchmal lasse ich ihr einen Geldschein da, stecke ihn im Klo hinter den Spiegel, aber das ist selten. Während ich über die kleine Brücke zurück auf den Wall steige, ruft Cordula mir Schimpfwörter hinterher, Scheißerchen, Abstauber.

Es ist wichtig, jetzt nicht zurückzublicken. Fest den Wall im Blick, überlasse ich Cordula wieder dem Kater, der Flasche, den Gummihandschuhen. Damit der Gang über den Wall nicht nur einer zu Cordula war, gehe ich noch ein Stück weiter, jetzt mit der Miene eines Inspektors, der nach dem Rechten sieht und überall Zerrüttung wittert. Die Entgegenkommenden winken, lächeln mir entgegen, doch das kann der Wind sein, der auffrischt.

Nach zehn Minuten erreiche ich die Budenstadt mit den Zöglingen. Einen Blick sind sie mir immer wert, obwohl die Zöglinge mit jedem Besuch ärmlicher wirken, ungewaschener. Ihre Bettelei schmeichelt mir. Von ausgestreckten Kinderhänden umringt stelle ich fest, dass man mir Wohltätigkeit zutraut, Kleingeld in der Tasche, einen herablassenden Blick. Ich krame scheinbar nach Münzen, kehre die Taschen um, tätschele Wangen, blicke in ungewaschene Gesichter. Natürlich werden die Blicke immer frecher, und natürlich beende ich das Ganze am Ende mit Nasenstübern und

Ohrfeigen, während ich Kupfergeld ausstreue. Kreischend und dankbar weichen die Zöglinge zurück, sammeln die Münzen auf und kehren zurück in die Budenstadt, um dem Nächsten aufzulauern.

Während ich erschöpft den Rückweg antrete, feile ich an Ausreden für Martha, lege mir Worte zurecht. Nein, ich habe an ihnen gefeilt, als Martha noch da war. Jetzt sind die Rückwege öde, sind es im Grunde auch die Besuche bei Cordula, aber was soll ich tun, man hat seine Gewohnheit. Seit Marthas Flucht redet Cordula immer öfter davon, wie leer und groß das Zollhaus jetzt ist, dass Freds Kammer leersteht und dass sie einen Leberkäs oder Labskaus schon hinbekommt, es soll mein Schaden nicht sein. Vor allem das mit dem Schaden lässt mich aufhorchen, denn wer Übles auch nur in der Verneinung zur Sprache bringt, paktiert schon mit ihm. Außerdem sind das mit dem Leberkäs und dem Labskaus leere Versprechungen: Mehr als eine Dosensuppe kriegt Cordula ja doch nicht hin. Außerdem riecht Freds Kammer nach stockiger Wäsche.

Noch einmal komme ich vorbei am Zollhaus, aber jetzt hat Cordula die Läden verriegelt. Der Kater streift auf der Brücke herum, faucht. Vermutlich hat Cordula inzwischen den Spiegel geprüft und festgestellt, dass diesmal kein Schein dahinter war. Armes Ding, denke ich und beruhige mich zugleich mit dem Gedanken, dass Cordula ja gar kein Geld braucht, wozu. Ich lege die Hände vor dem Bauch zusammen und fühle mich bieder, ein Zustand, den ich genieße. Ich habe mein Tagwerk erfüllt, den Erwartungen entsprochen, die Zöglinge befriedigt und Cordula, jetzt kann ich heim. Während mein Blick den mastenbesetzten Horizont abgeht, überlege ich zu rauchen. Natürlich ist es verboten, und natürlich ist Tabak nur noch auf dunklen Wegen zu bekommen, aber früher hat das Rauchen mich beruhigt. Seit Marthas Weggang erwarten mich zuhause nur schmutziges Geschirr, ungeputzte Fenster, die leere Vorratskammer. Selbst die Bücklinge sind alle.

Ich verlasse den Wall und wende mich nach links, mache einen Abstecher zu Rüdi. Nachdem ich an der grünen Tür geklingelt habe, muss ich eine Weile warten, denn Rüdi ist immer mit irgendwelchen Schmutzigkeiten beschäftigt. Ich lasse es ihm aber nicht durchgehen, nicht aufzumachen, schließlich kennen wir uns seit der Sandkiste. Rüdi öffnet, wischt sich die Hände an der Hose ab und grinst. Dabei zieht er die Tür ein Stück weit auf und lässt mich in den schmalen Flur, der hinten gleich wieder ausläuft in den Hof hinaus.

Rüdis einziges Gesprächsthema sind sein Asthma und die ständig steigenden Preise, zwischen denen er einen Zusammenhang herzustellen versucht. Man kriegt ja kaum noch Luft, wenn man sieht, was ein Pfund Gehacktes jetzt so kostet, sagt er. Ich höre ihm zu und blicke über den Hof, der seit Monaten gefegt werden müsste; dabei stelle ich zum hundertsten Mal fest, wie anstrengend Rüdi ist und dass nichts mich mit ihm verbindet außer unserer Schwäche für Cordula. Natürlich kann Rüdi nicht bei ihr landen, irgendwo hört es auch auf, aber zumindest habe ich in ihm einen Bewunderer für Cordulageschichten. Wie ist sie denn so, fragt er und grinst mich verschwörerisch an, aber darauf falle ich nicht herein. Ich weiß nicht, was du meinst, entgegne ich, die Cordu hat es nicht leicht, gar nicht leicht. Rüdi stöhnt, reißt einen Löwenzahn aus dem Pflaster, verdreht die Augen, du bist so ein Arsch, sagt er. Dann fragt er mich, ob ich einen Klaren will.

Zwei oder drei Stunden sitzen wir auf dem Hof und kippen. Rüdi hat schöne Gläser, Kelche in Lindgrün. Irgendwann fangen die Hunde am Patrouillenweg an zu bellen, Dämmerung fällt ein und es riecht nach Diesel, ein Zeichen, dass die Förderbänder anlaufen. Ja, ich muss jetzt wohl wieder so langsam, sage ich und stehe auf. Du bist so ein Arsch, sagt Rüdi und bringt mich zur Tür, wobei ich mich durch den schmalen Gang taste. Ein Fehler wäre es, jetzt noch einmal zum Wall zu gehen. Nachts will Cordula nichts von mir, und die Zöglinge liegen im Bett. Plötzlich fällt Cordulas Spiegel mir ein. Spiegel sind doch verboten, denke ich, weiß Cordula eigentlich, was sie tut.

Dämmerung erfasst mich, greift nach mir. Längst weiß ich, dass sie mich wegspülen wird, dass weder der Wall noch Cordula noch Rüdi mich werden halten können. Ich sinke in sie hinein, stürze ihr entgegen, übergebe mich ihr. Martha grüßt von fern, erwartet mich schon, lässt mir nichts mehr durchgehen. Die Zöglinge singen; hell klirren ihre Stimmen über dem Bleiatem der Hunde, übertönen das Pfeifen, das sich in meine Ohren stiehlt. Die Masten fahren über mich hin, bekränzen mein Glück, die Förderbänder saugen mich leer. Die Ebene, denke ich, endlich bin ich über der Ebene, Cordula wird Augen machen. Etwas kommt in meinen Blick. Ein Gummihandschuh ist es, groß wie das Zollhaus. Schwach und lüstern winken seine Finger, drehen sich achtsam zu mir hin. Ich gleite, stürze, schüttele Dank, lasse den kleinen Finger nicht mehr los, denn ich will die ganze Hand. Hoch über mir treibt Rüdiger, sauber ist er jetzt, sauber und rein. Die Luft schneidet, das Wasser brennt, die Erde kocht. Diese Stadt ist die Letzte. Weiter geht es nicht.

Jens Volling
2051 – ODYSSEE IN HILDESHEIM
(2051)

»Jetzt komm schon, verdammt!« Erik tippt zum wiederholten Mal das Kartensymbol an. Endlich, nach dem dritten Versuch, erscheint auf dem Display das Gesicht einer jungen Frau, die, beinahe schon übertrieben freundlich, um fünf Kredite bittet.

»Aber beeil dich!«, brummt Erik und hält seinen Unterarm in die Öffnung an der Seite des Automaten.

Keine Reaktion.

»Du musst deinen Ärmel hochkrempeln«, weist Tom seinen Kollegen an. »Die Scanner der Menschen sind nicht so leistungsstark wie unsere.«

Erik verdreht die Augen und tut, wie ihm geheißen. Schließlich signalisiert ein Piepston, dass der Chip in seinem Handgelenk erfolgreich gescannt wurde.

Aber sonst geschieht nichts.

»Was ist bloß los mit dem Ding?«, faucht Erik und versetzt dem Automaten einen Tritt. Und der zeigt Wirkung: Mit einem Geräusch, das an die Türen auf der alten Enterprise erinnert, öffnet sich eine Klappe und gibt den gewünschten Stadtplan mit sämtlichen Hildesheimer Sehenswürdigkeiten frei. »Na also. Geht doch.«

Tom legt seinem Partner eine Hand auf die Schulter. »Du musst ruhiger werden«, flüstert er ihm ins Ohr, »oder willst du schon wieder in Schwierigkeiten geraten?«

»Pah! Als ob die Menschen Nekrodisruptoren hätten.«

»Darum geht es doch gar nicht und das weißt du. Was würde wohl der Boss sagen, wenn du erneut Ärger bekommst?«

»Ist ja gut«, murmelt Erik, »du hast wie immer Recht.« Er schüttelt den Kopf und nimmt den Plan. »Darf ich dir trotzdem eine Frage stellen? Warum um alles in der Welt haben die hier immer noch Papier? Wieso benutzen die nicht ihre Tablets für sowas?«

»Das hat der *Hildesheimer Autorenzirkel* so beschlossen. Er will auf diese Weise der Technik die Stirn bieten und das Papier am Leben erhalten.«

Erik schüttelt den Kopf. »Viel Glück!«, sagt er, wendet sich von dem Automaten neben dem WeltCafé ab und blickt zur Michaeliskirche hinüber. »Sag mal, haben die Stufen früher nicht anders ausgesehen?«

»Hey, du hast ja aufgepasst!«, freut sich Tom. »In der Tat waren die Stufen früher viel heller als heute. In den vier Jahrzehnten, die sie jetzt bereits der Witterung ausgesetzt sind, haben sie jedoch den gleichen Farbton wie das Mauerwerk der Kirche angenommen.«

»Sieht so viel besser aus, wenn du mich fragst.«

»Nun, das ist natürlich Geschmackssache«, meint Tom. »Doch zum Glück ist es ja nicht unsere Aufgabe, das zu beurteilen.« Er hebt sein Smartphone und schießt, nachdem er eben schon die farbenprächtigen Deckenmalereien in ihrem Inneren geknipst hat, ein Foto von der Außenansicht der Kirche. »Wir sind lediglich hier, um zu dokumentieren.«

»Na, dann können wir jetzt ja endlich weiter!«

Und schon marschieren die beiden Kollegen die Burgstraße hinunter. Nach nicht einmal drei Metern beginnt Erik, an seiner Jeans zu zerren und Bewegungen zu vollführen, die an einen untalentierten Discotänzer erinnern.

»Was soll das denn bitte schön werden, wenn es fertig ist?«, fragt Tom entgeistert.

»Ach, diese Hülle macht mich noch wahnsinnig«, knurrt Erik. »Wie schaffen das die Menschen bloß mit nur zwei Beinen?«

»Jetzt reiß dich bitte zusammen«, meckert Tom. »Du tust gerade so, als hättest du zum ersten Mal diese Form angenommen.«

»Nein, natürlich nicht. Aber manchmal fühlt es sich halt so an.« Erik greift sich in den Schritt, um seine Lage irgendwie zu verbessern, was aber nur dazu führt, dass eine ältere Dame, die gerade den Alten Markt überquert, die Stirn runzelt und mit dem Kopf schüttelt.

Tom versucht, die Situation mit einem Lächeln zu entschärfen, schafft es aber nicht wirklich. Die alte Dame murmelt noch »Idioten«, bevor sie in einem Hauseingang verschwindet.

»Lern du erst mal richtig zu lächeln, bevor du mir Vorwürfe machst!«

Statt auf den Kommentar seines Partners zu reagieren, konzentriert Tom sich lieber auf die nächste Station auf ihrer Liste. Die zwei Weganer sind nämlich an der Kreuzung Dammstraße/Pfaffenstieg angekommen und rechts vor ihnen erhebt sich nun das Roemer- und Pelizaeus-Museum.

»Okay, was soll der Mist?«, fragt Erik. »Wieso zeigt man den Leuten schon draußen die besten Sachen?« Er meint die riesige Videowand über dem gläsernen Eingang, auf der wechselnd Bilder von Exponaten zu sehen sind.

»Sie zeigen ja nicht die wirklich guten Sachen«, meint Tom. »Nicht den Nachbau der Bundeslade mit den beiden Duckubim und auch nicht die Statue des Duckinators. Um das alles zu sehen, muss man sich immer noch eine Eintrittskarte kaufen.«

»Also, ich fand ja den Pharaonenkram damals besser. Aber wenn die Ägypter ihr Zeug wiederhaben wollen, kann man eben nichts machen. Ich frage mich nur, warum man ausgerechnet die Enten als neue Dauerausstellung gewählt hat. Die wievielte *Duckomenta* ist das jetzt schon?«

»Die vierte«, antwortet Tom.

Erik schüttelt den Kopf. »Na los, mach ein Bild von dem Kasten und lass uns weitergehen! Ich habe genug Enten für heute gesehen.«

Nachdem Tom der Aufforderung nachgekommen ist, gehen er und Erik den Pfaffenstieg entlang. Neben ihnen glänzen die Magnetschienen im Asphalt und mit einem leisen Summen schwebt der Bus der Linie 4 in Richtung Schuhstraße vorüber. Aus der Sporthalle Stadtmitte dringen Jubelrufe nach draußen – das Finale der Prellball-Niedersachsenmeisterschaft ist im vollen Gange.

»Wie spät haben wir es eigentlich?«, will Erik wissen, als sie an der Kardinal-Bertram-Straße ankommen.

Wortlos deutet Tom zur Turmuhr der Andreaskirche hinauf.

Die zehn Meter hohen Digitalziffern unterhalb der Turmspitze zeigen 17:04 Uhr an. Unter ihnen wiederum, zweieinhalb Meter hoch, leuchtet das aktuelle Tagesdatum. Rechts neben der Uhr, an der Südseite des Turmes, werden auf der großen, quadratischen Videowand gerade Bilder von der Gedenkfeier anlässlich des fünfzigsten Jahrestages der Anschläge auf das World Trade Center in New York gezeigt.

Erik will gerade anmerken, dass sich die Menschen angesichts der jüngsten Ereignisse im Nahen Osten keinen Deut gebessert haben, als die rote Hand auf dem Ampeldisplay einem Countdown aus grünen Ziffern weicht, der bei zehn Sekunden beginnt.

Während Tom federnden Schrittes die Straße überquert, beginnt Erik zu humpeln. Seine menschliche Hülle macht ihm wieder zu schaffen. Statt sich jedoch erneut zwischen die Beine zu greifen, beugt er sie ein wenig und geht weiter, als hätte er sich einen Wolf gelaufen. Sieht zwar auch etwas merkwürdig aus, erregt aber wenigstens nicht so eine negative Aufmerksamkeit wie Eriks Aktion am Alten Markt. Tom hat diesmal also keinen Grund zum Meckern.

Mit einem weichen Ping öffnet sich die automatische Schiebetür neben dem Kiosk und gibt den Weg in die Andreaspassage frei. Leise Klaviermusik erfüllt die Luft und unter der Treppe, die zu den Büroräumen von Radio Tonkuhle hinaufführt, plätschert ein kleiner Brunnen.

Tom und Erik erklimmen besagte Treppe (wodurch bei Letzterem unterhalb der Gürtellinie alles wieder eingerenkt wird) und blicken durch die gläserne Eingangstür auf den Empfangstresen, hinter dem zwei junge Frauen sitzen.

»Hallöchen!«, entfährt es Erik. »Das sind aber mal ein paar hübsche Exemplare. Ob ich mal reingehen und mich vorstellen soll?«

»Nein, das tust du nicht«, sagt Tom. »Wir sind schließlich nicht hier, um zu flirten. Außerdem hast du schon genug Nachwuchs in diese Galaxie gesetzt«, fügt er mit einem Lächeln hinzu.

»Die Erde fehlt mir aber noch auf meiner Liste.«

»Tja, das wird auch noch eine Zeit so bleiben. Heute bleibt dein Tentakel mal in der Hose. Und jetzt bitte recht freundlich!«

Erik stellt sich vor der Glastür in Position, worauf Tom seinen Kollegen fotografiert. Dann nehmen sie sich noch einen Programmplan mit. Neben der Tür ist ein Kasten mit dutzenden Exemplaren der farbig bedruckten Zettel angebracht.

»Hätte man das nicht auch als App machen können?«, will Erik wissen. »Oder hat da etwa wieder dieser Zirkel seine Finger im Spiel gehabt?«

»Ganz recht«, antwortet Tom, »er hat auch dabei mitgeholfen, den Senderadius bis nach Hannover zu erweitern.«

»Na, toll. Den Status der Landeshauptstadt verloren, dafür das Radioprogramm der neuen gekriegt. Ist ja ein super Tausch.«

»Nun, uns soll es egal sein. Wir haben, weswegen wir gekommen sind.«

Also gehen sie weiter.

Ihr Weg führt sie am Chinarestaurant *Yin Fu Lin* vorbei, durch den oberen Ostausgang, über die kleine Brücke und auf die Südseite des Andreasplatzes, wo der Bugenhagenbrunnen steht. Auf der Spitze des Kerzenschaftes dreht sich der gekreuzigte Jesus langsam um sich selbst, während auf der Digitalanzeige, die um den kegelstumpfartigen Fuß herum führt, den ganzen Tag über Psalme und andere Bibelverse in Laufschrift zu lesen sind.

»Und während er sie segnete«, liest Tom laut vor, »verließ er sie und wurde zum Himmel emporgehoben.«

Ein Obdachloser, der sich auf einer der umstehenden Bänke seinen Fusel schmecken lässt, hat das Zitat mit angehört. »Der wurde nicht emporgehoben«, lallt er, seine Wodkaflasche schwenkend, »der wurde von Aliens hochgebeamt.«

Erik stimmt in das Lachen des Mannes mit ein. »Nette Idee!«, ruft er ihm zu. Und an seinen Partner gewandt sagt er: »Möglich wäre es aber. Kyr'Dee war ja zu der Zeit gerade in der Gegend.«

»Das ist zwar richtig, aber an dieser Stelle nicht sachdienlich.« Tom hält den Brunnen und die Andreaskirche im Bild fest. »Kümmern wir uns lieber um diesen Turm«, schlägt er vor. »Mit fast 115 Metern ist er der höchste in Niedersachsen. 364 Stufen führen zur Aussichtsplattform hinauf. Aus 75 Metern Höhe kann man dann über die Stadt blicken.«

Erik verzieht das Gesicht. »Müssen wir da etwa auch rauf?«

»Keine Sorge. Von da oben hat man zwar sicherlich einen beeindruckenden Ausblick, doch Panoramaaufnahmen kann der Boss nicht gebrauchen. Ihn interessieren nur Details. Außerdem ist die Kirche heute geschlossen.«

»Na, ein Glück«, freut sich Erik und folgt seinem Kollegen, an dem auf seiner Bank eingeschlafenen Obdachlosen vorbei, zum südlichen Ende der Fußgängerzone.

»Das ist der Huckup«, beginnt Tom zu erklären, »ein Kobold, der das schlechte Gewissen verkörpert. In diesem Fall ist er einem Apfeldieb auf den Rücken gesprungen.«

»Aha. Und was soll der Spruch auf dem Sockel bedeuten?«

»Das ist Hildesheimer Platt, ein alter Dialekt. Eine Warnung an den Dieb, die Äpfel nicht mitzunehmen, da ihn sonst der Huckup anspringen wird.«

»Hä? Hat er das nicht schon gemacht? Er hockt doch schon auf seinem Rücken. Oder nicht?«

»Ja, da hast du Recht. Interessant. Wir haben hier ein Denkmal, das zwei verschiedene Ebenen miteinander verbindet. Da ist zum einen die Warnung an den Dieb und zum anderen die Abbildung der Konsequenz ihrer Nichtbeachtung. Wirklich bemerkenswert.«

»Danke. Ich habe meine hellen Momente.«

»Und das Beste: Wir können sie uns auch anhören. Pass mal auf!« Tom drückt den Knopf über der Inschrift, woraufhin aus dem Lautsprecher, der unterhalb des Textes in den Stein eingelassen wurde, eine Frauenstimme ertönt.

»Junge, lat dei Appels stahn, süs packet deck dei Huckup an. Dei Huckup is en starken Wicht, hölt mit dei Stehldeifs bös Gericht!«

Erik verzieht die Mundwinkel. »Und so haben die Leute früher gesprochen?«, fragt er. »Da versteht man ja sein eigenes Wort nicht!«

Lachend tritt Tom ein paar Meter zurück. »Du musst es ja auch nicht verstehen«, sagt er, während er den Huckup in voller Größe ablichtet. »Wichtig ist nur, dass du es dir zweimal überlegst, bevor du das nächste Mal etwas mitgehen lässt.«

»Wieso? Springt mich sonst der Huckup an? Na, jetzt hab ich aber Angst!« Erik muss ebenfalls lachen.

Gutgelaunt gehen die zwei nun den Hohen Weg entlang und biegen nach knapp zweihundert Metern rechts in die Rathausstraße ein. Nach weiteren siebzig Metern haben sie den historischen Marktplatz erreicht, auf dem sich eine Menschenmenge versammelt hat, der heute ein besonderes Schauspiel geboten wird: Der Stadtknecht auf dem Rolandbrunnen wurde gedreht, sodass seine Augen auf den Mittelteil der gotischen Fassade des Rathauses gerichtet sind. An dieser hängt eine großformatige Leinwand, auf die der Beamer im Kopf des Stadtknechts Aufnahmen eines Boxkampfes projiziert.

»Okay, Tom, du weißt doch immer alles. Was sehen wir da gerade?«

Ein Mann mit THYNK-T-Shirt hört die Frage. »Alter, lebst du hinterm Mond oder was?«

Erik muss grinsen. »Kommt drauf an, welchen Mond du meinst«, sagt er.

Doch der Mann beachtet ihn schon gar nicht mehr.

»Was wir da sehen«, klärt Tom seinen Partner auf, »ist der Gewinn der Weltmeisterschaft im Schwergewicht durch Michael Thiessen.«

»Thiessen? Der Name sagt mir was.«

»Natürlich sagt er dir was. Heute sitzt der Mann im Rathaus von Hildesheim. Er ist der Bürgermeister, du Schlaumeier.«

»Ach ja, stimmt.«

»Heute ist sein sechzigster Geburtstag. Und zur Feier des Tages wird noch einmal sein größter Erfolg gezeigt.«

»Interessiert sich überhaupt noch jemand für echte Boxer? Ich dachte, Roboterkämpfe sind das große Ding.«

»Schon, aber erst seit etwa zehn Jahren. Davor haben noch Menschen gegeneinander gekämpft. Und zu dieser Zeit war Herr Thiessen einer der erfolgsreichsten Vertreter seiner Zunft.«

»Einer?« Der Mann mit dem THYNK-T-Shirt meldet sich wieder zu Wort. »Er war Weltmeister im Schwergewicht, Kumpel! Und das als Deutscher! Das hat vor ihm nur Max Schmeling geschafft!«

»Tja, dem ist wohl nichts mehr hinzuzufügen«, meint Tom und schießt, während sich der Mann wieder auf den Kampf konzentriert, einige Fotos von den Sehenswürdigkeiten, die der Marktplatz aufzubieten hat, als da wären: das Knochenhauer Amtshaus mit seiner mit farbenprächtigen Schnitzereien verzierten Fassade, das im Renaissancestil gehaltene Wedekindhaus, das frühgotische Patrizierhaus (das sogenannte Tempelhaus) und schließlich die bereits erwähnten Rathaus und Rolandbrunnen.

»Alles klar«, sagt Tom nach getaner Arbeit, »das müsste es für diesen Tag gewesen sein. Mal sehen.« Er öffnet den Bilderordner seines Smartphones und scrollt durch die Schnappschüsse, die Erik und er auf ihrem heutigen Rundgang gemacht haben. Anschließend sieht er sich auch nochmal die Ausbeute ihrer gestrigen Tour an. Gestartet sind sie in der Godehardikirche, unter ihrem neuromanischen Radleuchter. Im Südflügel des Klausurbereichs konnten sie dank eines freundlichen Hausmeisters außerdem einen Blick in das spätmittelalterliche Kellergewölbe werfen, das früher als Mensa, inzwischen jedoch als Disco genutzt wird. Danach gingen die beiden Kollegen durch die Neustadt und machten Bilder von den zahlreichen Fachwerkhäusern, die dort noch erhalten geblieben sind. Den Abschluss ihrer Tour bildete der Dom mit dem verglasten Tausendjährigen Rosenstock, der Christussäule, dem rotierenden Heziloleuchter und der Bernwardstür.

»Die Tür ist übrigens auch auf dem Cover zu sehen.«

Erik blickt seinen Partner mit großen Augen an.

»Von dem Stadtplan.« Tom schüttelt den Kopf. »Was hast du denn gedacht?«

»Och, nix. Es wäre nur einfacher, wenn wir die ganzen Sachen scannen würden, statt sie zu fotografieren. Das ist alles.«

»Sicher, das wäre sogar sehr viel einfacher. Doch lauf hier mal mit einem D-X-69 herum. Da hätten wir aber ganz schnell die Regierung am Hals!«

»Okay, du hast Recht. Aber könnten wir uns nicht auch einfach alles aus diesem Internet der Menschen raussuchen? Dann müssten wir uns nicht extra in diese Hüllen quetschen!«

»Also, bitte! Wo bliebe denn da die persönliche Note? Außerdem würde dies ja auch dem ganzen Sinn von Sightseeing widersprechen. Nein, nein, so etwas machen wir nicht!« Tom legt seinem Kollegen eine Hand auf die Schulter. »Dann mal los! Suchen wir uns einen geeigneten Platz, damit T'Ocs uns an Bord holen kann. Und morgen setzen wir unsere Tour fort.«

»Was haben wir denn noch auf unserer Liste?«, fragt Erik.

»Hauptsächlich Kirchen: Lamberti, Jakobi, Magdalenen, Mauritius. Und dann mal sehen, was sonst noch so auf dem Stadtplan zu finden ist. Unsere Odyssee geht weiter.«

Elviera Kensche
DAS »SCHÖNSTE FACHWERKHAUS DER WELT« FEIERT GEBURTSTAG
(2090)

Es ist der 01. Januar 2090. Bennet Winter, der Wirt des Knochenhauer-Amtshauses blickt zuversichtlich in die Zukunft. In diesem Jahr jährt sich die Einweihung des wiederaufgebauten Knochenhauer-Amtshauses, des »schönsten Fachwerkhauses der Welt«, zum 100. Mal. Das ursprünglich 1529 errichtete ehemalige Zunfthaus der Knochenhauergilde war im sogenannten Zweiten Weltkrieg zerstört worden.

Ja, denkt er, wer hätte damals gedacht, dass das Haus je wieder aufgebaut werden konnte? Als sich die ersten Idealisten zusammenfanden unter Führung des damals bekannten Journalisten Oldwig Jancke wurden sie ausgelacht. Aber sie ließen nicht locker. Im Jahr 1970 schließlich wurde die »Gesellschaft für den Wiederaufbau des Knochenhauer-Amtshauses e.V.« gegründet.

Es gab natürlich auch manche Kritiker, die von Disneyland sprachen, doch die Befürworter setzten sich schließlich durch. Allein 3,4 Millionen DM kamen durch Spenden und Lotterieeinnahmen zusammen. 1987 schließlich wurde der Grundstein für den Wiederaufbau des Knochenhauer-Amtshauses und des benachbarten Bäckeramtshauses gelegt.

Zuvor wurde das Hotel Rose abgerissen, ein hässlicher Betonklotz, der anstelle des Knochenhauer-Amtshauses in den sechziger Jahren des 20. Jahrhunderts erbaut worden war. Kaum einer weinte diesem Bau eine Träne nach.

Das Knochenhauer-Amtshaus wurde nach alter Handwerkskunst wieder aufgebaut. Stolz waren die Handwerker damals, dass sie die alte Kunst noch beherrschten. Allein 400 Kubikmeter altes Eichenholz wurden verbraucht. Für die 4.300 Verbindungen der Fachwerkhölzer wurden, wie in alter Zeit üblich, nur Holznägel verwendet, etwa 7.500 Stück insgesamt. Der einzige Tribut an die neue Zeit war die zu damaliger Zeit moderne Haustechnik. Diese Technik wurde im Laufe der Jahrzehnte stets auf den neuesten Stand gebracht, sodass das Haus, auch wenn man es ihm auf den ersten Blick nicht ansieht, mit jedem modernen Gebäude mithalten kann.

1989 wurden die Bauten fertiggestellt und im Jahr 1990 wurde das neue Knochenhauer-Amtshaus eingeweiht.

Die Stadt lud alle Bürger der Stadt ein zu einem Fest unter dem Motto »Hereinspaziert.«

Auch im Knochenhauer-Amtshaus wurde tüchtig gefeiert. In den oberen Stockwerken war wie auch heute noch das Stadtmuseum eingerichtet, unten eine Gaststätte.

Fünf Jahre später gab es wieder ein Fest zum 25jährigen Bestehen der »Gesellschaft für den Wiederaufbau des Knochenhauer-Amtshauses e.V.«. Passend zum Haus wurde die »gute Stube« davor, der Marktplatz, mittelalterlich geschmückt. Die Kaufleute hatten entsprechende Kostüme vom Stadttheater zur Verfügung gestellt bekommen.

Sogar der damalige Niedersächsische Ministerpräsident Schröder war gekommen. Es war Anfang Mai und man weiß aus Chroniken, dass es doch noch ziemlich kalt war. Das störte die Leute aber nicht. Es gab ja Met, köstlichen Honigwein nach altem Rezept, um sich zu wärmen.

Die Aufzeichnungen, die Bennet Winter gefunden hat, berichten auch von einem bei allen Bürgern bekannten und beliebten Fleischermeister, der oben auf der Empore des Knochenhauer-Amtshauses stand und ein Gedicht über das ehrwürdige Haus vortrug. Dieses Gedicht hatte eine junge Frau geschrieben. Sie stand neben ihm, war aber selbst wohl zu schüchtern, um es vorzutragen.

Bennet Winter blättert in den Unterlagen. Ah, da ist ja das Gedicht! Er liest es still und lächelt.

»Das Knochenhauer Amtshaus zu Hildesheim
In Hildesheim ist etwas los.
Leute seht her, was ist das bloß?
Die Zeit scheint sich zurückzudreh'n
und man kann allenthalben seh'n
mittelalterliche Gestalten
auf unser'm Marktplatz fleißig walten.
Was sicher schon erahnen läßt,
es gibt ein riesengroßes Fest.
Das schönste Fachwerkhaus der Welt
ist in den Mittelpunkt gestellt.

Es ist ein Haus mit Tradition,
stand seit vielen hundert Jahren schon.
Und auch nach einem schweren Brand
es sehr schnell wieder auferstand.
Dann kam der Krieg, für unser Haus
sah's leider ziemlich böse aus.
Vor fünfzig Jahren wurd's zerstört,
aber schon bald hat man gehört,
wie sich die ersten Stimmen regten
und sich den Aufbau überlegten.
Es sollte schön wie früher sein,
d'rum gründete man 'nen Verein.
Das ist fünfundzwanzig Jahre her.
Die Gründer hatten es anfangs schwer
und sie mußten lange warten,
bis das Werk sie konnten starten.
Seit fünf Jahren steht's und nun ist klar,
es ist noch viel schöner als es war.
D'rum kommt und seht Euch selber an,
was Handwerkskunst heut' schaffen kann.
Und sagt dann selbst Ihr Leut', na und
ist das zum Feiern nicht ein Grund?«

Keine große Kunst, denkt er. Aber es traf wohl genau die Freude, die in den Leuten war.

Um die weiteren Arbeiten sicherzustellen, vor allem die Anbringung der Windbretter, wurde die Stiftung Knochenhauer-Amtshaus gegründet.

Da man die Windbretter mangels Aufzeichnungen nicht alle rekonstruieren konnte, wurden einige neu und modern gestaltet. Bei späteren Renovierungen wurden diese Erneuerungen weiter fortgeführt, sodass sie sich jetzt, 2090, in einem ganz modernen Gewand zeigen. Doch dieser Mix aus Tradition und Moderne passt sehr gut zu diesem alten Haus.

Zum 100. Jubiläum plant die Stadt ein großes Stadtfest und auch Bennet Winter plant Aktivitäten, denn vor genau zehn Jahren wurde er Geschäftsführer und Pächter dieses denkwürdigen Hauses, also feiert auch er ein kleines Jubiläum. Die Einbecker Brauhaus AG ist seit vielen Jahrzehnten Hauptpächter des Hauses und gab ihm den Posten des Geschäftsführers.

Bennet Winter ist stolz, Pächter dieses ehrwürdigen Hauses zu sein, auch wenn es schwierig zu bewirtschaften ist. Viele Wirte vor ihm scheiterten an der Weitläufigkeit und gaben auf. Ja, denkt Bennet Winter, das Haus hat mir nur Glück gebracht. Ein Lächeln zieht über sein Gesicht, denn gerade tritt Caja ein, seine Frau. Auch sie hat er hier kennengelernt. Vor fünf Jahren stellte sie sich als Servicekraft vor, und es war Liebe auf den ersten Blick. Aber, weil er sich vorgenommen hatte, nie etwas mit Angestellten anzufangen, ließ er sie gehen trotz ihrer guten Zeugnisse.

Doch lange hielt er es nicht aus. Zwei Tage später rief er sie an. Seit vier Jahren sind sie nun verheiratet und die gemeinsame Tochter Aleyna krönt ihre Liebe.

Caja strahlt ihn an. »Ich habe gerade mit dem Rathaus gesprochen«, sagt sie und lächelt, »wir bekommen die Erlaubnis, während des Jubiläums Trauungen durchzuführen! Von Mai bis September dürfen Paare bei uns heiraten. Ist das nicht wunderschön? Ach, wenn wir nicht schon verheiratet wären, würde ich diese Möglichkeit sofort nutzen!«.

Bennet Winter nimmt sie in die Arme. Seine liebe Caja kann sich immer so begeistern. Das liebt er an ihr. »Das ist ja eine wunderbare Neuigkeit Schatz!«. »Wir sollten diese Nachricht so schnell wie möglich verbreiten, damit sich möglichst viele Paare melden. Und unser Küchenchef wird ein zauberhaftes Hochzeitsmenu kreieren«.

Sofort greift er zum Hörer und ruft bei der Hildesheimer Allgemeinen Zeitung an. Diese Nachricht duldet keinen Aufschub.

Schon am nächsten Tag erscheint ein großer Artikel. Und wie nicht anders zu erwarten, steht das Telefon nun nicht mehr still. Viele Paare wollen die Gelegenheit nutzen, sich hier trauen zu lassen.

Nun beginnt das organisatorische Problem. »Mehr als fünf Paare pro Termin sollten wir nicht annehmen«, meint Bennet nachdenklich zu seiner Frau, »sonst platzt das Haus ja aus allen Nähten!«. »Ja, du hast Recht«, erwidert Caja, »wir müssen uns auch überlegen, wie wir die einzelnen Gruppen im Haus aufteilen. Oder sollen wir fragen, ob sie damit einverstanden sind, eine große gemeinsame Feier zu veranstalten? Das fände ich schön«. »Du hast immer die besten Ideen, Liebling«. Bennet ist begeistert. »Und als Anreiz bekommen die Paare eine Hochzeitstorte geschenkt, die unser Konditor eigens entwirft. Ich werde gleich mal bei der Einbecker nachfragen, ob sie die Aktion sponsern«.

Die Verantwortlichen bei der Brauerei sind sofort Feuer und Flamme, ist solch eine Aktion doch eine gute Reklame. Und so steht zwei Tage später schon wieder ein Artikel in der HAZ:

»*Der Wirt des Knochenhauer-Amtshauses plant eine besondere Aktion für alle Brautpaare. An jedem Trauungstermin soll es maximal fünf Paare geben. Wenn sie einverstanden sind, gemeinsam im ganzen Haus zu feiern, gibt es zum Hochzeitsmenu kostenlos die Knochenhauer-Amtshaus-Hochzeitstorte, entworfen und gebacken in der hauseigenen Konditorei, gestiftet von der Einbecker Brauhaus AG.*«

Es dauert nicht lange, da können sich Bennet und Caja Winter vor Anfragen kaum retten.

Und dann ist es endlich soweit. Am Dienstag, dem 02. Mai 2090 werden die ersten fünf Paare getraut. Im Gewölbekeller ist ein Platz für den Standesbeamten eingerichtet worden.

Für die verschiedenen Hochzeitsmenus hat sich der Koch etwas ganz Besonderes ausgedacht. Das Menu wechselt jeden Monat und passt sich so der jeweiligen Jahreszeit an.

Im Mai steht natürlich Spargel im Mittelpunkt. Und so sieht das erste Hochzeitsessen aus:

Salat vom grünen und weißen Spargel mit Erdbeeren
Spargelschaumsüppchen mit frischer Minze
Hauptgang wahlweise:
Forelle aus der Innerste, in Butter gebraten
rosa gebratenes Steak vom Hildesheimer Strauß
an Spargel mit Sauce Hollandaise
Champignons in Kräuterbutter
Crêpes vom Hildesheimer Pumpernickel mit geeister Vanillecreme

Ja, es ist richtig: Die Innerste führt seit einigen Jahren wieder so klares, sauberes Wasser, dass sich ein Forellenzüchter hier niedergelassen hat. Und die Fische schmecken wunderbar.

Auch eine Straußenfarm gibt es seit kurzem vor den Toren der Stadt. Das Fleisch wird geschätzt, weil es mager, zart und wohlschmeckend ist.

Bennet Winter schaut die Menukarte an und lächelt zufrieden. Doch dann runzelt er die Stirn und ruft den Koch. »Herr Clausen«, fragt er besorgt. Was ist, wenn einer der Gäste weder Fisch noch Fleisch isst?«. »Hmm, eine gute Frage«, murmelt Herr Clausen, »ich würde sagen, wir fragen vorher bei dem Brautpaar an, ob ein Gast Sonderwünsche hat. Dann können wir darauf eingehen«. »Ja, so machen wir das«. Bennet Winter ist zufrieden

Und die Hochzeitstorte? Da hat sich der Konditor des Hauses selbst übertroffen: Ein Modell des Knochenhauer-Amtshauses hat er geschaffen, aus Schokoladenbiskuit und Marzipan, gefüllt mit einer leckeren Orangencreme. Vor dem Haus aber steht ein Brautpaar, ganz aus Marzipan.

Die erste Hochzeitsfeier wird ein voller Erfolg, und die Hildesheimer Allgemeine Zeitung berichtet in einem ganzseitigen Artikel darüber.

Den ganzen Sommer über finden nun Trauungen statt, und das Ehepaar Winter schaut in unzählige strahlende Gesichter.

Am 30. September nimmt Bennet Winter seine Frau in die Arme. »Na mein Liebling, das war ja ein anstrengender Sommer! Aber er hat sich gelohnt. Das Jubiläum unseres schönen Hauses wurde gebührend gefeiert, denke ich«.

Caja lächelt ihn an und schenkt ihm ein Glas Sekt ein. »Und was ist mit dir?«, fragt Bennet. »Ich kann auch mit Orangensaft anstoßen«, gibt Caja strahlend zurück. »Und in Zukunft sollte ich vielleicht etwas kürzer treten. Aleyna bekommt nämlich bald ein Geschwisterchen.«

DIE AUTOREN (in alphabetischer Reihenfolge)

KARLA BAIER Ihre Texte sind in drei Büchern sowie mehreren Anthologien erschienen

EGBERT BRANDT, geb. 11.09.34 in Kniegnitz/Schlesien, lebt in Hildesheim, ein unverbesserlicher Romantiker, Druckfachmann, schreibt und fotografiert seit frühester Jugend, von ihm erschienene Titel:
Bildband »Glück ist immer ein Geschenk«,
»Der lange Weg der Selma B.«, Sylter Tagebuch, Reiseberichte.

HANS-JÜRGEN FISCHER (geb. 1949) schreibt Romane, Kurzgeschichten und Lyrik mit politischem Anspruch. Nach Erfahrungen in unterschiedlichen Arbeitsfeldern und dreißigjähriger Arbeit als Sozialpädagoge im Jugendbereich machte er mit dem Eintritt in den Ruhestand sein Hobby durch ein Studium (Biografisches und Kreatives Schreiben, M.A.) zu seinem neuen Beruf. 2012 erschien sein erster Roman »Sandros Strafe«, in dem Ursachen von Amokläufen an Schulen thematisiert und mit beruflichen Erfahrungen verknüpft wurden.
Homepage: www.hansjürgenfischer.de

ECKEHARD HAASE, Jahrgang 1947, setzt sich als Autodidakt seit Jahren intensiv mit der Geschichte der Philosophie auseinander – von der Antike bis zur Gegenwart. Ein Berufswechsel ermöglichte ihm den Ausstieg aus der Welt der Zahlen (Bankwesen) und den Einstieg in die Welt der Kreativität.
Neben anderen Veröffentlichungen entstand sein Werk : »Einfach nur Kant – das Interview«, das Anfang 2015 erscheint.

MICHAEL CHRISTIAN HANNACK, geboren in Celle, lebt und arbeitet in Hildesheim.

PETRA HARTMANN, Jahrgang 1970, lebt in Sillium. Studium: Germanistik, Philosophie, Politik, anschließend Promotion; Volontariat bei einer Tageszeitung, 5 Jahre Lokalredakteurin, inzwischen freie Schriftstellerin und Journalistin.
Veröffentlichungen (Auswahl):
Geschichten aus Movenna, Ein Prinz für Movenna, Der Fels der schwarzen Götter, Das Serum des Doctor Nikola, Darthula, Die letzte Falkin, Nestis und die verschwundene Seepocke, Nestis und die Hafenpiraten.
Homepage: www.petrahartmann
Blog: www.tinyurl.com/petrahartmannsblog

PETER HERELD lebt in Hildesheim. Er schreibt vorwiegend historische Romane.
Wichtigste Veröffentlichungen:
Mein achtes Leben – Arrivalverlag 2005
Das Geheimnis des Goldmachers – Gmeiner Verlag 2010
Die Braut des Silberfinders – Gmeiner Verlag 2012
Des Kaisers neue Braut – Gmeiner Verlag 2015
Homepage: www.hereld.de

ALTJE HORNBURG geb. 23.02.1943, schreibt Gedichte und Erzählungen, einige veröffentlicht in den Anthologien der Hildesheimlichen Autoren e.v., in: Die Stadt am Rosenstock, Hildesheimer Autoren stellen sich vor (edition winterwork, 2012) und in: Hildesheimliche Autoren e.V., Winterliche Geschichten (CreateSpace Open Publishing Platform – Charleston, 2013)

UTA JAKOBI, Jahrgang 1944, verfasst bereits seit über 30 Jahren Reiseberichte von Studienreisen. Es folgten biografische und fiktive Geschichten sowie unterschiedliche Gedichte. Mitte 2014 erschien das erste Buch der Autorin: »Erlebt, beobachtet, erzählt« und Ende 2014 das zweite unter dem Titel: »Brasilien – Ein Reisebericht« mit eindrucksvollen Fotos. Beide Bücher sind bei amazon erhältlich sowie bei den Buchhandlungen Decius und Ameis in Hildesheim und bei Decius in Laatzen.

ELVIERA KENSCHE, geb. 1952 in Bad Salzdetfurth, lebt und arbeitet in Hildesheim. Veröffentlichungen:
Der Holzwurm in der Eichenuhr« 2012 Verlagshaus Schlosser.
Die alte Standuhr und andere Geschichten« 2013 United p.c.
So'n Schiet aber auch – Magie einer Insel« 2013 United p.c.
Lyrische Saiten
div. Anthologien
2015 erscheint »*Was wird denn hier gespielt? Gedichte und Geschichten rund um die Bühne*«

SONJA KLIMA sagt über sich: »1960 in diese Welt gefallen, bin ich einfach nur ein Mensch mitten im Leben«.
2009 erschien ihr erstes Buch »Du bist in mir«. Darauf folgte »Beziehungskistenschonungslos und hoffnungsvoll«. Weitere Texte wurden in den Anthologien der Hildesheimlichen Autoren, Bibliothek deutschsprachiger Gedichte und 2014 in der Anthologie »Blitzeis und Gänsebraten« veröffentlicht. Die Lyrikerin ist Mitglied der Hildesheimlichen Autoren.
www.sky-indigo.de

DIANA KREWALD *Literaturpreise* Hildesheimer Lyrik-Wettbewerb 2010 Hauptpreisträgerin, Gedicht »Sternenfänger« Hildesheimer Lesezeichen 2011/2012 Preisträgerin, Gedicht »Sternenfänger«
Lyrik und Kurzprosa – Beiträge
in »Die Stadt am Rosenstock« – Hildesheimliche Autoren e. V., edition winterwork 2012 in »Winterliche Geschichten« – Hildesheimliche Autoren e. V., CreateSpace Open Publishing 2013
www.diana-krewald.de.tl

MARIA MARHAUER wurde in der Ukraine (ehemalige Sowjetunion) geboren. Aufgewachsen in Sibirien, Studium der Geodäsie in Moskau. 1974 infolge Heirat Übersiedlung nach Deutschland. Sie schreibt Erzählungen, Gedichte und Romane mit jeweils sozialkritischem Charakter.
www.mariamarhauer.de

RENATA MAßBERG geb. in Düsseldorf
lebt seit 1967 in Hildesheim, Kunsterzieherin, Malerin,
viele Ausstellungen GEDOK, einige Veröffentlichungen
Preisträgerin 2005 bundesw. Erzählwettbewerb, Bonn
Preisträgerin 2012 Hildesheimer Lyrikwettbewerb
www.tarena.de

HENNING REICHRATH, eingeborener Hildesheimer
Wenn er nicht musiziert oder schauspielert, dann schreibt er ...

BERNWARD SCHNEIDER geboren 1956, ist seit 1986 Rechtsanwalt in Hildesheim, von 1991 bis 1994 auch in Berlin-Köpenick. Seine Kriminalromane erscheinen im Gmeiner Verlag.
Veröffentlichungen:
Spittelmarkt. Gmeiner Verlag 2010
Flammenteufel. Gmeiner Verlag 2011
Todeseis. Gmeiner Verlag 2012
Berlin Potsdamer Platz. Gmeiner Verlag 2013
Endstation Reichskanzlei. Gmeiner Verlag 2015
www.nachtfalken.eu

JENS VOLLING Geburtstag: 28. September 1981 (Waage)
Geburts-/Wohnort: Hildesheim (Niedersachsen)
Hauptwerk: THYNK (Novelle)
Leseprobe im Autorenprofil auf www.hildesheimliche-autoren.de

MARLENE WIELAND schreibt Kurzgeschichten auch unter dem Namen Mila Nabel.
Es gibt bereits die Bücher "Milas kleine Geschichten" und " Ein Hund ist kein Lama", ferner das e-book "Lampenfieber".
Wer mehr wissen möchte, erfährt dies unter www.keinsofaplatz.com

ANKE WOGERSIEN Jahrgang 1963, hat Betriebswirtschaftslehre in Hannover und Rhetorik in Göttingen studiert und arbeitet im Bereich Talentmanagement. Als Schriftstellerin wurde sie in 2012 mit dem Gedicht *Stillpoint* Hauptpreisträgerin des Lyrik-Wettbewerbs Hildesheim. 2014 erschien ihr Romandebut *Ostseesommer*. Lesungen u.a. im Rundfunk. Anke Wogersien ist Mitglied bei den Hildesheimlichen Autoren sowie unterwegs im Poetensalon Hannover. Zur Zeit arbeitet sie an ihrem zweiten Roman.

DER VEREIN Hildesheimliche Autoren e.V.

mehr über den Verein und seine Mitglieder erfahren Sie unter
www.hildesheimliche-autoren.de
unter anderem finden Sie hier:

aktuelle Termine
Autorenprofile
Leseproben
Lesungsberichte
Presseartikel
Radiomitschnitte
Filmbeiträge
Buchtrailer
Weiterführende Links auf Autorenwebsites
Kontaktadressen
Bestellmöglichkeit für unseren kostenlosen Newsletter

Jeden 3. Samstag im Monat 12:00 – 13:00 Uhr:
High Noon mit den Hildesheimlichen Autoren
auf Radio Tonkuhle ~ FM 105,3

Den monatlichen Newsletter können Sie auch bestellen unter:
news.hildesheimliche-autoren@gmx.de

Veröffentlichungen:

Die Bewegung – 16 Hildesheimliche Autoren im 4-Minutentakt
leider nicht mehr erhältlich

Die Stadt am Rosenstock
edition winterwork

Winterliche Geschichten
CreateSpace Open Publishing Platform

Hildesheimer Geschichte(n)
BOD – Books On Demand, Norderstedt